마녀의
독서,

광녀의
춤

마녀의 독서, 광녀의 춤

여자의 내장에 대해 말하기

지은이

김경연 김은하
민가경 박다솜
박혜진 백지은
서영인 성현아
소영현 심진경
양윤의 이경수
장은애 장은영
전승민 전청림
정은경 최다영
허 윤 황유지

오월의봄

차례

들어가는 말 밤들을 세며 ── 7

1부 마녀를 위한 변론

마녀 사전 | 박혜진 ── 19

여성 연구자로 살아간다는 것 | 이경수 ── 27

희숙 | 민가경 ── 37

광기의 기울기 | 백지은 ── 49

젠더의 우울과 초과하는 여성들 | 정은경 ── 58

2부 미친년들의 이야기

젖은 팬티 | 전청림 ── 81

침묵학습 | 황유지 ── 92

이종 교배와 광기의 전염사 | 전승민 ── 105

미친년에 관한 문학적 클리셰,
또는 미쳤다는 것의 젠더에 대하여 | 소영현 ── 117

일인칭 글쓰기의 부상과 저자가 된
젊고 아픈/미친 여자들 | 김은하 ── 136

3부 집안의 마녀들

아버지를 죽이는 딸들 | 서영인 —— 155

예민한 너, 이 집의 마녀일지어다! | 박다솜 —— 166

하인이거나 마녀이거나 | 장은영 —— 173

상투성을 파괴하는 '비정한 모성'의 불길 | 장은애 —— 184

마녀들의 섬 | 허윤 —— 198

마녀, 광녀, 그리고 병원체로서의 여성 | 양윤의 —— 214

4부 반란의 정치

불온한 여자들의 광기와 접속하고
페미니즘에 스며들다 | 김경연 —— 231

스포티한 차림의 성노동자를
상상할 수 있을까? | 최다영 —— 240

피 흘리며 자매가 된 마녀들 | 성현아 —— 252

이성애주의의 덫에 걸린
미러링과 반섹시즘? | 심진경 —— 264

저자 소개 —— 283

밤들을 세며

초과하거나 누락된
여성들에 대해

팔레스타인 출신 작가 이사벨라 함마드는 《낯선 이를 알아보기》라는 글에서 탈영병의 입을 빌려 이렇게 물었다. "당신은 인간이 집단의 구성원으로서가 아니라 오직 순수한 개인으로서 행동할 수 있다고 생각합니까?"[*] 어딘가에 소속되지 않은 존재로서 오직 순수한 개인으로서 말하고 행동한다는 것은 무엇인가? 국민이라는, 인종이라는, 여성이라는, 아내나 엄마라는 정체성 없이 말하고 행동하는 것이다. 존 롤스의 '무지의 베일'을 연상케 하는 이 물음은 궁극적으로 '우리는 몸 없이 말할 수 있는가'에 대한 질문이기도 하다. 그것은 가능한가.

---

[*]　이사벨라 함마드, 《낯선 이를 알아보기: 팔레스타인과 서사에 관하여》, 강동혁 옮김, 민음사, 2025, 36쪽.

사실 정체성에 소속되지 않고서 무언가를 말한다는 것은 불가능하다. 우리는 늘 어떤 경계 안에서 밖을 향해 말할 수밖에 없다. 그 말과 행동은 내부에서 보자면 순수한 목소리이지만, 밖에서 보면 몸과 집단에 '갇힌 말들'이다. 따라서 구획과 경계 위에 있는 말들과 행위는 지극히 정치적일 수밖에 없다. 무지의 베일을 덮어쓴 우리는 모르는 채 말하지만, 밖에서는 항상 우리의 몸과 그것이 지시하는 것들을 본다. 마치 우리는 투명한 유리창으로 갇힌 컴컴한 공간에 있고, 밖에서는 그것을 환히 들여다보고 있는 형국. 밖에서 보면 어두운 공간에서의 몸짓은 불가해한 형상들에 가깝다. 계몽이라는 빛 쪽에서 보면 근대적 합리성의 지형물을 알지 못하는 이들은 야만 혹은 괴물에 지나지 않는다.

　　현실이 계몽주의 이성에 의한 광명된 세상이라고는 하지만, '근대성의 젠더'가 여성이 아니라는 것은 분명하다. 인권 선언에서 누락된 여성들, 그리하여 실정적인 제도(교육과 재산권, 참정권 등)에 기입되지 못한 여성들, '이성'에서조차 '열등'으로 낙인찍힌 여성들은 지금도 여전히 근대의 시민권을 온전히 인정받지 못하고 있다. 그리하여 여성에게 세계는 언제나 밤이었다. 밤은 어둡고, 낯설고, 두렵다. 어둡고 낯선 세계에 들어서면 예민해진다. 뒤에서 혹은 옆에서 뭔가 날아들거나 때론 익숙한 얼굴이 가해자로 변할 수 있다는 두려움 때문이다. 자신이 발 딛고 있는 지형지물을 모르는 이는 촉각을 곤두세우고 으르렁거린다. '잎새에 이는 바람'에도 하늘을 박

차고 오르게 된다. 밖에서 보면, 영락없이 미친 자, 마녀일 터이다.

집과 직장, 시댁을 비롯한 많은 사적·공적 영역에서는 우리 여성들을 향해 많은 비판을 쏟아낸다. 그중 하나는 여성이 너무 예민하다거나 무디다는 것이다. 이 모순형용이 향하는 것은 결국, '현실'을 모른다는 것이다. 그 현실이란 물론 오래고 힘센 가부장제의 규범일 터이다. 그것이 남성중심주의는 물론 지배적이고 탐욕적인 권위주의와 집단주의를 의미한다는 점에서 '여성해방을 위한 투쟁은 파시즘과의 투쟁'(《3기니》)*이라고 선언했던 버지니아 울프의 말은 전적으로 옳다.

여성들의 '예민함'은 섬세함이라는 긍정성이 아니라 '불안과 두려움'에 기반한 정동이라는 점에서 타인의 요청에 대한 '이의제기'로 인식된다. 예민함은 그것이 기이한 오해와 적대의 기제 속으로 빨려들어가는 순간 '빡침이나 미친 분노' 같은 것으로 발현된다는 점에서 히스테리로 향하는 문턱이 되기도 한다. 히스테리는 결국 타자의 요청에 대한 발작적 거부이며, 불안과 공포의 발로이다. 과대망상이거나 피해망상으로 이어지는 이 징후들은 나르시시즘에 기인하는 것이 아니다. 그것은 관계 맺기의 실패이고, 고립과 은둔의 결과이다.

히스테리-피해망상-과대망상으로 이어지는 예민함과

---

* 샌드라 길버트·수전 구바, 《여전히 미쳐 있는: 실비아 플라스에서 리베카 솔닛까지, 미국 여성 작가들과 페미니즘의 상상력》, 류경희 옮김, 북하우스, 217쪽.

불안에 사로잡힌 이들은 어디에나 있다. 특히 '단독성들의 사회'로 향하는 지금, '과잉 히스테리'는 현대인의 삶을 지배하는 중요한 증상이 되어가고 있다.[*] SNS의 '좋아요'라는 허술한 관계망에 갇힌 단독자들의 감춰진 정동들(실업과 삼포 등의 분노와 절망) 등은 다른 곳에서 쉽게 혐오와 적대로 발현되곤 한다. 진정한 관계 맺기의 실패에서 비롯되는 우울증과 무력감은 청년세대를 비롯해 1인가구가 늘어가는 이 사회에 만연한 정동이지만, 주로 여성들이 주로 경험한다. 여성이 대개 집과 핵가족, 직장에서 소수 혹은 약자의 동성 동료들이라는 상대적으로 비좁은 공간과 관계 속에서 살아가기 때문이다. 그러니 그 오랜 역사적, 사회문화적 전통 속에서 빚어진 여성에게 바깥 세계는 늘 밤이었다.

아이러니하게도 더 넓은 세계, 더 공적인 세상에서 더 많은 사람들을 만날수록, 나는 이 밤들의 시간을 세게 된다. 계몽의 근대가 아니라, 중세의 어두운 회랑을, 야만의 정글을 헤매고 있음을 알게 된다. 왜냐하면 어떤 여성성은 환대받지만 어떤 여성성은 혐오되기 때문이다. 가령 젊거나 예쁘거나 온순해서 사랑받던 여성들은 늙거나 추하거나 똑똑한 여성이 되어 배제되거나 차별받기도 한다. '젊거나 예쁘거나' '늙거나 추하거나' '똑똑하거나 순종적이거나'는 섹슈얼리티 혹은 젠

---

[*]   안드레아스 레크비츠,《과잉 히스테리 사회, 단독성들의 사회: 21세기 경제, 기술, 정치, 노동, mz세대, 라이프스타일, 문화의 숨은 퍼즐》, 윤재왕 옮김, 새물결, 2023.

더, 노동과 결합하면 또 다른 복잡한 함수를 만들어간다. 그토록 많은 형용사, 그토록 많은 함축(가령 똑똑하다는 것이 여성에게는 좋은 의미로 쓰이지 않는 경우가 많다)에 의해 달라지는 함수에서 궁극적으로 중요한 것은 '여성'이라는 상수이다.

나는 여성의 자리에서 살고 있다고 생각해본 적이 거의 없고 또 무의식적으로 여성이라는 정체성을 모른다. 그러나 바깥에서 보는 나의 어떤 여성성이 점차 희미해질수록, 나는 더 혐오되고 차별받는 여성의 낮은 자리로 돌려세워짐을 깨닫게 된다. 유리천장 같은 것은 꿈꿔본 적도 없지만, 깨진 유리조각을 밟고 피흘리는 선배들, 동료들을 목격하게 된다. 그러니 미친 여자는 다락방에만 있는 것이 아니라 가족 돌봄에 지친 집안에, 깨진 유리조각이 즐비한 사무실에도 그득한 것이다. 약자와 타자에 대해 생각하고 정의의 자리에 있고자 했지만, 점점 나야말로 가장 취약한 여성의 자리에 있음을 상기하게 된다. 플롯의 전환점에 해당하는 '아나그로시스ana-gnorisis'(재인지recogition)**에 의한 여성의 자각은 에피파니의 자리가 아니라 '안전과 생존'을 염려하는 자리이다. 그 안전과 생존을 위해 밤 속에 묻힌 선배 여성들, 그리고 딸들을 생각해야만 하는 자리이다.

이 책은 직접적으로는 2016년 강남역 사건, 미투운동의 연속선상에서 발굴해낸 여성의 목소리들이지만, 좀 더 심층

** 같은 책, 30쪽.

적으로는 겨우 이만큼의 자리조차도 허락받지 못했던, 하여 밤이라는 시간에 묻힌 선배 여성들에 대한 커다란 부채감에서 기획되었다. 가까운 '해방 언니들'과의 수다 속에서 우리는 때로 '마녀와 광녀'로 돌변했고, 또 때로는 집과 일터에서 오인된 이미지 그대로 돌변하고 싶기도 했다. 그 숱한 밤들의 '킥'들은 무력했으나, 함께 있음을 위로 삼았다. 그리고 날이 밝으면, 어머니와 할머니와 먼 나라의 선배 여성들을 생각하곤 했다.

여성운동의 기수가 되었던 그들은 대체로 성공보다는 실패와 처벌의 고통으로 역사를 만들어왔다. 가령, 가깝게는 〈이혼고백서〉를 공표하고 행려병자로 죽어간 나혜석, 스님으로 출가하여 세속을 등진 김일엽, 〈김연실전〉에서 방탕한 여자로 공개적으로 조롱당하고 일본의 뇌병원에서 사망한 김명순 등. 멀게는 '여성권리선언'(1791)을 작성하고 단두대의 이슬로 사라진 올랭프 드 구즈, 격정의 시인이었으나 30세에 가스 오븐에 머리를 박고 자살한 실비아 플라스, 래디컬페미니즘의 성전인 《성의 변증법》이라는 책을 쓰고 평생 비판에 시달리며 은둔생활을 하다가 죽어간 슐라미스 파이어스톤 등등. 밤을 밝히려 투쟁한 이들의 삶은 밤보다 더 어둡고 끔찍한 것이었다. 이 책은 이들의 칠흑같은 밤들이 만든 실낱같은 빛 덕분에 살아온 여성 후배들이 보내는 추도사이자 헌사이다.

**

이 책에 실린 20편의 글 중 일부는 2023년 12월, 한국작가회의(민족문학연구소·경희대 아시아아프리카연구센터·대구가톨릭대학교 인문과학연구소 공동주최)가 마련한 학술포럼에서 발표된 글이다. '근대 합리성의 젠더성을 묻다'라는 주제로 열린 이 포럼은 위의 같은 문제의식에서 근대의 타자성과 여성성이 조우하는 장면을 '마녀와 광녀' 혹은 '초과와 잉여'의 형상으로 읽어보고자 했다. 그 장면은 개별 발표문을 통해 근대 제도, 노동, 지식, 권력, 섹슈얼리티, 가족, 모성, 자본 등의 접점 등으로 구체화되었다(남성중심의 지식을 초과하는 마녀들, 남성 권력을 넘어서는 여성 권력, 남성을 파괴하는 팜므파탈, 가부장제와 근대 폭력에서 배제되어 광인이 된 여성들, 청교도적이며 금욕적인 자본주의 정신을 넘어서는 탕진하는 여성들 등등). 그리고 이 포럼을 통해 잉여와 잔여물로서의 '마녀와 광녀'가 근대의 젠더 폭력성에 의해 탄생한 형상임을 확인할 수 있었다. 그 자리는 그간 문학 재현에서 강조되었던 '정치적 올바름'에서 벗어나 좀 더 확장된 지평에서 여성 텍스트를 검토하는 자리이기도 했다.

이 책은 포럼에서 발표된 글들을 축약한 글들(정은경, 김은하, 양윤의, 심진경) 이외에 위의 주제와 관련해 여성 평론가들의 에세이를 모았다. 16편의 단평 에세이들은 시, 소설, 드라마, 여성 현실에 대한 비평가의 실존적 목소리를 들려준다. 이 책의 1부에서 박혜진, 민가경, 백지은은 초능력을 지닌 문란하고 파괴적인 마녀, 그리고 광기의 여성들에 주목해 그것이 탄생하는 현실의 밑자리들을 살피고 있다. 그 밑자리를 통해 결혼, 육아에서 벗어난 싱글 여성이 한국 가부장제에서 인식되어온 방식, 그리고 '사랑-미침'의 혼란이 결국 교환 법칙의 세계를 벗어난 기울기였음을 확인한다. 이경수의 글은 한국에서 여성 연구자가 여성혐오를 피하며 살아온 지난한 길이 학술장에서의 젠더 편향성과 어떻게 맞닿게 되는지를 진솔하게 보여준다.

2부에 실린 다섯 편의 글은 문학적으로 혹은 병리학적으로 '여성의 광기'에 좀 더 천착한다. 임출육에서 벗어날 수 없는 여성의 운명을 '몸의 언어'로 써내려간 전청림의 글은 생물학적 여성이 비켜가지 못하는 현주소를 본능적 감각으로 보여주고 있으며, 황유지의 글은 학문의 장이 젠더 위계와 착종되고 얼크러지는 지점을 보여주고 있다. 전승민은 한강의 《채식주의자》를 피해자와 가해자가 뒤얽힌 폭력의 자리에서 읽어내고 있으며, 소영현은 최근 한국소설에서 재현되는 '미친년'을 통해 그렇게 낙인찍는 사회문화적 권력을 파헤친다. 페미니즘 리부트의 한 양상으로서의 '자기서사'의 흐름을 소문자 '나'의 분출로 해석하고 있는 김은하는 '광기'를 대문자의 체제와 소문자 '나'들이 접전하면서 발생하는 질병임을 밝혀낸다.

3부에 실린 여섯 편의 글은 '딸, 엄마, 며느리' 등의 자리에서 발생하는 초과와 잉여의 자리를 탐색한다. 서영인은 '아버지를 죽이는 딸들'의 이야기를 통해 아들의 성공 서사와 달리 딸들이 닿게 되는 죽음과 광기의 자리를 드러낸다. '시가폭력'이라는 명명을 통해 공고한 가부장제를 고발하고 있는 박다솜의 글은 '예민함'이 단지 가정 내 타자적 여성만이 아니라 사회 곳곳에서 벌어지는 징벌적 언어임을 보여주고 있으며, 장은영은 홍콩 내 돌봄에 종사하는 이주노동자의 실태를 통해 '돌봄노동의 회로' 속에서 저항의 주체가 될 수 없는 여성의 자리에 대해 질문한다. 장은애는 제주 출신의 문제적 여성 작가 한림화의 〈매고일지〉에 등장하는 갓 난 자식과 자살한 '빌네'를 통해 '비정한 모성'이라는 수사에 깃든 역사성과 4·3 담론의 문제성을 성찰하고 있다. 환상의 섬 '이어도'의 서사적 재현들과 그 차이를 살피고 있는 허윤은 '이어도'가 어떻게 남성의 불안을 드러내는 '마녀의 섬'이 되었는지를 분석하고 있으며 양윤의는 이서수, 안보윤, 구병모의 소설에서 배제되고 추방된 여성을 살펴보고 근대의 면역 패러다임의 대안으로서의 '헤테로무니타스'를 제안한다.

4부에 실린 네 편의 글은 남성의 언어를 배반하며 혐오를 전복하는 여성 서사를 살핀다. 김경연은 백신애와 여성 노동자의 광란의 발화를 통해 여성 반란의 정념을 살피고 있으며, 최다영은 성노동자를 둘러싼 다양한 법적 규제들을 통해 '성'과 '노동'을 구속하는 남성중심 문법에 대해 질문한다. 성현아는 김이듬의 시를 통해 여성에 의한 여성혐오가 아니라 '피 흘리는' 고통의 지점에서 연대하는 마녀–자매를 발견해내고, 심진경은 양귀자 소설의 리부트 현상을 통해 가부장을 미러링하는 여성 악당의 의미를 고찰한다.

이들이 채굴해놓은 '마녀와 광녀'라는 불길한 자리는 사실, 우리가 일상에서 사소하지만 빈번하게, 인지하지 못하지만 끈질기게 경험하는 지점이다. 사실 여성들이 가장 두려워하는 자리이다. 그러나 불안과 위협 속에서 자꾸만 안과 밖의 경계를 생각하며 포기하거나 버티는 자리이기도 하다. 그 실패와 버팀에 대한 인지, 그것만으로도 경계는 조금씩 넓어지고 있다고 믿고 싶다. 굳이 피하고 싶은 괴이하고 곤혹한 형상에 기꺼이 자신을 내어준 평론가분들께 감사의 마음을 전한다. 더불어 이 책의 출발이 되었던 2023년의 학술포럼을 물심양면으로 지원해준 한국작가회의와 민족문학연구소의 이명원 소장님, 경희대 아시아아프리카연구센터 고인환 소장님, 대구가톨릭대학교 인문과학연구소 김지영 소장님께 감사드린다. 마지막으로 어지러운 정념과 언어들을 멋진 책으로 바꿔준 오월의봄의 마녀의 편집술과 지원에 고마움을 전한다.

저자들을 대신하여 정은경 씀

1부

마녀를
위한
변론

1. 누구나 다 아는 마녀

세상도 많이 변했다. 마녀 이야기라 해서 잔혹한 '박해물'만이 주목을 끄는 시대는 아닌 것이다. 그레고리 머과이어의 소설 《위키드》는 영화와 뮤지컬로 재탄생하며 '못되고 사악한 존재'의 주체를 마녀 개인이 아니라 세상의 음모로 교체했다. 시간은, 그리고 세월은, 마녀에게 덧씌워진 얼룩마저 지워낸다. 《위키드》가 동시대적 고전으로 각광받는 이유는 그것이 일종의 '마녀를 위한 변론'이기 때문이다. 독자는 그 전복의 서사속에서 정의의 감각과 해방의 희열을 경험한다. 《오즈의 마법사》 이전의 시간을 다루는 《위키드》의 메인 서사는, 왜 서쪽 마녀가 '사악한 존재'로 굳어졌는가라는 도발적인 질문에서 출발한다. 그리고 그 이미지의 배후에 개인의 본성이 아니라 왜곡된 시선과 구조적 음모가 놓여 있음을 드러낸다. 왜곡과

차별, 편견과 우정 등 복합적인 인간관계를 따라가다 보면 다양성의 메시지와 더불어 정체성이 형성되는 과정을 목격하게 된다. 그 여정을 지나고 나면 세상은 초록 마녀와 함께 성숙해진 것처럼 보인다. 우리는 초록 세상에 살고 있는 걸까. 멀리서 바라보면 그런 것도 같다.

그러나 잘못된 신념과 인간의 이기심이 결합하면 마녀사냥의 불길은 언제든지 점화된다. 아서 밀러의 《시련》은 세상이 그렇게 쉽게 바뀌지 않는다고 경고한다. 마녀재판을 다루는 대표적인 소설로 손꼽히는 이 작품은 동네 소녀들이 재미 삼아 가진 한밤의 모임에서 시작된다. 그 모임이 청교도 윤리에 위배되는 '마녀 집회'로 오인받으며 별 뜻 없는 동아리가 악마화된 집단으로 둔갑하는데, 걷잡을 수 없는 상황이 벌어지는 핵심에는 마을 사람들의 복잡한 이해관계와 인간 본연의 이기심, 거기다 배타적 세력을 향한 집단적 신념이 있다. 이 세 가지가 동시에 작동할 때 그 결과물로 생성되는 것이 악마화된 대상이다. 저마다 자신의 이익을 지키기 위해 악마가 필요할 뿐, 누가 그 희생자가 되는지, 사실이며 진실이 어떻게 생겼는지는 중요하지 않다. 1950년대 매카시즘의 광풍 속에서 발표된 이 작품은 당시 미국 사회의 왜곡된 모습과 작가 자신의 체험을 투영해 사회적으로 큰 반향을 일으켰다. 개인적 이익과 사회적 이념이 결부되어 집단적 '광기'로 번져나갈 때 드러나는 인간 본성의 추악함을 검증하는 이 소설은 '마녀사냥'에 대한 '모범 서사'이다.

이렇게 가시화되는 사회적이고 집단적인 마녀 서사 이면에 가장 은밀한 방식으로 이어져오는 또 하나의 마녀 이야기가 있다. 2001년에 출간된 이평재 소설집 《마녀물고기》에 수록된 표제작 〈마녀물고기〉는 한층 개인적이고 폐쇄적으로 마녀를 정의한다. 소설은 한 남자가 번듯한 외과 의사에서 색광의 정신병자로 미쳐가는 과정을 그린다. 남자는 한 여자의 환영에 시달린다. 그 여자가 처음 나타난 것은 자신이 낸 뺑소니 교통사고 현장이다. 사고를 낸 남자는 위험에 빠진 여자를 발견하지만 웬 먹장어들이 자기 발목을 잡아채는 것 같은 환각 속에서 사고를 수습하지 않은 채 달아난다. 그날 밤, 남자는 꿈속에서 그 여자를 만나 잊지 못할 섹스를 경험한다. 그때의 강렬한 자극을 잊지 못한 남자는 여자가 한 번만 더 자신의 꿈속에 찾아와주길 기다리지만 좀처럼 여자는 찾아오지 않고, 기다림과 그리움에 지친 남자는 급기야 들끓는 욕구를 통제하지 못하고 자신이 근무하는 병원의 간호사를 강간하며 상대가 그 여자라고 상상하기에 이른다. 이후 성범죄자가 되느니 차라리 정신병자가 되겠다고 생각한 남자는 자신이 간호사를 강간한 건 스스로의 선택이 아니라 자신의 정신을 앗아간 꿈속의 여자, 즉 마녀 때문이라고 주장한다.

2. 아는 사람만 아는 마녀

마녀에 대한 프레임은 정치적 이데올로기와 맞물릴 때보다 성적 이미지와 결합할 때 더 정교하고 집요하게 구성된다. 이평재의 이 소설이 '마녀물고기'가 된 이유를 하나씩 뜯어보면서, 개인화된 마녀 서사가 얼마나 교묘한 언어적 왜곡을 거쳐 '완성'되는 인공적 개념인지 확인해보자. 마녀물고기hagfish라는, 유난히 눈에 띄는 이름의 정체부터 살펴볼까. 어떤 종의 어류이길래 마녀 이름을 갖게 된 건지. 일단 이 부류를 한국에서는 '먹장어'라 부른다. 먹장어가 마녀로 불리는 것은 먹장어의 먹이 사냥법에서 연유한다. 다른 물고기를 공격하기 전, 먹장어는 자기 몸뚱이로 매듭을 만드는 것으로 준비동작을 갈음한다. 그런 다음 이빨로 상대방의 아가미 속을 파고들어 물고 늘어지는데, 이때 몸의 매듭을 나사못처럼 이용해 회전시킴으로써 상대의 몸 안에 자신을 송두리째 박아 넣는다. 이런 과정을 통해 상대의 몸속으로 들어간 다음엔 이미 죽었거나 죽어가고 있는 먹이를 안에서부터 먹기 시작한다. 내가 눈치가 없는 걸까. 꽤 자세한 설명을 들어도 먹장어를 왜 '마녀'라고 하는 건지 선뜻 납득이 되지 않는다.

먹장어의 독특한 공격 방식에 '마녀'가 붙은 이유를 알려면 한 가지 이야기를 더 경유해야 한다. 바야흐로 '마녀사냥의 시대', 중세 유럽으로 시선을 돌려보자. 당시 신학과 민간 신앙 속에는 다양한 여성 악마의 형상이 존재했는데, 그중 하나가 서큐버스^{Succubus}다. 서큐버스는 인간, 특히 남성과 성적 관계를 맺는다고 전해지는 여성형 악마를 가리킨다. 이 명칭은 14세기 후반에 후기 라틴어 'succuba'에서 파생되었으며 그 어원은 '아래에 눕다'를 뜻하는 라틴어 'succubare'에 닿아 있다. 이는 '아래'를 의미하는 'sub-'와 '눕다'를 뜻하는 'cubare'가 결합된 형태다. 어원 자체가 이미 신체의 위치 관계를 전제하고 있다는 점에서 서큐버스라는 개념은 성적 접촉을 중심으로 구성된 악마적 표상임을 드러낸다. 즉 서큐버스는 성적 유혹과 타락의 책임을 여성적 형상에 전가하기 위해 발명된 신학적, 상상적 장치였다. 여성의 모습을 한 서큐버스는 남자, 그중에서도 특히 수도자의 꿈에 나타나 성관계를 맺고 기력을 갈취해 죽음에 이르게 하는 악귀로 알려져 있는데, 꿈에 나타나기 때문에 몽마^{夢魔}라 불리기도 하고, 성관계를 하는 꿈으로 성욕을 일으킨다고 해서 음란 마귀라 불리기도 한다. 먹장어가 상징하는 침투와 파멸의 이미지를 서큐버스의 성적 파멸 서사와 결합시킨 이 상상력은 과연 어디에서 비롯됐을까. 섹스가 상대방을 파멸에 이르게 하는 행위로 성립하려면 그 섹스에 참여하는 누군가에게 죄책감을 주어야 한다. 성행위가 허용되지 않는 사람들은 누구인가. 대표적으로 성과 속의 철저한 분리 속에서 살아가야 하는 종교인들이 있겠다.

서큐버스는 주로 쾌락을 위한 성행위를 금기시했던 가톨릭 문화에서 고의로 만들어진 캐릭터다. 이러한 캐릭터는 왜,

누구를 위해 필요했을까. 종교적인 직위를 앞세워 도덕적인 생활을 하는 척하며 온갖 방탕한 행동을 일삼는 자들이 자신들의 죄의식을 희석시키기 위해 만들어낸 희생양이 바로 서큐버스 같은 악마라는 건데, 이로써 먹장어와 마녀가 한몸이 된다. 마녀에게는 먹장어의 공격성이 '성격'으로 주어지고, 먹장어에게는 마녀의 문란한 이미지가 부여된다. 그러나 이것이 터무니없는 비유라는 것은 먹장어의 삶을 조금만 들여다봐도 알 수 있다. 먹장어의 '잔혹한' 공격성은 자신이 처한 환경에서 스스로를 보호하기 위해 진화된 생존방식이기 때문이다. 먹장어는 눈이 퇴화되어 피부에 묻혀 있는 탓에 시력이 매우 약하다. 시력이 퇴화한 먹장어가 자신의 몸을 매듭으로 만들어 타인의 몸으로 침투하는 것은 시각에 의지하지 않고 적을 제압할 수 있는 환경, 즉 싸움의 조건을 자신에게 유리하게 만들기 위한 전략인 셈이다. 한국어로 먹-장어는 '눈먼 장어'라는 뜻이다. 마녀만큼이나 마녀로 불리는 먹장어의 억울함도 어디 비할 데 없이 크겠다.

3. 아무도 모르는 말

그러나 이런 얼룩의 역사 이전, 마녀는 나쁜 의미도 아니었고 욕망의 파괴자는 더욱 아니었다. 굳이 비유하자면 강한 생활력으로 혼자 살아가는 여성에 더 가깝달까. 이미지가 고정되기 전 태초의 마녀는 일자리가 마땅치 않았던 과부나 고아인 여성, 그중에서도 일부 약초사가 되어 도심과 떨어진 숲 주변에 거주하던 여성들이 마녀의 시초라는 것이 정설이다. 여성이 당할 수 있는 각종 범죄로부터 몸을 지키기 위해 은둔을 자처하며 신비주의와 미신으로 자신을 치장하며 의사, 약사, 무속인을 겸했다는 것이다. 이것이 현재 사람들이 흔히 알고 있는 마녀 개념의 원형이라 할 때, 우리 머릿속에 떠오르는 것은 무당인 동시에 쉽사리 알 수 없는 과정으로 치유제를 만드는 약사의 일체형 조합이다. 그들은 생존에 필요한 지식과 기술을 지닌 사람들이었다. 따라서 이들의 소멸은 단순히 한 인물 유형의 사라짐이 아니라 기독교 이전 서양 민속신앙의 자취가 지워졌음을 뜻한다. 동시에 민간에서 전승되던 전문적 약학 지식이 단절되었음을 의미한다는 해석도 가능하다.

이렇게 본다면, 지금이야말로 마녀가 필요한 시대인지도 모른다. 기독교 문화가 만들어낸 마녀사냥과 그로 인해 고정된 '마녀'의 의미가 역사 속에 각인되는 동안 정작 사라진 것은 '마녀적'인 것, 즉 신비감이었다. 어쩌면 오늘 우리에게 결핍된 것 역시 그 신비감인지도 모른다. 합리주의와 종교적 갈등이라는 조건이 한때 마녀사냥을 '흥행'시켰다면 오늘날에는 그것이 더 정교하고 거대한 형태로 우리 앞에 놓여 있다. 인공지능은 과학주의와 물질주의를 한층 극단으로 밀어붙이고, 집단적 믿음과 그 사이의 충돌은 정치적 부족주의 속에서 역사상 유례없이 증폭되고 있다. 이런 세계에서 부재하는 것은 설명 불가능한 것에 대한 여지, 신비감이다. 모든 것이 데이터로 환원되고 낱낱이 해명된다. 인공지능 이후 바둑이 고유한 미학을 잃고 확률의 게임으로 재편된 것처럼 예술 역시 신비의 여백을 잃을 위험에 놓여 있다. 그럴 때 다시 요청되는 것이 고대 마녀의 신비성일지 모른다. 과학적 증명 이전에 존재하던 감각과 경험의 지혜, 전승과 비법의 축적. 그것은 합리성을 거스르는 미신이 아니라 인간이 세계를 이해해온 또 하나의 방식이었다.

　　누구나 다 아는 마녀, 어떤 이들은 아는 마녀를 넘어 까마득히 모르는 마녀에게서 미래를 준비할 힘을 얻을 수도 있을 것이다. 태초의 마녀를 불러내보고 싶다. 먹장어가 어느 순간 해그피시가 된 것처럼 서사의 힘은 그것을 무한대로 상상할 수 있는 바탕이 된다. 구체적인 이미지와 살아 있는 캐릭터로 작동하는 서사는 무엇보다 시간에 강하다. 시대의 변화에 맞춰 기생할 수 있는 거푸집이 되어 그 시대가 필요로 하는 희생양을 찍어내듯, 새 세상에 필요한 단어들을 찍어낼 수도 있다. 마녀사냥이 '서큐버스'로 대표되는 종교적 광기와 도덕적 공황의 합산이었다면 새로운 세상의 마녀는 눈에 보이는 것, 증명 가능하는 것들 사이에서 알 수 없는 힘을 발휘하는 이름 없는 에너지, 혹은 존재를 칭하는 초록 마녀 2세 같은 개념이 될 수 있다. 그레고리 머과이어가 《오즈의 마법사》 이전으로 가서 초록 마녀를 구조하고 탄생시켰듯 우리도 마녀 만들기에 참여할 수 있다. 마녀 사전은 살아 움직이는 '오픈 사전'이다.

여성 연구자로 살아간다는 것

이경수

마녀 혹은
광녀 탄생 실패담

1.

마녀 혹은 광녀라는 화두를 앞에 두고 글을 쓰려다 보니 몇 가지 장면이 떠오른다. 누군가는 별 문제의식을 느끼지 못했을 수도 있는 일상 속 흔한 풍경이지만 아마도 지금의 젊은 세대에게는 분명히 그렇지 않을 풍경이다.

대학원에 진학해서 나는 한동안 말이 없는 사람으로 살았다. 아니, 특정한 자리에서만 그랬다고 하는 것이 좀 더 정확할 것이다. 지금은 그렇다고 하면 믿지 않는 사람들도 있을 정도로 순도가 약해졌지만 요즘 유행하는 MBTI를 빌려서 말하면 태어나서 한 번도 'E' 성향이었던 적이 없었던, 'I' 성향을 타고난 나는 낯선 사람들과의 만남이 늘 어려웠다. 딸만 넷인 집에서 장녀로 자라며 여중, 여고를 나온 탓에 대학에 입학해서 남자 동기, 선후배들이 인사하자고 말을 걸면 한동안은 얼굴이 잘 구별되지 않아 애를 먹곤 했다. 그 또래의 남성들을 한꺼번에 그렇게 많이 보는 일이 처음이었으니 어쩌면 당연한 일이었다. 그래도 보기보다는 적응력이 좋은 편이라 그럭저럭 적응하며 대학을 졸업하고 대학원에 진학했다. 대학원에서 가장 견디기 힘든 자리 중 하나는 낯선 어른들과 함께하는 식사 자리나 술자리였다.

특별히 날 괴롭히거나 하지는 않았지만 단지 젊은 여자 대학원생이라는 이유로 그런 자리에 앉아 있는 것만으로도 충분히 괴로웠다. 내가 할 수 있는 소심한 반항이 침묵을 지키는 것 정도였던 것 같다. 가급적 말하지 않는 것. 그래서 나에 대한 관심을 빨리 잃게 만드는 것. 이 자리가 불편하다는 시그널을 계속해서 보내는 것 정도가 본능적으로 내가 할 수 있는 선택이었던 것 같다. 선택이라고 했지만 사실 계산된 것은 아니었고 본능적인 자기 보호가 아니었을까 싶다. 원래 말이 많은 사람은 아니라서 가능한 선택이었을지도 모르겠다.

그리고 또 한 가지 생각나는 에피소드. 유독 젊은 여성 시인들의 시집 뒤의 발문이나 해설을 읽다 보면 눈살을 찌푸리게 하는 글들이 있었다. 가까워서라고 하기엔 선을 넘어도 한참 넘었다는 생각이 드는 불편한 글들. 심지어 그 시인의 시가 좋다고 상찬하는 해설에서도 상찬의 이유를 촘촘히 들기보다 그런 명목 아래 나머지 여성 시인들의 시를 싸잡아서 폄하하는 글을 만나기도 했다. 사생활을 아무렇지도 않게 까발리거나 독신 여성 시인이라는 이유만으로 함부로 들이대거나 하는 글들을 읽으며 이 땅에서 여성 시인으로 살아간다는 것이 때론 얼마나 피곤하고 화나고 어이없는 상황과 마주하게 되는 일인지 자연스럽게 알게 되었다. #문단_내_성폭력 해시태그 운동 이후 문단의 분위기도 많이 바뀌었다고는 하지만 이 동네의 여성혐오가 생각보다 뿌리 깊다는 것을 수시로 경험하며 살았다.

2.

그때부터였던 것 같다. 꽃으로는 살지 않으리라 결심했던 순간이. 기질적으로도 그런 사람이긴 했다. 돌아보면 초등학교 6학년 때 융통성 없다고 숙맥 소리를 담임에게 듣기도 했고, 고등학교 때 이미 애교라곤 약에 쓰려고 해도 없다는 말을 국사 선생님께 듣기도 했으니까. 성실함을 바탕으로 실력을 키우는 것 외에 내게 다른 선택지는 없었다.

　　마녀든 광녀든 대개는 만들어지는 이미지다. 일찍이 김민정 시인도 〈김정미도 아닌데 '시방' 이건 너무하잖아요〉(《그녀가 처음, 느끼기 시작했다》)에서 고백했듯 선생님이 쓰는 '시방'이라는 말이 우스워서 웃었을 뿐인데, 그만큼 자기 감정에 솔직했을 뿐인데 느닷없이 슬리퍼가 날아와 뺨을 얻어맞는 것 같은 상황을 계속해서 겪다 보면 감정을 드러내는 대신 화장을 하듯 감추게 되거나, 그러지 못해서 마녀나 광녀라는 낙인이 찍히게 된다. 알다시피 마녀나 광녀는 처음부터 그렇게 태어나는 것이 아니라 만들어지는 것이다. 조금 더 용감하게 자기 감정에 솔직하거나 더 많은 표현을 해온 사람은 마녀나 광녀 같은 낙인을 얻게 되고, 나처럼 소심하고 용기 없는 사람은 그런 낙인에서 겨우 벗어나게 된다고 해도 또 다른 오해를 덧쓰는 것이겠다.

몇 년 전 대학원 수업에서 1990년대 여성 시인들의 시를 다시 읽는 강의를 하며 우리 시사詩史에서 여성시가 가장 만개했던 시기가 1990년대였음을 다시 한번 실감할 수 있었다. 동시에 아직 우리 여성 시인들의 시가 충분히 제대로 읽히고 있지 못하다는 생각을 했다. 특정한 방향으로만 읽혀왔거나 어떤 방향의 독해는 무시되어오거나 했던 셈이다. 특히 최영미의 시가 그랬다.

물론 나는 알고 있다
내가 운동보다도 운동가를
술보다도 술 마시는 분위기를 더 좋아했다는 걸
그리고 외로울 땐 동지여!로 시작하는 투쟁가가 아니라
낮은 목소리로 사랑노래를 즐겼다는 걸
그러나 대체 무슨 상관이란 말인가

잔치는 끝났다
술 떨어지고, 사람들은 하나 둘 지갑을 챙기고 마침내 그도 갔지만

마지막 셈을 마치고 제각기 신발을 찾아 신고 떠났지만

어렴풋이 나는 알고 있다

여기 홀로 누군가 마지막까지 남아

주인 대신 상을 치우고

그 모든 걸 기억해내며 뜨거운 눈물 흘리리란 걸

그가 부르다 만 노래를 마저 고쳐 부르리란 걸

어쩌면 나는 알고 있다

누군가 그 대신 상을 차리고, 새벽이 오기 전에

다시 사람들을 불러 모으리란 걸

환하게 불 밝히고 무대를 다시 꾸미리라

그러나 대체 무슨 상관이란 말인가

— 최영미, 〈서른, 잔치는 끝났다〉 전문*

이 시집이 출간되었을 때의 시끌벅적함을 기억한다. 시의 새로움이나 목소리의 새로움에 대한 언급이 없었던 것은 아니지만 후일담 시의 하나로 읽히거나 성에 대한 도발적인 표현에 주목하는 관점이 더 지배적이었다. 송강호를 키운 것으로 유명한 송능한 감독의 〈넘버 3〉라는 영화에서는 이 시를 패러디한 시와 시인을 희화화해서 다루기도 했다. 이 시집을

---

*   최영미, 〈서른, 잔치는 끝났다〉,《서른, 잔치는 끝났다》,
창작과비평사, 1994.

모르는 이가 없을 정도로 1990년대 중반의 시단은 물론 당대의 사회를 강타한 시집이었지만 시 자체에 대한 주목보다는 대중적인 호기심과 요란한 풍문으로 소란스러웠다고 말하는 것이 더 사실에 가까울 것이다.

그런데 최영미가 새로운 시를 통해 무엇을 말하고 싶었고 이 시집이 열어준 새로운 시의 풍경이 무엇인지에 대한 진지한 접근은 생각보다 많지 않았다. 그나마 있었던 관심도 두 번째 시집《꿈의 페달을 밟고》가 첫 시집만큼의 완성도와 화제성을 불러오지 못하자 빠르게 식었던 것으로 기억한다. 어쩌면 두 권의 시집을 내면서 최영미 시인이 겪었던 온탕과 냉탕을 오가는 극과 극의 반응이 이후 시집의 방향성에도 얼마간 영향을 미친 것은 아닐까 하는 생각이 들기도 한다.

이 시집이 나왔던 1994년은 아직 1980년대의 분위기가 남아 있고 그 시대정신을 계승해야 한다는 문제의식도 큰 시기였지만 동시에 구소련과 동구권의 몰락, 베를린 장벽의 붕괴 등 현실사회주의의 몰락을 목격하며 지난 시대에 대한 비판과 반성, 거대 담론에 함몰되거나 은폐되었던 미시 담론의 요구가 폭발하는 시기이기도 했다. 유행을 따라 우르르 1980년대적인 것에서 떠나가던 시절, '잔치는 끝났다'는 선언은 바로 그런 시대적 분위기를 상징적으로 보여주는 것이었다. 그러나 잔치가 끝나고 모두가 떠난 뒤에도 누군가는 남아서 상을 치우고 뒤치다꺼리를 했던 것처럼 시대가 달라졌다고 해도 누군가는 남아서 지난 시간을 돌아보고 기록하고 애도하고 후일을 도모하는 일을 해야 했을 것이다. 빛나는 자리가 아니기에 누구도 눈여겨보지도 기억하지도 않았겠지만 없어서는 안 되는 자리. 아니, 사실 역사는 바로 그들에 의해 기록되어 온 셈이다. 최영미의 시는 바로 그 자리를 기억하고자 했다. 그런 점에서 최영미 시의 태도는 좀 더 주목받을 필요가 있었다.

당위가 우선시되던 시절, 다른 목소리를 내기는 쉽지 않았다. 명분이 앞서고 그것이 곧 당위였기 때문에 다른 목소리를 내거나 회의적인 시선을 드러내는 것이 자칫 대열을 흐트러뜨릴까 염려한 것이겠다. "외로울 땐 동지여!로 시작하는 투쟁가가 아니라 / 낮은 목소리로 사랑 노래를 즐"긴 이가 화자뿐만은 아니었지만 그걸 드러낼 수 없는 분위기가 지배하고 있었을 것이다. 1990년대에 휘몰아친 회의와 환멸, 세기말의 정서는 그런 분위기와 무관하지 않았다. 최영미 시의 미덕은 그런 시대적 분위기가 무엇을 은폐하고 있었는지 솔직하게 드러낸 데도 있지만 거기서 그치지 않고 "여기 홀로 누군가 마지막까지 남아 / 주인 대신 상을 치우고 / 그 모든 걸 기억해내며 뜨거운 눈물 흘리리란 걸" "누군가 그 대신 상을 차리고, 새벽이 오기 전에 / 다시 사람들을 불러 모으리란 걸" 기록한 데도 있다. 더 나아가 "그러나 대체 무슨 상관이란 말인가"라는 문장을 덧붙임으로써 무엇 하나 확신하거나 전망할 수 없었던 1990년대 중반의 정서를 진솔하게 드러낸 데 있다. 은폐하지도 포장하지도 않으며 "이 시대 나는 어떤 노래를 불러야 하나"(〈너에게로 가는 길을 나는 모른다〉) 시인조차 어디로 가야 할지 모르겠는 막막한 심정을 드러내 표현할 수 있는 정동이야말로 최영미 시가 나아간 자리였다고 말해야 할지도 모른다.

3.

여성 연구자로 살아간다는 문제에 대해 종종 생각한다. 문학이 좋고 시가 좋아서 여기까지 왔지만 이 바닥에서 연구자이자 비평가로 30년 가까운 세월을 살아오다 보니 좋아했던 시에 배반당한 경험도 자연스럽게 쌓여왔다. 그때는 몰랐지만 지금은 알게 된 것도 많고, 그때 알았더라면 어땠을까 하는 생각도 자연스럽게 하게 된다. 어쩌면 그때 잘 몰라서, 늦돼서 마녀 또는 광녀의 낙인을 피하고 여성 연구자로서 살아갈 수 있었던 것은 아닐까 생각해보기도 한다. 《다락방의 미친 여자》와 《아직도 미쳐 있는》을 읽으며 여성시의 소외는 우리만의 일은 아니라는 생각을 하다가도 우리 시사에서 마녀 또는 광녀는 제대로 호명된 적도 해석된 적도 없었다는 생각이 들기도 한다. 동시에 한국의 여성 시인들의 시를 다시 수집해 읽어야겠다는 소명의식 같은 것을 자연스럽게 가지게 되었다. 한 권의 시집을 내고 문단에서 사라져서 제대로 알려지지 않은 여성 시인들, 전혀 연구가 이루어지지 않은 여성 시인들이 아직도 많다는 사실을 공부를 하면서 자연스럽게 알게 되었다. 아니, 제법 연구가 된 시인들조차 온전히 읽혀왔는지 다시 살펴봐야 한다는 생각을 요즘 자주 하고 있다.

고백건대 대학원에 다니던 시절까지 나도 몇몇 시인들을 제외하고는 여성 시인들의 시에 별 관심을 가지지 못했다. 작품이 좋은 게 우선이라고 배우기도 했고(작품이 좋다는 그 기준부터 의심해야 한다는 생각을 요즘은 하고 있지만), 주로 연구 대상으로 삼아왔던 식민지 시기나 1960년대까지만 해도 나를 압도하는 '여성' 시인을 별로 만나지 못한 탓도 있었다. 최승자, 허수경을 비롯해 대학 시절에 좋아했던 여성 시인들이 있었고 비평가로 동시대의 많은 시를 읽으면서 자연스럽게 여성 시인들의 시에 더 끌리고 공감하는 자신을 인지하게 되었지만 '여성시' 연구자로서 자의식을 갖게 된 시간은 그렇게 길지 않았다.

지금은 좋아하는 여성 시인들이 훨씬 더 많아지기도 했고 그들의 삶과 시에 공감하면서 연구자로서의 길을 걸어가고 있다. 대학에서 보낼 시간이 이제 8년 정도밖에 남지 않았는데, 그 시간을 포함해서 남은 연구자로서의 인생은 여성시와 시인에 관한 연구를 꾸준히 하고 마침내 여성시문학사를 써보고 싶다는 바람을 품어본다. 종착역은 아니고 경유지 정도가 되겠지만 자료가 유실되기 전에 복원이 필요한 시인들도 있고 여성시를 편견 없이 제대로 읽는 방법론의 개발도 필요하다고 생각한다. 현대시를 전공하는 여성 연구자가 드물었던 시절을 지나 지금은 상당히 많아진 시대를 살고 있기도 하니 미래 세대 연구자들이 나아갈 자리를 열어주기 위해 여성 연구자로서 우리 세대가 해야 할 과업이 있다는 생각도 자연스럽게 하게 되었다. 마녀 혹은 광녀가 될 뻔했지만(누구라도 될 수 있었으니까) 비켜간 사람으로서 부채감에 응답하는 글을 써야 할 날이 다가오고 있음을 느끼고 있다.

희숙* 민가경

내가 옛날에 쓴 새의 시는 돌아오는 것에 대한 시이다. 돌아와서
저 여자처럼 우는 것에 대한 시이다. 이 세상의 모든 여자는
이 세상 모든 새처럼 날아갔다가 여기로 온다. 왜 오는지, 왜 우는지
여자들은 안다. 그냥 안다. 무거운 새, 길다란 새, 짧은 새, 웃는 새,
우는 새, 화난 새. 히스테리 새. 노래하는 새, 춤추는 새, 미친 새,
죽은 새 그리고 아기를 품은 새. 아기를 쪼아 먹는 새. 다시 온 새.

— 김혜순, 〈피카딜리 서커스〉 부분

서울시청 앞, 아홉 살 여름, 땡볕 아래 밀집한 군중 속에서 나

---

* 이 글에서 다루는 김혜순의 시는 다음과 같다. 〈맨홀 인류〉,《슬픔치약
거울크림》, 문학과지성사, 2011; 〈파랑 쥐의 산보〉,《피어라 돼지》,
문학과지성사, 2016; 〈흑마의 검은 얼굴〉, 〈피카딜리 서커스〉,《지구가
죽으면 달은 누굴 돌지?》문학과지성사, 2022. 본문 인용 시 작품명만
표기한다.

는 누군가의 손을 놓칠세라 꼭 쥐고 서 있었다. 찢어지는 마이크 소리와 둠둠대는 악기의 진동음이 몸에 그대로 와 닿아 아팠고, 집에 가고 싶다는 나의 칭얼거림에 그녀는 대꾸조차 하지 않았다. 작년 이맘때 중학생 소녀들이 미군 장갑차에 깔려 죽었다는 무심한 힌트만 쥔 채로 나는 간신히 하늘을 올려다보았다. 삼삼오오 너나없이 흔들리며 노래하는 몸들 너머로 여자의 머리통이 나타났다 사라졌고, 내가 보던 하늘 조각도 그에 맞춰 사라졌다 나타나기를 반복했다. 그런 여자의 얼굴을 조금 더 자세히 보고 싶어서 인상을 찌푸려 시야를 조정하자, 역광 아래로 그녀의 얼굴이 아주 희미하게 드러났다. 사람들의 노래에 한 음도 보태지 못한 채, 울음을 참느라 잔뜩 일그러진 그 얼굴이.

이모, 왜 울어?

나는 그때 그녀에게 분명 묻고 싶었다. 정말로 궁금한 게 있으니 키를 낮춰달라며 팔을 잡아끌고, 내게 귀 기울여달라 말하고 싶었다. 그런데 그날의 찢는 듯한 더위는 어째서 날 얼어붙게 만든 걸까. 또 나는 어째서 그 물음을 입 밖으로 내뱉을 용기가 없는 아이였을까. 오로지 그때 단 한 번만 할 수 있었던 질문을 나는 왜 끝내 놓쳐버린 걸까. 아니, 사실은, 왜 그 이후로 줄곧 그녀에게 무언가를 묻지 않기로 택했을까.

더는 정답이나 해결을 얻을 수 없게 된 이 문제들이, 내게 잠의 형태로 꾸준히 돌아오던 때가 있었다. 수면이 얕은 날마다 나는 어김없이 그날의 어정쩡한 아이가 되어 "숨길 秘 빽빽

할 密"로 쓰인 꿈을 서성여야 했다. 그곳에서 나는 내가 아닌 "A양이 되고, B양이 되어" 내가 아는 "여자에 관한 것"(〈흑마의 검은 얼굴〉)들을 보곤 했고, 하루는 우는 새, 또 하루는 늙고 병든 새가 되어 전신에 고통의 물감을 휘감은 새들의 날갯짓이 붓칠 그 자체가 되어가는 광경을 지켜보곤 했다. 그리고 문득 깨어난 자리에선 그 날갯짓이 남기고 간 깃털 잔해들을 문장 형태로 더듬더듬 그러모아야만 했다. 지나가버렸으나 늘 거기로 되돌아오는 존재들을, 그 이름들을 건너가고 싶어서.

　　희숙에 대해 말하고 싶어서.

**

한 남성 가부장이 세운 왕국. 단 한 명의 아들이면 충분했건만 딸 넷으로 자족해야 했던 그 견고한 왕국에는 이름만 대면 모두가 치를 떠는 마녀가 살고 있었다. 그 마녀를 부르는 방법은 다양했다. 자식 농사로 치면 완전히 망친 밭. 안정된 회계직을 아무 말 없이 관두고는 '여자 나이 서른'에 대뜸 미대를 진학한 장녀. 시집 얘기만 하면 경련과 발작을 일으키던 여자. "걘 좀 별나"고, "원래부터 삐딱했다"는 집안 어른들의 말에 번번이 호출되던 '걔'. 그러나 찾아보면 사실 어느 집구석에나 하나씩은 있다던 그 미친년. 하루가 멀게 빨주노초파남보 골고루 번갈아 염색을 하던 벅벅 더벅머리. 해골과 야생 들짐승이 생생하게 프린팅된 검은 티셔츠를 입고, 부러 멋을 지우려

온갖 메탈 액세서리를 착용하던 까진 년. 해진 가죽 재킷과 펑퍼짐한 카고바지를 좋아하던 흉조凶鳥. 온갖 흉조凶兆를 몰고 밥상에 출몰해 왕국의 규범을 조곤조곤 박살 내던 까마귀, 희숙.

그렇게 출생 성분부터가 반동이었던 마녀 희숙은 공주처럼 흰 드레스를 입고 기꺼이 임출육에 뛰어든 동생을 무심하게 신기해했다. 그러나 두 딸을 연년으로 낳은 동생이 샬롯 퍼킨스 길먼의 〈누런 벽지〉 속 여자처럼 "아무것도 아닌 일에 운다"는, 그것도 "거의 항상 운다"*는 이야기를 전해 듣던 날, 심지어 머리를 바닥에 꽝꽝 박으며 울고 있는 동생을 두 눈으로 목격한 날, 희숙은 대책도 없이 두 조카를 자신의 집으로 데리고 와버렸다.

**

마녀는 매일 밤 장르 불문 다큐멘터리 안에서 자신이 차마 가닿을 수 없는 세계의 비밀 조각을 절박하게 모았다. 하와이 사진 신부, 샤머니즘을 신봉한다던 알타이인, 어느 밀림 부족에게서 난다는 비밀의 약초, 콩고민주공화국, 가봉과 상투메 프린시페, 제국과 군대에 관한 영상들은 여자의 신묘한 주술에 우려내질 재료였다. TV 화면 속 한 조각이라도 놓칠세라 무

---

*   샬롯 퍼킨스 길먼, 〈누런 벽지〉,《허랜드: 여자들만의 나라》, 황유진 옮김, 아고라, 2016, 261쪽.

언가를 쉴 새 없이 휘갈기며 속기한 메모와 귀퉁이에 남긴 스케치는 그다음 날 반드시 여자의 붓터치로 구체화되었다. 허기도 지울 만큼 치열한 캔버스와의 대면. 팔팔 끓는 전통 수프에 자기 비밀을 녹여내는 마녀의 뒷모습처럼 수상하고 예민한 창작의 뒷모습. 언제라도 어깻죽지에 숨겨둔 검은 날개를 펼치고 날아갈 것 같은 김혜순의 산발머리 여자들처럼, 연필 흑심으로 검게 그늘진 손날과 팔등을 펴내면 민첩하게 날아오를 것만 같던 흑조, 희숙.

그러나 조카가 오고 나서는 어째 날개가 자꾸만 턱턱 내리눌리는 것이었다. 마녀는 몰랐다. 무언가 붙들고 있을수록 날아오르기가 힘들어진다는 것을. 이제 다시 날아볼라치면 이모, 배고파, 이거 해줘, 저거 해줘, 데려다줘, 하며 조카가 자신을 돌봄의 지평에 주저앉혔다. 마녀는 어느 순간 모두에 대한 부아가 치밀어올랐다. 아이는 그런 마녀를 번번이 목격하면서도, 천진한 질문만 해댔다. 이몬 여잔데 왜 그렇게 머리가 짧아? 왜 무서운 옷만 입어?

그걸 누가 정했는데. 그걸 누가 그렇게 말했는데.

매섭게 쏘아붙여 아이를 울리지 않고는 못 견딜 만큼 마녀는 자기 인생, 아니, 여자들의 인생에 화가 나 있었다. 싸울 줄 모르는 불행한 여자들, 불행이 불행인 줄도 모르고 살아가는 여자들을 향한 희숙의 분노와 슬픔은, 그 무게만큼이나 희숙을 괴팍해 보이게 만드는 비밀이 되어갔다. 그때부터였을 것이다. 희숙이 누군가와 시시비비를 가리며 자주 시비가 붙었던 것은. 상대를 향한 매서운 저주를 쏘아대는 자신을 볼 때마다 손을 슬쩍 빼 뒤로 물러서려던 조카를, 희숙은 분명 알고 있었을 것이다. 그러나, 그래서 그 손을 더 꽉 붙잡았을 것이다. 괴팍해져야만 지킬 수 있는 세계도 있다는 걸 보여주고 싶었을 것이다. 하긴, 이게 고작 희숙만의 비밀일까?

**

동생네가 한국을 떠나서야 지긋지긋한 돌봄에서 벗어난 희숙이었지만, 입시생이 되어 홀로 귀국한 조카는 고작 여섯 해만에 다시 희숙을 찾았다. 그러나 조카의 눈에 그녀는 여전히 TV 속의 남극에, 아이거 빙벽에, 하루 열두 시간 꼬박 서서 굴을 까는 박신장 여인들의 통영에 가 있을 때만 안광이 형형했고, 그런 점에서 단 하나도 변하지 않은 사람이었다.

그러나 그건 조카의 오산이었을 것이다. 11월 조카의 대학 합격자 발표 날, 3개월 전부터 희숙의 겨드랑이 밑에서 만져지던 혹과 불길한 유두 분비물의 정체가 밝혀졌을 것이고, 조카의 대학 합격이라는 기쁨을 온전히 누리지 못했던 희숙과, 희숙이 유방암 3기 말이라는 진단의 절망을 온전히 알지 못했던 조카는 그날부터 침묵으로 대화하게 되었을 것이다.

조카는 이해할 수 없었을 것이다. 이모는 왜 아플까. 자신이 하고 싶었던 일을 원 없이 하고, 남에게 하고 싶은 말은 절대 참지 않았던 저 사람이 왜 아플까. 그러나 조카가 더 이해할 수 없던 것은 이모에게 암을 선고한 중년 남성 의사의 말이었다. 희숙이 결혼도 안 하고, 아이도 안 낳고, 모유 수유도 하지 않아 유방암에 걸린 거라는 말. 어떤 여성의 질병은 결혼하고 아이를 낳아서 생기고, 어떤 여성의 질병은 미혼에 아이를 낳지 않아서 생긴다 한다. 질병의 원인을 여성성의 수행 여부로 환원시키는 의학의 언어. 아니, 어쩌면 주술. 그때 여자가 오래전부터 전수해온 그 질문이 조카 안에서 되살아났다.

그걸 누가 정했는데. 그걸 누가 그렇게 말했는데.

**

의학의 주술은 암세포와 함께 여자의 살갗 깊숙이 침투하여 장기 곳곳에 구멍을 내며 파고들었다. 종양과 함께 곪고 또 부풀어가는 몸, 패색이 짙어가던 집과 죽음의 그림자가 더덕더덕 붙어 있는 벽지를 배경으로 여자는 밤마다 미친 짐승이 낼 법한 소리, 길 잃은 새가 나무에 머리를 찧으면서나 낼 법한 소리를 냈다.

그러나 그렇게 밤새 울어놓고도 여자는 매일 아침 자신의 미술학원으로 출근했다. 퉁퉁 부어 붓 쥐는 것조차 쉽지 않았던 여자가 망설임 없이 완성했던 굵은 선의 그림엔 오로지 악에 받친 주술만이 담겨 있었다. **나는 낫는다. 산다. 나는 회복한다. 이긴다.** 미쳐 날뛰는 한 손이 짓고, 나머지 한 손이 허물어뜨리던 세계. 그 무너지고 구멍 난 캔버스 안에서 희숙은 퇴폐의 왈츠를 추는 영매로, 때로는 돼지로, 때로는 유령으로 몸을 갈아 끼우다가, 이윽고 자신이 간직한 비밀의 크기만 한 캔버스 구멍 안으로 달아나버리곤 했다. 절대 의사의 주술에 길들여지지 않으려고 끊임없이 새로운 구멍을 찾아 미끄러져 들어가며 "한없이 증식하는 구멍"이 되어갔다. 그러다 어느 날엔 "'없음'이라는 주형에 들이부어진 반죽"(〈맨홀 인류〉)으로 자신을 갱신했다. 그 일체의 몸짓은 창작욕보단 생존욕에 가까웠다.

나는 그런 여자를 가만히 보고 있기가 힘들었다.

곪아가는 유방. 피가 배어나온 접착면 위로 간신히 붙어 있던 거즈. 그 뒤 속수무책 벌어져 있던 여자의 살. 도무지 재생되지 않아 의사도 봉합을 포기한 채 버려진 밭마냥 방치되어 있던 절개 부위. 와중에 돈을 벌겠다고 매일 지하철, 마을버스와 도보를 오르락내리락 왕복하던 여자. 현관에 쭈그려 앉아 힘겹게 신발끈을 묶던 여자의 구부정한 허리 능선 위로 앙상하게 드러나 있던 척추뼈. 여자의 해골 티셔츠보다 더 기괴하고 으스스한 생계의 장면을 보면서, 나는 왜 저 여성이 저 와중에도 돈을 벌지 않으면 안 되는가를 끊임없이 되물었다. 억척과 미련을 자랑삼던 희숙이 결국 앰뷸런스에 실려갈 때까지, 그 신촌의 대학병원을 제 발로 걸어나오는 수많은 사람들 중 희숙은 없을 거라는 확신이 들 때까지, 나는 희숙의 그 무언가를 그렇게도 미워했다.

그 와중에도 암세포들은 희숙의 안쪽, 더 안쪽을 침투하고 있었을 것이다. 고속도로 같은 혈관을 타고 들어가 희숙의 림프, 뼈, 척추, 그다음엔 뇌까지 서서히 전진해, 애벌레 몸을 좀먹는 응애처럼 희숙을 파먹었을 것이다. 외계인처럼 불룩 솟은 희숙의 뒤통수를 보며 어디까지가 두개골이고 어디까지가 암 덩어리려나 가늠해보던 밤. 두개 내압은 왜 올라가고, 그 내압은 왜 희숙이 토를 하게 내모는지, 그 구토는 왜 희숙을 엉엉 울게 만드는지 질문해보던 밤. 왜 희숙의 숨이 금방이라도 꺼질 불처럼 헐떡이는지, 왜 도마 위 난도질 된 연체동물처럼 죽지도 못하고 꿈틀거리는지 되묻던 밤. 어제의 발음보다 오늘의 그것이 왜 더 어눌한지, 왜 자꾸만 집으로 가겠다고 우기며 괴팍한 짐 싸기를 반복하는지 알 수 없던 밤. 매분 매초가 희숙의 광기와 마력을 뽑아가던 밤. 더는 광녀도, 마녀도, 새도 아닌, 그냥, 아프기만 했던 여자. 고통의 외피만 남은 여자. "암덩어리들이 울부짖는" 소리 말고는 목소리가 없던 여자. "이 세상에 '아'라는 단어만 있는 것처럼" "아 아 아 아 외"치는 것 외엔 방법이 없던 여자(〈피카딜리 서커스〉).

좁아진 희숙의 보폭에 부러 나의 보폭을 포개보며 간밤 여자의 시간이 얼마나 축소되었는지 조심스레 가늠해보던 아침이 지나, 희숙은 마지막 계절에 당도해서야 비로소 자신의 변신술을 되찾았다. 귤 속껍질을 까 과육을 마른 입술에 묻혀주면 시원해, 시원해를 천진하게 읊조리는 아이가 됐다. 페인킬러에 취해 수액을 탯줄 삼아 수십 시간 웅크려 자는 태아가 됐다. 그 누구도, 하물며 자기 이름조차 기억하지 못하는 노인이 됐다. 금방 갈게요, 같은 말로 허공과 잡담하는 유령이 됐다. 이 마녀가 간신히 되찾은 변신술, 이 광녀가 겨우 되찾은 횡설수설로, 나는 죽음의 메커니즘을 미리 이해해보곤 했다. 무심한 돌봄의 기억 안에 딱 침상과 간병석 정도의 간극을 지킨 채 희숙과 나의 윤곽을 희끄무레 포개어보았을 뿐, 내 안에 오래 묵혔던 질문은 끝끝내 하지 못했다. 희숙의 손을 잡고 자란 아홉 살 아이가, 아홉 살 환자 희숙을 돌보는 어른이 되는 동안 달라진 건 하나도 없었다. 여전히 묻지 못했다. 이모, 왜 우냐고.

그리고 그런 희숙이 변신술에만 능한 것이 아닌 소환술에도 실로 능한 마녀였음을, 나는 그녀의 임종 날에야 알게 되었다. 의료용 칼과 주삿바늘과 약물로 난도질당해 축 늘어져 있던 희숙의 몸이 순간 푸들거리며 나의 잠을 깨운 것이었다. 강한 악력으로 나를 자신의 마지막 순간으로 소환해낸 희숙. 그 새벽, 희숙과 나만이 침묵 안에서 눈과 눈으로 나눈 은밀한 대화는 아직도 내 안에 깊이 간직되어 있다. 나처럼 살지 말라는 말, 아니면 나처럼 살라는 말? 미안하다는 말, 혹시 고마웠다는 말? 아니. 곱씹을수록 그 어떤 것도 희숙의 '그 말'일 수 없는 채로, 다만 내게 너무도 명징하게 남아 있는 그 비-언어. 인생의 중요한 핸들을 꺾는 순간마다, 어떤 영적 채널을 타고 흘러 내려오던 희숙의 주술. 어쩐지 조금은, 과감해져도 괜찮을 것 같던 마음.

서른 즈음 공부하고 싶은 게 하나쯤 생길 테니 헛짓거리 말고 그때 쓰라며 여자는 여자에게 천만 원을 남겼다. 여자는 남은 여자가 자신의 TV보다 더 풍부하고 값진 현실의 재료를 얻길 바랐을 것이다. 여자의 당부대로 시간의 밭에 돈을 묵혀두었던 여자에겐 매해가 놀라움의 연속이었다. 그 여자는 어떻게 알았을까, 하고. 여자에게 언젠가 반드시 쥐어보고 싶은 지식 조각이 생기리란 걸. 여자가 자기 손으로 지은 안정이라는 환상을, 남은 한 손으로 직접 무너뜨리리란 걸. 매 걸음 착실히 헛디뎌서 언젠가 자기 한복판으로 되돌아오리란 걸. 2003년 뙤약볕 아래 서서 무력하게 울고 있던 여자가, 2024년 차가운 국회의사당 아스팔트 바닥에 앉아 있던 여자로 돌아오리란 걸. 마지막까지 광장에 남아 있던 여자들의 빨주노초파남보 불빛 안에서, 다시 빨주노초파남보 색으로 돋아난 여자의 더벅머리를 보리란 걸. C양과 D양이 되어 여자에 관한 것을 적고 있으리란 걸. 망한 농사. 불길한 징조. 따박따박 다 따지고 드는 년. 투계. 밥맛 떨어지게 하는 년. "걘 좀 유난이야" 속 '걔'. 그리고 다시 날아오고 있는 여자를 보는, 여자.

이제 나는 그때 그 여자—새가 왜 울었는지보다, 그렇게 지나가버렸으면서도 왜 거기로 번번이 돌아오고 있는지에 대해 더 자주 생각한다. 김혜순의 시에는 "엄마의 정신의 분열을 붙여주는" "파랑으로 끓인 죽粥"을 주워 먹고 자란 여자아이가

"파란 크리스탈 빛이 솟구"치는 몸(〈파랑 쥐의 산보〉)으로 자라나는 장면이 있다. 그 장면을 만난 이후, 내 꿈속의 새들은 더 이상 내게 불면을 데려온 새일 수만은 없는 채로, 다만 내가 그곳으로 매번 되돌아가야만 할 이유가 되었다. 내 잠 위로 끊임없이 내려앉는 여자들에게 왜 우느냐는 말보다 왜 계속 돌아오는지를 묻고 싶어서, 나는 매일 밤 그 숲으로 되돌아간다.

　여전히 굳게 믿고 있기 때문이다. 영정사진 속 여자와 거울 속 여자가 서로의 희미한 세계를 두 팔로 휘저어 언제든 서로를 향해 건너갈 수 있다는 것을. 내가 맨 처음 썼던 파란 잉크의 문장은, 희숙이 오래전 캔버스 위에 짓이겨놓았던 파랑 물감에 이미 포개어져 있었다는 것을. 단지 희숙과 나만의 비밀이라고는 할 수 없을 이야기가 세상엔 아직 많아서, 나는 계속해서 쓸 수밖에 없으리라는 것을.

광기의 기울기 | 백지은

1.

어쩌다 있는 일이지만 이렇게 나이가 들어서도 '사랑이 무엇이냐' 묻고 서로의 답을 경청하게 되는 때가 간혹 생긴다. 술자리 잡담이든 진지한 수업에서든, 사춘기 때부터 사춘기 딸을 둔 엄마가 될 때까지 줄곧 나는 '사랑은 광기'라고 자못 과격하게 말하는 이들의 사연에 가장 크게 고개를 끄덕였던 것 같다. 극단적인 감정, 숭고한 이해, 아름다운 운명 등등 그럴듯한 답은 많고, 대개 깊이 이해가 가는 정의들이며, 직간접적 경험에 비추면 더욱 공감할 만한 에피소드들이 오가는 중에 굳이, 사랑에 빠지는 건 결국 '미친 짓'을 피하지 못하는 거라고, 그리로 가면 이것저것 엉망이 될 것을 뻔히 알면서도 가버리고 마는 불가항력 같은 게 사랑이라며 어쩐지 허탈한 분위기를 풍기는 사연에 유독 마음이 꿈틀한다. 이유가 뭘까, 내

일천한 연애의 기억은 수수하기만 하여 아주 보통의 연애라 하기에도 열정과 집념에서는 미달이었을 텐데.

광기의 사랑이라면 타오르는 정열, 과도한 집념과 같은 어떤 강도나 열도가 먼저 떠오르려나. 그러나 나를 움쩍하게 한 건 어떤 '세기'보다는 아마도 '기울기'. 예기치 못한 방향 또는 각도로 크게 휘어지거나 멀리 튕겨버린 모양새. 그런 것에서 나는 광기狂氣/光記를 발견하는 것 같다. 그리고 또 나는, 어떤 강렬한 관심이 내게 생겨나 스스로 제어하지 못할 만큼 거기에 이끌리는 상태가 되었는데 이건 나 자신에게만 한정된 사업이니 혼자 반응하고 혼자 대처하고 혼자 진행해야만 하는 것으로 받아들이는 때, 어딘가 일방적이고 불균형한 장면에서 만져지는 내 마음의 질감을 '사랑'이라고 생각하는 듯하다. 그러니까 지금 내가 말하는 '사랑'은 사람 사이의 관계나 구조와 무관한 심신의 상태 같은 것이다. 존재의 중심이 어느 한쪽으로 확 쏠리면서 갑자기 세상이 삐딱하게 달려드는 바람에 바로 서야 보이는 정면을 잃어버린 상태. 정서적으로 약간의 들뜸 또는 흥분, 신체적으로 약간의 긴장 또는 진동을 동반한 채, 어떻게 발을 떼어야 할지 몰라 미적거리거나 그저 빙빙 하염없이 맴돌고 있는 느낌이랄까. 일상은 유지되지만 평일 점심의 시간을 토요일 저녁의 텐션으로 보내는 정도의 기울기를 내장한 상태일 것이다.

이런 정도의 기울기가 '광기'일 리는 없다. 사실 나는 평생 광기라는 걸 제대로 부려본 적이 없는 것 같다. 미쳐버리겠다, 미칠 것 같다, 차라리 미치고 싶다, 내가 미친 것 같다 등등 일상의 '미침'들은 대개 '빡침'이었던 거고, 뚜껑이 터져버릴 듯한 격노, 정신줄을 홀랑 놓고 말았던 흥분, 눈동자와 혀뿌리를 풀어헤쳐버린 술기운 등에 휩싸여 저질렀던 난장, 막장, 대환장의 순간도 진짜 광기를 부렸다고 하기엔 부족한 것이다. 왜 그렇다고 하냐면, 지금도 나는 똑바로 서 있지를 못하는 거 같으니까. 언젠가 내가 기울었던 그 어딘가로 확 자빠졌거나 굴러떨어졌더라면, 거기 주저앉았다가 다시 일어나 좀 똑바로 섰을 수도 있었을 텐데. 한번 제대로 그러지 못해 언제나 흔들흔들 휘청휘청 살아가는 것만 같다.

2.

넷플릭스 오리지널 시리즈 중에 〈러브 앤 아나키〉^{Kärlek & Anarki}(2022)라는 스웨덴 드라마가 있다. 중년에 접어든 '소피'와 청년 '막스'의 (유사 연애) 관계를 중심으로 스톡홀름의 한 출판사에서 벌어지는 크고 작은 소동이 그려지는 로맨틱 코미디다. 재정난으로 힘들어진 출판사에서 디지털 혁신을 위해 영입한 경영 컨설턴트 소피는 출근 첫날부터 다소 괴란쩍은 짓을 벌이다 IT 기술자인 막스에게 들켜버렸다. 그 일을 수습하려는 명목으로 시작된 두 사람의 만남과 약속은 장난스러우면서도 도발적인 '미친 짓'으로 이어지고, 둘의 일상을 요동치게 만들었을 뿐만 아니라 회사의 운명에도 작지 않은 파동을 일으킨다. 서로에게 매혹당하고 둘 사이에 강렬하게 흐르는 감정을 주체하지 못하면서도 그 불가항력을 이겨보려 여러모로 애쓰기도 하지만, 결국 서로를 향한 이들의 감정이 야기한 상태는 모든 것을 뒤흔드는 사랑일 수밖에 없다. 이 사랑 이야기에서 주인공 소피의 갈등과 변화를 중심으로 안정된 4인 가족의 엄마 역할과 직업인으로서 거둔 사회적 지위에 갇혀 제 모습을 잃어갔던 한 여성의 '자아 찾기'에 초점을 맞추어보면, 꽤 멀끔한 여성 서사의 한 전형으로 보일 수도 있겠다.

　그런데 소피의 경우 사실 가정과 사회 어느 쪽에서도 타율성의 압박을 강하게 받는 처지라고 하기는 좀 어렵다. 앞에서 내가 '괴란쩍은'이라는 생소한 말로 표현할 수밖에 없었던 그녀의 일탈적 행동이나, 막스를 향한 그녀의 야릇한 열정에 대해 가령 '사회적 규범에 억압된 개인의 욕망'이라는 전형적인 프레임을 씌운다면 너무 피상적인 설명일 것 같다는 얘기다. 소피의 결혼 생활과 직장 생활을 가부장제에 억눌린 섹슈얼리티의 정치성 혹은 남성중심 규범에 소외된 여성의 저항적 주체성 등에 결부하기 전에 그보다 더 확실하게 보이는 소피의 부담이자 상처는 실상 그녀의 아버지 '라르스'다. 라르스는 자본주의적 세계에 맞지 않는 일종의 망상을 끝내 접지 못하는 이상주의자인데, 거리에서 반사회적인 주장을 하다가 수시로 경찰의 제지를 받거나 억지로 정신병원에 갇혀 가족들에게 상처를 입히곤 했다. 소피의 남편 '요한'은 그와는 정반대의 현실주의자이고 사회의 속물적 근성에 철저히 부합하는 사람이라, 아빠의 영향을 미리 걱정했던 소피는 요한과 결혼하여 이룬 가정에서 언제나 실용적이고 현실적인 선택을 추구하며 최대한 아빠와 거리를 두려고 했다. 문화계 경력이 없는 소피가 출판사의 재정을 맡아 "문학 살해범" 소리를 들어도 "우리는 사업을 해요"라고 더 크게 소리를 지르는 것, 이것이 소피의 일생의 일상적 스탠스였던 것이다.

이 드라마에서 소피와 막스 둘의 로맨스보다 더 재밌는 요소는 어쩌면 소피와 막스가 서로에게 기울어진 이 장소, '룬드&라게르스테트'라는 출판사에서 벌어지는 각종 소동이라고 할 수도 있다. 수많은 착종과 모순이 산재한 문학/출판계의 혁신을 위해 투입된 소피의 행보를 따라 이 시대 '문학'(/예술/문화/상업)의 현실이 까발려지고 조롱당하는 동시에 주목되고 옹호되기도 한다. 소피는, "사고파는 일을 금지하라"는 피켓을 들고 광장에서 1인시위를 하는 아빠를 외면하고서 '룬드&라게르스테트'의 재정을 위해 문학을 사고파는 일에 성공하고자 고군분투하지만, 출판사에서 막스와 주고받는 엉뚱한 미션—남을 혼내기, 거꾸로 걸어 다니기, 행사 분위기 바꾸기, 의자에서 엉덩이 안 떼기, 만취하기 등등—의 파장으로 결국 문학을 '사고파는' 사업을 성공시키지 못하고 만다. 그 과정에서, 이렇게 말하고 말면 재미없지만 정말 하나하나 문학계의 정곡을 찌르는 그 무수한 협잡들—엘리트주의와 스타 찾기, 권위주의와 전통 고수, 시대정신과 시장주의, 정치적 올

바름과 관료주의, 정치적 올바름에 대한 저항과 자유주의 등
등 ―, 다채롭다 못해 호화로운 착종들의 현장이 주인공 남녀
의 '로맨틱 코미디'보다 더 로맨틱하고 더 코믹하게 그려진다.

그래선지 이 드라마에서 두 남녀를 중심에 둔다고 해도
주목되는 것은, 둘의 사랑이라기보다 둘의 입장 차, 둘이 즐
기는 게임, 둘이 각자 빠져든 혼란 또는 허탈함이라고 해야 더
맞을 것 같다. 소피는 줄곧 아버지처럼 살지 않기 위해 노력해
왔지만, 결국 "너 자신이 되어라"라는 계명에 부응하지 못한
괴로움에 빠진다. 자기 자신이 된다는 게, 애초부터 변치 않는
본질적 자아가 있고 오직 그로서만 존재해야 한다는 뜻은 아
닐 것이다. 오히려 언제나 하나의 자아로 살 수 없는 우리가
모든 선택을 고정된 스탠스로 수렴해서 꼿꼿이 서려고만 할
때 그러지 말고 차라리 유동하는 자아(들)에 따라 흔들려야 한
다는 뜻이 아닐까. 아버지와 멀어지는 선택으로 자기 삶을 굳
건히 세우려던 소피는, 자신의 자리에서 '괴란쩍은' 짓을 하다
들키는 바람에 자신과는 먼 자리에 있던 막스에게로 기울어
지게 된 것이고, 그리하여 그때까지 자신은 흔들리는 줄도 몰
랐던 제 자리에서 문득 장난 또는 난장을 벌이고 말았다고도
할 수 있다.

다시 말해 소피는 막스에게로 기울어져서 흔들린 것이
아니라 이미 흔들리고 있었거나 흔들려야만 했기 때문에 막
스에게로 기울어져버린 것 같다는 얘기다. 이때 그녀의 정념
은 사랑, 정욕, 불륜 등과 구별되어 보인다. 막스와 게임을 이

어가는 그녀의 에너지는 갑자기 그에게 푹 빠져버린 데서 솟아났다기보다 그로부터 도발된 색다른 행각에 매료되어 발동된 것으로 보이기 때문이다. 그녀는 아버지의 이상/망상이 현실적으로 무력하고 무책임해지는 상황에 상처받았고 그래서 '사고파는 사업'에 충실한 삶을 선택했으나 그 삶의 자리에서 자신이 끊임없이 흔들리고 있다는 것을 몰랐거나 부정했다. 소피와 막스의 엉뚱한 게임은 교환법칙을 교란하는 주고받기, 말하자면 자본주의적 소통에 어긋난 교류인 것인데, 거기서 촉발되는 혼동으로 그녀는 해방감을 느끼고 활기를 띤다. 결국 그녀의 열정을 부추긴 건 아버지의 '이상'과 멀지 않은 삶, 그녀가 선택한 것과 다른 가능성의 삶이 아니었을까. 스스로 흔들리는 줄 모르고 제 자리를 지켜온 그녀가 문득 그 흔들림을 깨달으며 ─ 아버지의 존재가 아프게 다가오고 ─ 막스에게 기울어진다. 그녀가 어릴 때 썼던 "러브 앤 아나키"라는 제목의 소설, "씨앗이 숲이 되는 이야기"를 기억해낸 건, 아버지를 부정하지 않고도 불행하지 않았던 그녀의 씨앗을 아직 잃지 못했기 때문일 것이다.

그러고 보면 소피와 막스는 아직 '연애'에는 돌입하지도 않았다. 흔한 사랑(고백)은커녕 진지한 사귐도 줄곧 유보하다가, 아버지의 죽음(자살) 이후 자신이 아직 (씨앗의 이상인) 숲이 되지 못했음을 깨닫고 나서야 비로소 막스와의 사랑을 시작해보려고 한다. (막스 또한 그녀가 기혼인 사실조차 괘념치 않고 그녀와의 관계에 몰입하는데, 이는 평소 그가 '그냥 거기 있는 식물'을 자기

식대로 이해하거나 굳이 이름 붙이려 하지 않는 그 자세로, 현실 규범이나 사회적 시선에 얽매이지 않은 입장에서 소피를 바라보고 인정했기 때문일 것이다.) 아직 '사랑'의 이름으로, 그리고 사랑의 구조로 코드화되지 않은 그녀의 열정은, 현재의 삶에서 개인의 내적 욕망을 발현하도록 작동하는 감정적 만족 같은 것이라기보다 현재의 삶 밖에서 자신의 정체성을 재평가하고 재구성하도록 부추기는 실존적 시도로서 더 의미가 있다. 삶에 갑자기 등장한 '러브'의 코드를 '아나키'로 이끌어가는 것이 아니라 불가피한 '아나키'의 삶이 '러브'로 끌어당겨지는 이 열정의 방향으로 인해 이 드라마는 소피의 삶에 중심을 잡아줄 자아를 찾아가는 서사가 아니라 간신히 고정해놓았던 자기를 해방하여 소피의 삶의 스케일을 흔들어놓는 서사가 된다.

이것이 내가 사랑하는 사랑 이야기, 아마도 소피의 사랑보다는 소피의 광기, 소피의 아나키이자 소피의 기울기에 관한 이야기다. 어쩌면 우리는 언제나 '아나키無政府' 상태(가 아닐 수 없는 것)인데, 스스로 '자기self'라는 정부政府를 세우고 간신히 유지하기를 도모하는 한편, 수시로 그것이 부실해질 때마다 무정부의 혼란을 두려워할 수밖에 없는 존재들인 게 아닐까. 그리고 어느 날 문득 거센 두려움 속에서 헐벗어진 자기의 정부를 감당하기 힘들어 온몸이 휘청이고 영혼까지 흔들릴 때, 다른 존재에게로 기울어지는 제 삶을 통제할 다른 정부의 가능성을 강렬히 원하는 우리는 아직 또는 굳이 '사랑'이라는 상징화에 연루되지 않은 채로도 그 기울기에 몸을 맡기게 된다.

되돌아가고 싶지도 해명하고 싶지도 않은 그 들뜬 감각이야 말로 마침내 우리에게 '사랑'이라는 형식을 가장 적확하게 들어맞히고야 말 광기가 아닐지. 광기는 다른 삶의 가능성으로 기울어진 존재가 뿜어내는 빛. 그 빛을 따라 흔들리고 싶은 그림자에게로 마침내 당도하는 사랑.

젠더의 우울과 초과하는 여성들 │ 정은경

마녀와 광녀 탐색,
오정희와 박완서를
중심으로

1. 근대의 히스테리

푸코는 '인간중심'의 근대적 에피스테메를 분석하는 말미에 1950년대 이후 현대의 구조주의가 어떻게 자기비판을 통해 인간의 분신double이자 쌍둥이인 타자를 사유해왔는지 지적한 바 있다. 정신분석학, 문화인류학, 구조언어학 등이 탐구하는 '타자, 사고되지 않은 것, 무의식적인 것'은 일종의 '반–과학들counter-science'에 속하지만, 이들 '심층과 무의식'이 긴요하게도 '의식의 외부의 경제'*로서 인간과학의 합리성을 지탱하고 있다고 보는 것이다. '여성'이 근대 이성의 타자로서 끊임없이 배제되어왔다는 것은 페미니즘을 비롯한 비판 담론이 지적해온 바이며, 이는 여성성을 '광기' '비합리성' '감정' '자연' 등과

---

*   미셸 푸코, 《말과 사물》, 이광래 옮김, 민음사, 1995, 406쪽.

관련시키는 문화적 관습에서도 잘 드러난다. 즉 근대 합리성이 지식의 영역으로 배치하지 못하는 여성의 자리(광기, 히스테리, 숭고, 자연)는 남성적 근대의 신경증적 증상이라고 볼 수 있다.

조선의 많은 여성은 식민지 시기 새로운 '근대' 질서 속에서 구여성으로 '삭제'되거나 신여성으로 '배제'되는 운명을 걷게 된다. 구여성의 운명이 자유연애와 '혼인법' '호주제' 등 근대 가족의 형성 속에서 어떻게 비극적 행로를 걷게 되었는지는 백신애의 〈광인수기〉(1938)가 잘 보여주고 있다. 이 작품에서 신여성을 택한 남편에게 배신당한 구여성의 발광은 당시 여성들이 가족 이외의 다른 삶을 상상할 수 없었다는 것을 보여준다. 한편 봉건의 민족과 일제의 모던 사이에서 갈등할 수밖에 없는 근대의 우울한 남성에게 '신여성' 또한 '마녀' 혹은 '탕녀', '광녀'로 그려지기 쉽다. 행려병자로 삶을 마감한 나혜석, 정신병원에서 사망한 김명순, 승려로 출가한 김일엽의 말년은 곧 남성적 근대가 여성의 자율성을 어떻게 삭제했는지를 상징적으로 보여준다. 푸코가 《광기의 역사》에서 성찰한 것처럼, 남성의 거울에 위험하거나 불필요하게 비춰지는 여성성들은 마녀와 광녀의 형상으로 그려져왔다.

광기―19세기에 흔히 히스테리로 불림으로써 여성적 질병으로 간주되고, 20세기 들어서는 우울 혹은 불안이라는 진단명을 얻은*―는 "사회에 대해 수동적이고 내면 지향적이며 궁극적으로 자기파괴적인 거부를 표현한 대표적인 사례"**이다. 그리스어로 '자궁의 이동'을 뜻하는 히스테리아[Hystera]는 오랫동안 여성적 질병으로 인식되어왔다. 프랑스의 신경학자 장-마틴 샤르코[Jean-Martin Charcot]에 의해 히스테리 진단이 자궁과 관련이 없다는 것이 밝혀졌고, '전쟁 신경증' '폭력에 의한 광기'와 같은 남성 히스테리(나운규의 〈아리랑〉에 등장하는 미치광이 영진이나 이청준 소설에 등장하는 폭력에 희생된 남성들)에 대한 논의들이 이루어진 지도 오랜 시간이 지났지만, 히스테리는 여전히 일부 '민감한' 여성들의 질병으로 치부되고 있다. 또한 현실적으로도 여성 우울증이 남성보다 훨씬 더 많다는 것이 통계적으로 입증되고 있다. 이에 대해 크리스티나 폰 브라운은 '서양 의학과 과학의 역사는 무질서한 형식을 모두 배제하는 경계 짓기의 역사, 규범과 정상성(육체, 자연, 성[性]의 정상성)을 추구해온 역사'가 '무질서 그 자체인 비정상성'에 이름을 붙이지 못했기 때문이라고 본다. 그렇게 해서 정상성으로 분류될 수 없는 모든 것들은 '히스테리'로 불리게 되었다.[***]

그러나 근대의 가장자리에서 신경증적으로 발화하는 여

---

[*]   여성의 광기는 시대와 장소에 따라 때로는 히스테리아로, 신경증으로, 우울증으로, 혹은 화병으로 불렸다. 하미나, 《미쳐있고 괴상하며 오만하고 똑똑한 여자들》, 동아시아, 2021, 34쪽.
[**]   리타 펠스키에 따르면, 게일 피니는 페미니스트를 여성 억압적인 조건에 대해 반항적이며 해방을 위한 외부 지향적 반응을 표출한 사례로 보는 한편 히스테리 환자는 자기파괴적인 거부 표현의 사례로 보았다. 리타 펠스키, 《근대성의 젠더》, 김영찬·심진경 옮김, 자음과모음, 2001, 25쪽.
[***]   크리스티나 폰 브라운, 《히스테리》, 엄양선·윤명숙 옮김, 여이연, 2003, 25쪽.

성 히스테리를 처벌과 배제의 현장으로만 볼 수는 없다. 히스테리는 '수동성' '의지 없음' '자아 부재' '나약함' '불안' 등으로 설명될 수 있으나, 근대 규율이 가리키는 '대문자 자아'(완전성의 전능한 양성의 추상적 자아)가 아니라 '소문자 자아'(육체적이며 불완전한 자아)를 선택한다는 점에서, 또는 '기억을 선택한다'는 측면에서 "거부의 형식"이자 항의를 뜻한다.****

"히스테리 환자들 가운데 정신이 아주 명료하고 의지가 강하며 성격이 아주 분명하고 비판정신이 강한 사람들을 발견할 수 있다고 믿는다"*****라는 브로이어의 지적이나 31명의 20~30대 여성을 인터뷰함으로써 우울증에서 '고통을 호소하며 자기 이야기를 하는 여성들, 즉 자기 삶을 살아가려는 여성들'을 읽어내는 《미쳐있고 괴상하며 오만하고 똑똑한 여자들》의 시도는 '미친 여자'가 박약이나 순종이 아니라 주체성의 의지와 '거부'의 표식임을 예증한다.

최근 '미친 여자'의 새로운 형상으로 떠오르고 있는 이미지인 '마녀'는 15~17세기에 유럽에서 수십만 명의 여성들이

**** 크리스티나 폰 브라운은 "억압으로 인한 기억상실증은 가장 활발한 기억 형태 중 하나다"라는 라캉의 말을 빌려 히스테리가 곧 기억을 선별하는 거부의 형식이라고 본다. 또한 자아를 대문자 자아Ich와 소문자 자아ich로 구분하여, 소문자 자아는 자신의 불완전성에 대한 의식, 죽을 수밖에 없고 특정한 성에 속한다는 것을 아는 자아로, 반대로 대문자 자아는 완전성의 환상에 상응하는 전능한 자아(남자인 동시에 여자이므로 성이 없다)로 보았다. 소문자 자아는 언어로 상징되는 추상화에 맞서 자신의 물질성, 육체성, 성을 회복하기 위해 대항하고 몰락한다. 같은 책, 15~31쪽.
***** 요제프 브로이어·지크문트 프로이트, 《히스테리 연구》, 김미리혜 옮김, 열린책들, 1998, 84쪽.

1부 | 마녀를 위한 변론

마녀로 몰려 고문당하고 화형, 교수형에 살해되었던 '마녀사냥'에서 비롯된 것이다. 한국의 맥락과는 무관한 이 '마녀'라는 용어가 호출된 것은, 강남역 사건 혹은 n번방 사건 등이 보여주는 페미사이드와 성착취, 미투운동 이후 백래시가 보여주는 여성혐오, 그리고 전 세계적으로 여전히 진행되고 있는 페미사이드[*] 및 폭력과 관계가 있다. 또한 최근 문학과 대중문화에서 부상하고 있는 여성범죄, 스릴러는 여성을 단순히 남성 폭력의 희생자가 아니라 복수하고 응징하는 존재로 그리고 있다. 과거 '마녀사냥'에 함의된 '여성의 힘'에 대한 남성의 불안과 공포를 소환하고 있는 것이다. '여성의 힘'을 상징하는 마녀사냥에 대한 논의(이택광, 실비아 페데리치 등)[**]에서 주목할 것은, '마녀'라는 개념에 함축된 남성을 넘어선, 혹은 능동적이고 대등한 힘(마법-섹슈얼리티, 임신과 출산 등)을 가진 여성적 존재이다. 그리고 그로 인해 이어지는 사냥과 재

---

[*]   실비아 페데리치는 인도와 네팔, 아프리카 여러 나라에서 마녀사냥이 다시 나타나 수천 명의 나이 든 여성들을 살해하거나 추방하는 일이 벌어지고 있으며(《캘리번과 마녀: 여성, 신체 그리고 시초축적》, 황성원·김민철 옮김, 갈무리, 2022, 11쪽), 2000년부터 현재(2023년)까지 최소 2만 명의 여성이 마녀로 몰려 살해당한 것으로 추정하고 있다(《우리는 당신들이 불태우지 못한 마녀들의 후손들이다》, 신지영·김정연·김예나·문현 옮김, 갈무리, 2023, 5쪽). 젊은 세대의 페미니스트는 이러한 폭력에 항의하면서 2018년 3월 8일 세계여성의날 시위(스페인 카탈루냐)에서 "우리는 당신들이 불태우지 못한 마녀의 후손들이다"라는 슬로건을 내건 바 있다(《우리는 당신들이 불태우지 못한 마녀들의 후손들이다》, 6쪽).
[**]   이택광, 《마녀 프레임: 마녀는 어떻게 만들어지는가》, 자음과모음, 2013; 실비아 페데리치, 《캘리번과 마녀》.

판이 보여주는 남성폭력과 그 결과로서의 가정주부화이다. 광녀가 가부장제의 폭력에 의해 삭제된 수동적인, 그러나 이 의를 제기하는 여성 존재에 대한 비유라면, 마녀는 자본주의 폭력에 희생된 능동적인, 그러나 위협적인 여성 노동과 권력 에 대한 상징적 이미지라고 할 수 있다. 오정희와 박완서의 소 설을 통해 마녀-광녀의 형상을 살펴보자.

2. 히스테리와 거짓말: 오정희의 〈바람의 넋〉

도리스 레싱의 단편 〈19호실로 가다〉의 주인공 수잔은 영국 의 중산층 가정의 평범한 여인이다. 광고 일을 하던 수잔은 매 튜라는 매력적인 남성을 만나 가정을 일구고 임신과 함께 직 장을 포기한다. 유능한 남편 덕분에 수잔은 리치몬드의 크고 넓은 하얀 집에서 네 명의 아이를 낳고 기르면서 넉넉하고 평 화로운 일상을 꾸려간다. 네 아이를 기르는 동안 '공허함'을 느끼기도 하지만, 수잔은 맹목적인 헌신이 필요한 시기를 지 나면 다시금 자신의 생을 되찾으리라는 믿음으로 살아간다. 어린 쌍둥이가 학교에 들어가게 되어 이제 '자아'를 회복할 수 있게 될 것이라고 희망했으나 막상 송두리째 주어진 낮 시간 에 무엇을 할지 몰라 당황한다. 한 번도 가족을 위한 긴박한 일상에서 벗어난 적이 없었기 때문이다. 다시 부산한 일상으 로 자신을 밀어넣지만 실패하고, 남편이 그녀를 위해 만든 독립적인 공간도, 모두가 공유하는 방으로 전락한다.

결국 그녀는 해결되지 못한 갈망을 안고 런던 시내의 한 호텔에 '자기만의 방'을 만들게 된다. 오페어 걸(숙식 제공을 받는 대신 가사를 돕는 외국 여자. 그 나라 언어 배우기를 목적으로 함)을 고용하여 집안일을 맡기고, 매일 낡고 허름한 '프레드 호텔 19호실'을 찾는다. 남편 매튜는 아내를 수상히 여겨 미행을 붙여 그녀를 추궁한다. "이혼하고 싶소?" 절망에 찬 매튜의 질문에서 수잔은 남편이 자신에게 애인이 있다고 생각하고 있음을, 그렇다는 답을 원하고 있다는 것을 알아챈다. 수잔은 이를 부인하는 대신, 가상의 애인을 만들어 거짓말을 한다. 그러자 매튜는 자신의 외도를 고백하고 애인들과 함께하는 '4인조'의 모임을 제안한다. 남편의 편리한 오해를 부정하지 못한 수잔, 아무에게도 이해받지 못한 그녀는 결국 19호실에서 자살하고 만다.

남편의 오해를 감수하면서까지 지켜내려던 '19호실'에서 그녀는 무엇을 했는가?

그 방에서 무엇을 하였느냐고? 그야, 전혀 아무것도 하지 않았다. 휴식을 취한 후에 의자에서 일어나 창가로 가서 팔을 뻗고 웃으며 자신의 익명을 소중해하면서 밖을 내다보았다. …… 그녀는 더 이상 네 아이의 어머니이며 매튜의 아내이고 파크스 부인과 소피 트럽의 고용인이며 친구들, 학교 선생님들, 상인들과 이런저런 관계를 가진 수잔 로링즈가 아니었다. 더 이상 이런저런 활동이나 경우에 적합한 옷들을 소유한 크고 하얀 집과 정원의 안주인이 아니었다. 그녀는 존스 부인이었고, 혼자였으며, 과거도 미래도 없었다. 그녀는 생각했다. 결혼하여 아이들을 낳고 책임지는 역할들을 몇 년 동안이나 한 후에, 이제 내가 여기 있어. 그리고 나는 똑같아. 그런데 나는 매튜 로링즈 부인이기에 하는 역할들을 제외하고는 내가 존재하지 않는다고 생각했던 적이 있어. 그래, 이제 난 여기 있어. 그리고 만일 내가 식구들을 다시 보지 않는다면, 나는 여기 계속 있겠지……. 얼마나 이상해! 그리고 그녀는 창턱에 기대어 길을 내다보았으며, 지나가는 사람들이 모르는 사람들이었기 때문에 그들을 모두 사랑하였다.[*]

요컨대 19호실에서 수잔은 '아무것도 하지 않는다'. 19호실에는 정부도, 글쓰기도, 특별한 프로젝트도 없다. 그저 그녀는 그곳에서 다만, 이렇게 저렇게 규정된 '존재'로부터 물러나 있을 뿐이다. 아내, 네 아이의 엄마, 집주인 등등, 촘촘히 요구되는 그 역할로부터 벗어나 있을 뿐이다. 의자에 앉아 쉬거나, 혼자 멍하니 창문 밖을 쳐다보거나 하는 지극히 하찮고 쓸데없는 시간의 연속. 그 혼자만의 시공간이 하등 불필요하고 비

---

[*]   도리스 레싱, 〈19호실로 가다〉, 《세계 페미니즘 단편선: 19호실로 가다》, 오정화·최영 옮김, 민음사, 1994, 40~41쪽.

생산적이며 무용하다고 하지만, 그래서 그것은 삭제되어야만 하는 것일까? 수잔은 단연코 그렇지 않다고 항의한다. 존재를 규정하는 모든 것으로부터 자유로운 그 쓸데없는 잉여에서, 그 익명에서 수잔은 온전히 자신의 '존재'를 회복할 수 있으며, 그 자유로 인해 지나가는 모르는 사람들을 모두 사랑할 수 있다고 말한다.

오정희의 소설에는 '수잔'들이 출몰한다. 오정희의 소설에서 여성들은 집을 나오거나 혹은 '다른 삶'과 '일탈'을 꿈꾼다. 그러나 그녀들은 언제나 집으로 귀환할 수밖에 없다. 왜 그런가. 백신애의 〈광인수기〉처럼 '집'으로 상징되는 가부장제를 벗어난 곳은 곧 '죽음'이라는 것을 보았기 때문이다. 그 죽음은 곧 '미친 여자'의 형상으로 그려진다.

히스테리 환자들이 '거짓말쟁이'로 간주되는 것은 그들이 아픈 것처럼 가장하고 이야기를 만들고 사건을 꾸미기 때문이다.[*] 그리고 보다 의식적인 검열을 거친 백일몽으로서의 예술작품에서 작가는 히스테리적 주체에 거짓과 환각을 만들어주고 그들의 고통을 전시하도록 연출한다. 그러나 중요한 것은 거짓과 환각의 실체가 아니라, 그들의 고통이다. 샬롯 퍼킨스 길먼의 〈누런 벽지〉에 등장하는 주인공이 목격했다고 서술하는 '벽지에서 기어나오는 여성'이 실체인지 아닌지는 중요하지 않다. 설령 정원의 유령으로 대체되더라도 이상

---

[*]   크리스니타 폰 브라운, 《히스테리》, 56쪽.

할 것이 없다. 이런 맥락에서 보자면 〈바람의 넋〉에서 중요한 것은 결말에 이르러 가출병의 원인으로 제시되는 전쟁의 상흔이 아니라, 끊임없이 가출하고 돌아오는 그 행위, 그리고 그 행위가 드러내는 고통과 욕망이라고 할 수 있다.

〈바람의 넋〉의 은수는 은행원 세중과 결혼해 단란한 가정을 이루고 살아가는 서른넷의 중산층 여성이지만, 연락도 없이 몇 날 며칠을 나갔다가 돌아오는 가출벽을 버리지 못하는 인물이다. 신혼 육 개월부터 시작된 가출은 아이 승일을 낳고도 계속된다. 그녀의 가출은 어떤 비행이나 부정과 함께하지 않는다. 첫 가출 끝에 남편 세중은 신혼여행의 호텔에서 그녀를 찾는다. '왜냐'는 세중의 추궁에 '그냥'이라는 은수의 답과 신혼여행지로의 잠적이라는 센티멘탈은 그들을 다시 가족으로 봉합한다. 그러나 그녀의 가출은 계속된다. 거듭되는 그녀의 가출에 대한 세중의 심정은 "망할년 죽일년, 주리를 틀년"(200쪽)이라는 장모의 욕설로 대변된다. 그리고 결국 세중은 또 한 번의 '오인된 가출'(은수는 친정어머니 집에 가려다가 산에서 세 명의 사내에게 윤간을 당하고 늦게 귀가한다) 뒤에 은수와 헤어지기로 결심한다. 세중은 주택적금을 깨서 그녀에게 위자료를 건네고, 장모 대신 시골 어머니에게 살림을 맡긴다. 그렇다면 은수는 왜 줄기차게 가출하는가? 여기에 대해 은수는 "때없이 덜미를 잡아 내치는 것, 바람 소리를 이기지 못해 펄럭이며 문밖으로 나서게 했던 것, 그것은 어쩌면 생활 속에 생활이 아닌 다른 공간을 지니고자 하는 안간함은 아니었던지"*라고 모호하게 대답한다.

　'이곳이 아닌 다른 삶'에 대한 꿈은 다른 소설에서도 끊임없이 출몰하는 주부의 열망이다. 그런데 이 소설에서 언급되는 "뭔가 잊어버린 것과 만날 것 같은 기대"는 돌연, '검정 고무신 두 짝'이라는 원초적 기억과 만난다. 어린 시절 그녀는 '전쟁통에 낯선 사내들이 기습해서 부모를 죽이고 쌍둥이 동생까지 처참하게 살해하는 것을 변소 문의 성긴 문틈으로 목격했'던 것이다. 그러나 기존 논의에서 지적한 것처럼 이 참혹한 사건의 전말은 "유기적으로 잘 연관되지 못한 채 겉돌고"** 있다.

　과연 은수가 안타깝게 찾아 헤매던 것, 잊어버린 것이 그 원초적 장면일까. 존재의 심연이라는 모호한 추상일까. 기존 논의***에서처럼 원초적 기억은 은수의 것도, 양모의 것도 아니다. 1장과 3장의 세중의 일인칭 시점, 2장과 4장의 은수 시점에 돌연히 나타나는 이 장면을 전지적 작가의 시점으로 볼 수밖에 없다면, 이 지점은 소설작법의 실패일 수도 있다. 소설을 사실 재현의 기록물이 아닌 심리적 사실의 표현이라고 한다면 이 장면은 은수가 집으로 돌아가기 위해 만든, 혹은 은수를 집으로 돌려보내기 위한 내포 작가의 '거짓말'이라고도

---

*　오정희, 《바람의 넋》, 문학과지성사, 1996, 252쪽.
**　심진경, 〈원초적 장면과 여성적 글쓰기의 기원: 오정희의 《바람의 넋》 재론〉, 《인문학논총》 37, 2015, 382쪽.
***　성민엽, 〈존재의 심연에의 응시〉, 《오정희 깊이 읽기》, 문학과지성사, 2007, 283쪽.

볼 수 있다. 그렇다면 왜 거짓이 필요한 것일까. '그냥'이라는 답은 남편 세중의 편에서도, 상징계 편에서도 이해할 수 없는 '떠도는 마음'이고, 세간의 눈으로 보자면 중산층 여성의 한낱 일탈 충동에 불과하기 때문이다. 그래서 은수를 집으로 돌려보내려면 이들이 필요로 하는 그림을 주어야만 한다.

은수는 자신의 가출벽이 어린 시절에 겪은 '검정신 두 짝'이라는 참혹한 트라우마이고 죽은 쌍둥이 동생의 넋이 자신을 끊임없이 불러내는 것이라고, 남편과 독자들에게 얘기한다. 가족의 참혹한 죽음과 한국전쟁이라는 역사적 폭력성은 이 미친 여자의 가출벽에 대해 침묵하게 한다. 너무 끔찍해서 침묵할 수밖에 없는 저 장면은, 그래서 은수의 가출에 대한 완벽한 알리바이가 될 수도 있다. 그러나 은수가 제출한 저 기억을 믿을 수 있을까. 진실이 아니라면 그깟 가출버릇에 전쟁처럼 엄청난 역사를 잇대어놓았다고 분노할 것인가. 이 원초적 장면을 "현재 여성 현실에 대한 작가의 인식이 과거로 거슬러 올라가 재구성한 일종의 만들어진 기원"[****]으로 설명하는 심진경의 독법은 은수의 현실이 그깟 '일탈 충동이나 권태' 혹은 '존재의 심연'과 같은 사치스러운 것이 아닐 수 있다는 것을 보여준다.

이 원초적 기억은 실체 없는 환상일 수 있다. 그리고 그 여인들처럼 은수는 자신을 부른다는 쌍둥이 동생(분신)의 넋

[****] 심진경, 〈원초적 장면과 여성적 글쓰기의 기원〉, 395쪽.

대신, 아이의 울음소리—승일과 어린 시절 자신—를 따라 집으로 귀환할 것이다. 그러나, 그래서 이 소설은 허망한 것인가. 은수의 가출버릇과 이에 따른 가정파탄은 〈누런 벽지〉나 〈19호실로 가다〉의 여인이 갇힌 방에서 상상하는 '가상'일 수 있다. 가출을 하게 된다면 그 이후 어떤 일이 벌어질 것인가. 남편의 분노, 시댁 누님의 의혹, 그리고 이웃들의 수군거림, 친정어머니의 절망, 그리고 어쩌면 산에서 낯선 남성들에게 당하는 윤간, 무엇보다 다시는 보지 못하게 될 아이. 이 상상은 집에 유폐되어 늙어가는 은수에게 다시금 집과 단조로운 일상을, 고독한 육아를 그리워하게 하는 힘이 될지도 모른다. 가출에 대한 상상은 그 모든 무의미함을 "이미 잃어버린 모든 것, 다시는 허락되지 않을 그 모든 것"이라는 절박한 의미로 바꿔놓기 때문이다. 오정희의 외출과 가출에 대한 글쓰기는 그렇게나마 '의미'를 만들어가는 여성적 글쓰기의 수행성일지도 모른다.

3. 위장된 마녀들: 박완서 소설의
메데이아와 '막장 드라마'

오정희의 여성들이 가부장제가 강요한 '집 안'에 갇혀 '탈출'과 '위반'의 환영을 보는 광녀라면, 박완서 소설의 많은 여성들은 오히려 '집 안'이라는 허락된 공간에서의 남성과 맞서 권력을 찬탈하는 마녀이다. 그녀들은 가부장제의 밧줄에 묶여 갇히거나 지워지는 존재가 아니라, 오히려 '아내', '어머니'에게 주어진 역할을 초과하여 권력을 휘두르는 괴물과 유사하다. 남성의 생계 부양 능력과 자본을 빼앗아 남성을 불능으로 만드는 아내, 모든 욕망과 생의 의미를 '자식'에게 부여하여 이들의 주체성과 의지를 말살하는 '엄마'는 자식을 죽여 남편에게 복수하는 마녀 메데이아의 형상과 겹친다.

《도시의 흉년》(1979)*을 떠받치고 있는 이데올로기는 유교적 가부장제, 그리고 배타적 가족주의와 결합한 1970년대산 자본주의다. 이 소설은 '남매 쌍둥이는 세상없어도 쌍피 붙는다'는 할머니의 불길한 신앙 위에서 전개된다. 남매 쌍둥이 상피설이 과거 식량난에 허덕이던 시절, 입 하나라도 줄이기 위해 여아살해를 정당화하는 미신이었음은 자명하다. 남매 쌍둥이로 태어난 여주인공 수연은 할머니의 저러한 미신 때문에 이모의 손에서 자라고 여섯 살이 되어서야 집으로 돌아온다. 가족주의를 신앙처럼 받드는 엄마는 세 자녀의 성장을 빈틈없이 장악하고 교육과 결혼에 집착함으로써 자신의 힘과 존재를 확인한다. "내가 너희들을 어떻게 길렀다구"라는 말은 자녀에게 헌신하는 모성이 아니라, 자녀를 구속하고 통제함으로써 존재를 과시하는 위장된 마녀의 구호이다. 그런 엄마

---

* 1975년 12월부터 1979년 7월까지 《문학사상》에 연재되었으며 문학과지성사에서 1979년 단행본으로 출판되었다. 이 글에서는 세계사에서 출간된 《도시의 흉년》(2012, 전3권)을 저본으로 삼는다.

의 익애와 성화에 맞서 아들 수빈은 "날 좀 내버려둬달란 말에 욧"이라며 항의하지만, 그것은 늘 "엄마아, 뒷일이나 잘해줘" 같은 칭얼거림과 "온냐, 온냐"와 같은 엄마의 굳건한 포옹으로 끝날 뿐이다.

엄마 김복실에게 '모성애'는 그 모든 부도덕을 정당화하는 절대이념이 된다. 남편이 전쟁에 나가고 시어머니와 어린 아이들의 생계가 막연해지자 엄마는 이웃의 빈집털이를 하기 시작하고, 그녀의 도둑질은 곧 '비단이불, 싱거미싱'과 같은 목록으로 불어난다. 그녀의 죄책감은 모성애로 얼마든지 상쇄될 수 있는 것으로, 이 전능한 알리바이는 해방 이후 양색시 장사, 달러벌이 등으로 확장된다. 양색시 장사를 그만두고 목돈으로 포목점을 연 김복실은 곧 졸부가 되어 자식들에게 투자한다. 김복실의 익애적 모성은 자식의 의지와 욕망과는 전혀 무관하게 '남들의 시선, 돈'과 같은 물신 위에 구축된다. 수빈이 가난한 순정과 사귀자 김복실은 "얼마나 받으면 수빈이한테 떨어질 테냐"*고 모욕을 주고, 순정의 행상하는 모친을 찾아가서 망신을 준다. 이처럼 김복실은 '내조, 육아'와 같은 집안일로 분별되는 성별분업이 만든 '주부'의 자리에서 과잉 주체화되어 자식들에게 권력을 행사한다.

또한 이 소설은 여성이 집안일, 육아와 같은 재생산의 영역을 넘어 남성이 주관하는 생산 영역을 침범했을 때, 그것이

---

*   박완서,《도시의 흉년》3, 18쪽.

곧 섹슈얼리티의 제거와 연결된다는 점을 보여준다. 즉 자본권력은 곧 성권력과 이어질 수밖에 없다는 것을 김복실의 경제력과 지대풍의 성불능을 통해 보여준다. 김복실은 포목점으로 경제력을 획득함으로써, 남편인 지대풍의 가부장적 권력을 찬탈한다. 그리고 지대풍은 가족을 부양하는 권위적인 아버지, 남편 자리에서 밀려나 성불능이 되고, 가족들 몰래 절름발이 첩과 살림을 차려 아이를 낳는다. 지대풍은 가난하고 힘없는 절름발이 여자로부터 잃어버린 남자의 권위와 성적 능력을 회복하지만, 그 첩살림의 비용조차 김복실로부터 빼돌리면서(혹은 빼돌리기 위해) 두 개의 기만적 '가족'을 오간다.

남편과 자식에게서 힘을 빼앗아 자신의 존재를 과시하는 마녀는 김복실에게만 해당되는 이야기가 아니다. 박완서 소설의 여성들은 많은 경우, 소외되고 배제된 자리에서조차 '주체성'을 함부로 포기하지 않는 마녀적인 요소들을 지니고 있다. 지대풍의 첩인 절름발이 여자는 자신의 장애를 이용해서 남자를 굴종시키고 첩과 서자라는 약자적 위치를 폐제시킨다. 할머니의 불길한 저주와 배척을 받았던 수연 또한 이러한 혐오와 적대에 맞서는 능동적 마녀의 모습을 보여준다. 수연은 형부가 될 서재호와 관계를 갖고 오빠 수빈과 상피붙은 것으로 오인된 장면을 해명하지 않는 것으로 남매 쌍둥이 상피설의 저주와 운명을 역설적으로 실현한다. 급기야 수연은 엄마에게 아버지의 딴살림을 보여주는데, 이때 김복실은 충격을 받아 쓰러지고 가족은 해체된다. 물론 수연의 행동은 부모를 벌주고자 하는 악행이 아니라 이들의 위선과 어리석음*을 깨우쳐주려는 의도에서 비롯된 것이다. 《도시의 흉년》은 이렇듯 남매 쌍둥이 상피설이라는 불길한 미신과 상동관계에 있는 중산층 가족의 허위성을 파멸의 요인으로 배치함으로써 근대의 허위성을 적나라하게 폭로하고 있다.

《욕망의 응답》(1979)**은 또 다른 방식으로 여성의 남성 권력의 전유와 파괴성을 보여주는 작품이다. 미혼모 자명은 아들 윤명을 홀로 키우다가 '저택집' 막내인 민우와 결혼하여 재벌집의 일원이 된다. 이 저택에서 자명은 죽어가는 시아버지의 신음소리와 젊고 아름다운 시어머니 소희라는 기이한 존재에 공포를 느낀다. 어린 계모 소희는 늙은 아버지를 극진히 모시는 '천사'로 칭송되지만 점차 드러나는 집안의 내력은 이 소설을 고딕풍 미스터리로 몰아간다. 이 집에는 아홉 명의 서자들이 드나드는데, 아버지의 9층 빌딩에서 나오는 월세를

---

* 그들 집에 기거하게 된 대고모 할머니는, 할머니가 그토록 남매 쌍둥이 상피설에 집착하게 된 내력을 이야기해준다. 오래전 남매 쌍둥이를 낳은 여인이 시어머니의 닦달로 인해 딸을 근처 친척 집 구멍받이로 보냈고, 이들은 커서 각각 결혼을 했는데 다섯 살 많은 아내를 싫어하는 아들과 과부가 된 딸이 눈이 맞아 상피붙게 되었다는 것이다. 아들은 "진작에 그 일을 일러주셨으면 이런 일은 나지 않았어요. 우린 안 나빠요. 나쁜 건 어머니예요"라고 외치며 저수지에 빠져 죽고, 이후 어머니는 화병으로 죽는다. 남매 쌍둥이의 여성이 곧 대고모 할머니이고, 할머니는 죽은 남자의 아내였던 것이다(3권, 249~260쪽)
** 1978~1979년 《여성동아》에 연재된 작품으로, 1979년 수문서관에서 출간되었고, 1984년 《인간의 꽃》(수문서관)으로 제목을 바꿔 재출간되었다. 이 글에서는 1989년 우리문학사에서 출간된 텍스트를 저본으로 삼았다.

받아가며 '영감의 죽을 날'만 기다린다. 아홉 명의 남매들은 모두 배다른 첩의 자녀로 이들 연령차는 거의 6년을 넘지 않는다. 그렇게 된 연유는 이렇다. 해방 후 민우의 아버지는 임신한 과부를 억지로 끌고 가 강제로 수술을 시켰는데, 출혈이 심해 죽고 만다. 그녀는 죽어가며 '당신의 핏줄이 태어나는 일은 없을' 거라는 악담을 남겼고, 아버지는 저주를 두려워한 나머지 광적으로 여러 여자에게서 아이를 낳아 입적시켰다.

서자가 된 아홉 남매들은 본처의 큰형과 달리, 제대로 된 돌봄과 교육을 받지 못해 재산도 생활력도 보잘것없는 성인이 되었다. 그러던 어느 날 이들 중 '영우'가 3층에 있는 아버지의 방으로 올라가는 계단에서 떨어져 죽는다. 사망 사건 직후 소희의 정체에 대한 의구심과 공포심은 더욱 증폭되는데, 결국 소희 부인의 우발적 살인으로 밝혀진다. 사건 해결과 함께 폭로되는 소희 부인의 실체는 죽은 과부의 사연과 유사하다. 과거 소희의 아버지는 민우의 아버지-노인의 사채를 끌어쓰다 파산하고 궁핍에 시달리다 부모를 여의었고, 소희는 그 원수를 갚기 위해 노인과 결혼해 9층 빌딩 매각과 남편 살해를 모의했다는 것이다. 결국 소희는 이미 죽은 노인의 시체를 은폐하기 위해 저지른 방화 속에서 불에 타 죽고 만다.

치정과 비밀, 범죄를 버무린 대중 통속 추리물에 불과할 수도 있는 이 소설(그러나 박완서의 천의무봉의 문장은 여기서도 여지없이 발휘된다)에서 주목할 지점은 두 가지이다. 하나는 오랫동안 여귀, 구미호, 유령 등의 환영으로 등장해온 여성 표상

75

이 함축하고 있는 원한과 죄책감이다. 《근대성의 유령들》(김소영), 《월하의 여곡성》(백문임), 《괴상하고 무섭고 슬픈 존재들》(김지영) 같은 문헌들이 충분히 논의한 바 있듯, 이 미스터리 스릴러에서 재현하는 공포는 남성 폭력과 죄의식에 기원을 두고 있다. 다른 하나는, 한때 '막장 드라마'로 불렸던 가정 치정극이 보여주는 여성적 향유이다. 막장 드라마란 흔히 주부들이 시청하는 아침 연속극을 일컫는데, 출생의 비밀과 결혼, 삼각관계, 고부갈등, 불륜과 배신, 범죄, 복수, 폭력, 선정성, 비개연성, 비현실성, 도식적 전개 등을 특징으로 한다. 이들 드라마는 악녀와 선녀의 극한 대결과 복수, 재벌가 부모의 절대권력과 결혼 개입, 출생의 비밀을 둘러싼 황당한 스토리와 개연성 없는 파국과 화해 등으로 비난받으면서도 높은 시청률을 보여주었다.

《도시의 흉년》과 《욕망의 응답》에 담긴 불륜과 패륜, 남매 쌍둥이 상피설이라는 섹슈얼리티의 불안, 가부장제, 재벌가의 치정, 복수, 범죄 등은 그런 연속극의 공식을 닮았다. 물론 《도시의 흉년》의 전개는 이 공식을 따르기보다는 이들의 속물성과 허위를 폭로하면서 '안티 멜로드라마'*적 결론을 보여주지만, 대중의 열광과 흥미가 이 소설의 흥행을 부추겼음을 부인할 수는 없다. 중요한 것은 더욱 세련되고 정교하게 만

---

*   김은하, 〈비밀과 거짓말, 폭로와 발설의 쾌락〉, 《여성문학연구》 26, 2011.

들어진 막장드라마(〈스카이캐슬〉〈펜트하우스〉 등)가 여전히 여성 대중을 사로잡고 있다는 것이다. 이들 막장드라마가 '혈연'과 '사랑' '돈'을 권력으로 내세우면서 '가족 내 갈등'을 증폭시키고 봉합하는 것은, 그것이 '전업주부'에게 주어진 현실의 자리이기 때문이다. 성별분업에 의해 가족으로 제한된 여성은 사교육, 부동산 재테크와 자녀 결혼에 개입하며 존재의 능동성을 확인하기도 하고 실패하기도 한다. 그 제한된 욕망의 실현과 대리만족이 막장드라마의 숱한 악녀와 마녀들, 그리고 합리적 세계관과 무관한 황당한 플롯을 낳게 되는 것이다. 감정 과잉과 신파, 그리고 비현실성, 판타지가 여성 약자의 것으로 지목될 수밖에 없는 것은, 근대 합리성이라는 현실이 그만큼 촘촘하고 강력하게 이들의 자리를 밀어내고 있기 때문이 아닐까.

2부

미친년들의
이야기

젖은 팬티 | 전청림

0.

여자의 내장에 대해 말하기.

실온에 꺼내두면 김이 펄펄 나는, 뜨겁게 살아 있는 털 난 장기. 히스테리의 어원. 여자에게 온갖 거부와 격려, 숭앙과 헌신을 오가게 만든 바로 그것. 그 물건.

내가 말하고 싶은 것은 바로 내가 겪은 자궁의 아픔에 관한 것이다. 마녀와 광녀에 대해 말하는 한, 이와 같은 말하기 방식이—뤼스 이리가레, 줄리아 크리스테바와 같은 학자에게 가해졌던 것처럼—생물학적 본질주의라는 비판을 피해갈 수 없다는 걸 알고 있다. 그러나 어쩌겠는가? 나를 미치게 한 진실이 바로 그곳에 있는데 말이다. 나는 사실 비평적 에세이를 쓰는 데에는 실패했다. 개인적인 경험으로 페미니즘 이론을 톺아보겠다는 멋들어진 시도도, 그렇게 해서 근대적 가부장제와 상징계에 저항하겠다는 야심만만함도 갖추지 못했다. 이건 그저 내가 치른 어떤 비용에 대한 짖음과 비명에 가깝다.

임출육에 돌아버린 여성의 이야기. 애 낳고 일하는 평범한 한녀의 일상. 부른 배를 감싸 안고 임산부 배려석을 서성이는 한 지친 여자의 사연. 혹은 자본과 노동, 역사적이고 의학적인 범주에 버무려진 여성적 섹슈얼리티의 현주소.

1. 죽는 꿈

그날 나는 해바라기가 지는 꿈을 꿨다. 맑은 하늘 아래에서 노란 해바라기가 속절없이 까맣게 시들고 있었다. 해바라기가 얼마나 큰지, 꽃은 편의점에 놓이는 둥근 플라스틱 식탁보다 컸다. 2023년의 초입. 추운 겨울 저녁이었고 몸에서는 열이 나고 있었다. 오한을 견디지 못한 나는 겨울 외투 중에서 가장 두껍고 기다란 패딩을 껴입고 잠이 든 참이었다.

의미심장한 꿈과 오슬오슬하게 닥쳐오는 추위에 힘겹게 깨어난 후 내가 본 것은 팬티에 묻은 피였다. 생리혈처럼 붉고 선명한 피. 좋지 않은 일이라는 걸 단번에 직감할 수 있었다. 그때 나는 임신 중이었기 때문이다. 올 것이 왔구나, 라고 생각했다. 의사로부터 내가 빈 아기집을 품고 있을 가능성을 통보받은 후였다. 아기집의 크기가 이미 손가락 한 마디만큼 컸지만 난황이나 아기의 심장은 보이지 않았다.

응급실에 도착했을 때 의사는 내 몸에서 흐르는 피가 질 내벽에서 나는 출혈일 가능성을 검사했다. 아, 그것은 내가 겪은 굴욕적인 여러 검사 가운데서도 가장 추했다. 의사는 안을 마음껏 들여다볼 수 있도록 기구—후에 난 그 악마스러운 기구가 질경이라는 명칭을 가졌다는 걸 알게 되었다—를 넣어 입구를 한껏 넓힌 뒤 강한 조명을 쏴서 꼼꼼히 검사했다. 조명은 내가 불과 몇 시간 전 꿈에서 보았던 해바라기처럼 크고 환했다. 태양처럼 강한 빛. 검사의 모든 과정은 응급실의 얇은 커튼 안으로 마련된 작은 공간에서 이루어졌다. 의사는 피와 점액질로 끈적끈적한 그곳을 종이짝처럼 말려버리려는 듯 알코올 솜으로 빡빡하게 닦고 또 닦았다. 커튼 사이로 고무 신발을 신은 의료진들의 발소리, 전화를 받는 소리, 자동문이 열리고 닫히는 소리가 들려왔다. 그때 나는 누군가가 커튼을 확 열어젖힐 것만 같은 불안감에 거의 미쳐버리기 직전이었다.

　　　고위험 산모를 진료하는 전문의를 만날 수 있었던 것은 그 후로도 여러 검사를 마친 뒤였다. 종이컵에 소변을 받아 실린더에 채워 밀봉하는 검사도 포함이었다. 뜨끈하고 축축한 그 액체. 그 오물. 늦은 시간이었지만 의사는 친절하고 희망적이었다. 임신의 진행이 더디지만 황체 호르몬 주사를 맞고 향후 처치를 가늠하는 게 좋겠다고 말했다. 다시 말해, 아기집에 아기가 생길 수 있도록 만들어보고, 실패하면 집을 제거하겠다는 소리였다. 의사가 원인으로 지목한 건 내가 겪은 여러 수술과 그로 인해 떨어진 난소의 기능이었다.

2. 염증성 일상

요하나 헤드바는 〈아픈 여자 이론〉*에서 다음과 같이 말한 적 있다. "사적으로 행해지는 모든 일은 당연히 정치적이기 때문이다. 당신이 얼마나 샤워를 오랫동안 하는지, 샤워할 때 따뜻한 물을 사용할 수 있는지, 샤워가 끝난 후에 당신이 정리를 하는지 아니면 다른 누군가에게 돈을 지불하고 청소를 맡기는지 등등, 이 모든 것이 정치적이다." 헤드바는 한나 아렌트가 개인의 정치적 영향력을 "공공영역"에만 귀속시킴으로써 정치적 공간과 비정치적 공간을 둔탁하게 구분했고, 결과적으로 사적 영역이 지닌 정치적 의미를 약화했다고 비판한다. 만일 헤드바의 말대로 모든 일이 정치적이라면, 사적 영역에 깃든 정치성에는 자본과 노동이라는 구조적 문제가 반드시 뒤따라오기 마련이다. 그리고 이것은 젠더와 역사를 가로질러 교차적이면서도 축자적으로 진행된다. 따뜻하고 깨끗한 물이 제공되는 환경을 위해 달에 얼마를 지불할 수 있는지, 신체적 장애가 있다면 거동이 불편한 채로 화장실을 가기 위해 편리한 구조의 집을 마련할 수 있는지, 스스로 할 수 있는지, 아니라면 누군가를 고용할 수 있는지의 등의 문제가 함축되어 있는 것이다. 그리고 이것은 수입을 벌어들이는 개인 능력의 문

---

* 요하나 헤드바, 《우리가 언제 죽을지, 어떻게 들려줄까》, 양효실·박수연·윤영돈·이채원·정채림 옮김, 마티, 2025, 56쪽.

제뿐만이 아니라 시민으로서의 생존을 보호받을 수 있는가, 보살핌과 지지를 제공받을 수 있는가의 문제이기도 하다.

내가 이런 이야기를 하는 이유는, 나의 난소 기능을 떨어뜨린 여러 번의 수술이 이와 같은 정치적 영역과 동떨어져 있지만은 않다고 생각하기 때문이다.

2021년 말부터 약 15개월 동안 나는 자주 아팠다. 살갗 밑으로 파고들어 기어코 여러 차례의 수술을 안긴 염증 덩어리들이 이런 일상과 함께 몰려왔다고 생각한다. 어린 딸의 살과 뼈가 내 팔에 묵직하게 부딪히고, 끈적이는 것을 매일 닦는 일상. 식탁 위와 플라스틱 서랍장 안, 도톰한 층간소음 매트 위로 쏟아져 있던 정체불명의 액체가 망가뜨리는 하루하루의 존엄. 내가 맞서 싸워야만 했던 어떤 죄책감―그건 무엇이었을까? 시스젠더 헤테로 여성의 정상가족 이데올로기와 가부장성? 여성의 노동을 착취하기 위해 신화화되고 철저히 대물림된 모성성? 이젠 무어라 불러도 와닿지 않을 것 같은, 그래서 누가 뭐라고 정의해도 이젠 관심도 없어져버린 그런 감정들.

빈 아기집을 임신하기 직전 내가 받았던 수술은 난소 기형종 수술이었다. 나는 기형종을 잘 알고 있었다. 조형예술대학의 졸업 과제로 선택했던 것이 바로 테라토마^{teratoma}, 즉 기형종이라는 주제였기 때문이다. '괴물^{téras}'이라는 그리스 어원처럼, 살덩어리 속에 치아나 머리카락, 심지어 안구와 같은 인체 조직이 무질서하게 뒤섞여 자라나는 테라토마는 그 자체로 소름 끼치는 종양 덩어리다. 그때 나는 질 들뢰즈의 '기관 없는 신체'라는 개념과 앙토냉 아르토의 '야생의 삶'에서 영감을 받았다. 신체 내부에서 세포와 조직이 산발적으로 자라나는 괴물 같은 기형종에 이끌렸고, 그로테스크한 이미지를 조형물로 발전시켜 신체의 생식과 창조를 표현했다. 전시를 함께 준비하는 친구들이 내 작품 앞에서 몸서리를 쳤고, 그럴수록 나는 내가 제대로 된 재현을 해내고 있다는 착각에 어리석게 빠져 있었다. 그 징그러운 것이 언젠가 내 몸에 생겨날 줄은 꿈에도 모른 채.

그때 내가 이해할 수 없었던 것은 과중한 돌봄노동으로 내게 남겨진 책임도, 암암리에 지키고 따라야만 했던 가부장성도 아니었다. 여전히 기쁜 상황은 아니었다고 생각하지만, 나로서는 그런 것에 불평하기 위해 아이를 가진 것이 아니었으니 말이다. 다만 내가 불가사의하다고 생각하는 것은 나 자신도 이해할 수 없을 만큼 강한 생식과 창조의 욕망이었다. 나는 어째서 아이를 가지고 싶어 했고, 그도 모자라 자궁에 정체 모를 이빨과 머리카락, 살덩어리를 키워내야만 했을까? 내게 다가올 끔찍한 일상을 모두 감수하면서까지 말이다. 나를 미치게 한 것에 그런 욕망의 자리가 있는 것은 아닐까? 그 답 없는 번식의 열정에?

파리의 유명한 건축물인 퐁피두센터 앞에는 알록달록한 색감으로 단장한 스트라빈스크 분수가 있다. 이 분수의 제작자는 니키 드 생팔^{Niki de Saint Phalle}이라는 프랑스 조각가로, 가부장제를 향한 날카로운 비판을 담은 사격회화shooting painting(1961)로 누보 리얼리즘 작가 반열에 오르며 현대미술에 이름을 알렸다. 그녀는 정식 미술교육을 받지는 않았지만 불행한 유년 시절과 성폭력 경험의 고통을 예술로 승화시키며 자신의 작업을 발전시켰다. 이후 점차 여성성을 긍정하며 창조적 모성의 상징인 나나Nana 시리즈를 자신의 아이덴티티로 확립하게 된다.

　　1965년《보그》파리 인터뷰에서 그녀는 이렇게 말한다. "남성들은 여성들을 질투하죠. 여성의 장점은 창조적이라는 것이에요. 여성은 아이를 낳을 수 있죠. 인간을 낳는다는 것은 가장 창조적인 것이에요. 하지만 남성들은 그렇지 못합니다. 남자들은 더 이상 표현할 것이 없습니다. 여자와 여자가 가진 창조적인 것에 대한 깊은 질투 외에는요. 그래서 그들은 끝없는 개발을 하죠. 폭력적인 방식으로요. 로켓, 원자폭탄, 그리고 그들이 우리에게 버린 오물 등등……"

　　맞는 즉시 살이 딱딱해져서 돌주사라고 불리는 황체 호르몬 주사를 여러 번 엉덩이에 맞았지만, 결국 아이는 자라지 않았다. 나는 결국 소파술로 빈 아기집을 긁어내야만 했다. 벌거벗은 내게 수술실은 미칠 듯이 추웠고 약의 작용으로 오한이 들어 불쾌한 감정이 지속되었다. 아프고, 고통스럽고, 민감한 시간을 위해 의료진은 나를 재우는 방법을 택했다. 그러나 깨어 있었고, 왜 잠이 들지 않는 거냐며 거의 울부짖었(지만 그 와중에도 나는 언제나 예의가 바른 여자이기에 목소리는 공손했)다. 의

료진은 내가 곧 잠이 들 것이라고 대수롭지 않게 말했는데, 나는 그 이유가 많은 여자들이 이곳에서 잠이 들지 않은 채 수술을 받았기 때문이라고 추측했다. 여자들이 누워 있다가 부스스하게 일어나 거쳐간, 차가운 스테인리스 침대 위가 한없이 쓸쓸하게 느껴졌다. 수술로 자궁은—의사의 표현대로—깨끗해졌지만, 나는 영원히 지울 수 없는 어떤 상처가 내 신체에 문신처럼 박혀버렸다는 것을 직감하고 말았다.

그러나 그런 감상은 오래가지 않았다. 정신을 미처 차리기도 전에 원고를 독촉하는 전화를 받았기 때문이다. 갓 등단한 신인으로서, 비정규직 원고 노동자로서, 평판과 퀄리티에 따라 곧잘 일이 끊겨버리는 매서운 프리랜서 시장의 자원으로서 나는 그 어떤 것에도 핑계를 대지 않았다. 예컨대 병원의 침대 위나 동네 카페의 한구석이나 원고 작업을 할 수 있는 환경인 것은 변함이 없었다. 나와 같은 이 판의 글쟁이들이 늘 그렇게 위태로운 책상을 전전하듯이……

3. 더러운 친밀함을 통한 구원

마녀와 광녀에 대한 멋들어진 문학적 분석과 여성적인 광기의 언어에 대해 나는 잘 알지 못한다. 피에 엉겨 붙은 입체적인 언어, 멸시와 편견을 전유하는 언어, 모욕과 대상화를 전복하는 언어라는 표현도 구체적인 시와 소설이 없으면 사실 와

닿지가 않는 것이다. 매일 문학의 파장과 농담 속에 살고 있으면서도 그만큼 힘 있게 출렁이는 작품을 발견하지 못했기에, 이러한 언어를 비평하는 것이 조금은 어렵게 느껴졌다. 그렇지만 최근 소설에서 내 마음에 콕 박혀버린 구절이 하나 있어 소개해볼까 한다. 사실 이 표현으로부터 내가 어느 정도 구원받으리라는 희망을 발견했다는 것도 함께.

　　김봉곤의 〈기록적〉이라는 소설에서 화자는 동료 편집자 Y와 함께 채팅으로 다음의 대화를 나눈다.

─ 근데, 나는 장례식장에서는 별생각이 없는데 결혼식만 갔다 하면 그렇게 눈물이 날 것 같다? 너도 결혼하면 내가 가서 딱딱 울어주겠어.
─ 결혼, 될까요……?
─ 비혼식이 현실적이겠지만~~ 웨딩 부케(내가 받을 것임)의 꿈을 놓지 말길~~
─ 정상성 퍼레이드 한구석에 제 자리가 있을까요??? 정淨하게 내가 살아질까요???
─ 내가 입만 다물면 완전 가능이야.
─ 한녀로쉬 딱딱 ^^ 나중에 나 임출육에 돌은 년 돼도 버리면 안 돼? 알겠지?
─ 욕만 할게. 아니다, 인스타 공구 하는 여편네 되는 것까진 봐주겠어!
─ 감사, 압도적 감사!!!!!*

나는 이 장면을 보고 그가 절대 인간을 포기하지 않는 작가임을 알게 되었다. 김봉곤과 C누나 사이의 일에 법정 문제와 숱한 담론이 오고 갔다는 역사를 잘 아는 이들이라면 이 장면을 그렇게 볼 수밖에 없지 않을까. 사적 대화 인용이라는 복잡한 문제를 우회하지 않고 조금 더 깊게 들어서서, 더 사적이고 더 격의 없는 대화 속에서 친밀함을 개발하는 이 두 인물을 보자. "정淨하게 내가 살아질까요?"라는 질문, 다시 말해 정상 이데올로기 속에서 깨끗하고 맑게 순응하며 살 수 있겠냐는 질문에 "내가 입만 다물면 완전 가능"이라는 답으로 Y의 더러움을 기어코 짚어버리는 화자의 태도. "나 임출육에 돌은 년 돼도 버리면 안 돼?"라는 자조적 물음에 섞인 어떤 결핍, 두려움의 경향. "한녀로쉬 딱딱"이라는, 이성애 밈과 게이 밈이 적절히 조화된 유머. 한마디로 모욕적일 만큼 친근한 언어.

지젝은 이웃 되기가 가능해지기 위해서는 사물로서의 이웃nebenmensch이라는 근본적 타자성의 심연을 건너 관계를 맺을 수 있어야 한다고 이야기했다. 상징적 질서를 매개로 한 대화를 뚫고, 그 지하에 잠복된 개인의 괴물성을 경유해 불가능한 것과 공존하려는 시도를 해야 할 것이라고. 그래서 지젝은 흑인을 함부로 '니거'라고 부르고, 혐오 표현이라고 추방된 것들을 일부러 발화하며 상대에게 다가간다. 필터와 보호막 없이, 서로를 가로막는 장벽 없이 그대로 부딪쳐버리는 관계를

---

*   김봉곤, 〈기록적〉, 《문학과사회》 144, 문학과지성사, 2023, 125쪽.

만들기 위해. 앞으로 더는 실망할 일도 아플 일도 없이, 그저 서로를 있는 그대로 보기 위해서.

만일 나의 상처가 회복될 수 있으려면, 내 안에 갇힌 광기의 언어가 개방되기 위해서라면, 그래서 "임출육에 돌은 년"인 나도 "정淨하게" 살아갈 수 있으려면 타인에게 이런 친밀성을 내밀어야 하는 것이 아닐까. 그렇게 해서 모든 게 해결되리라는 기대는 추호도 없지만, 문학에 거는 막연한 희망의 불씨가 여전히 살아 있으므로. 나는 이렇게 슬프고 잡스러운 기억을 서투른 언어로나마 꺼내보는 것이다. 젖은 팬티 안에 감춰져 있던 그런 이야기를 말이다.

침묵학습 | 황유지

대학생이 죄를 지으면 가게 되는 곳이 대학원이라는 흉흉한 농담이 있다. 대학원이 오명을 쓴 데는 여러 사정이 있겠으나 폐쇄성과 교수 권력은 저 설說의 근거로 충분해 보인다. 지도 교수의 개인 비서로 '사용'되던 한 대학원생의 피로한 증언이 쏟아지나 싶더니 이내 줄줄이 딸려나온 것은 성 착취에 대한 학내 미투 고발과 고백들이었다.[*] 시절의 합의는 청탁금지법까지 더해져 대학원생과의 술자리를 피하라는 지령을 예방책으로 제시했지만, 미봉책은 사태의 본질과는 상관없이 되레 가해자를 위한 안전 경보처럼 보이기도 한다.

---

[*] 위계관계에서 약자는 육체나 정신의 손상, 죽음과 같이 돌이킬 수 없는 가시화를 통해서만 피해 사실을 고발할 수 있을 따름이다. 말 그대로 사후적이다.

'이뻐서' 그런다던 살찐 손들은 눈치껏 숨죽이고 있다가 적당한 때에 저서와 함께 슬쩍 복귀할 요량일 테다. 언어권력과 성별권력이 교묘히 얽혀 있는 대학원 사회에서 여성은 남성의 비위非違를 고발할 수 있을까? 그럴 수 있다면 그건 누구의 언어로써이고 만약 그럴 수 없다면 그건 또 왜일까? 소위 지성 집단, 학문의 권위와 함께 언어권력의 집단이기도 한 대학원 사회에서 여성은 말하고 있는가? 말할 수 있는가? 여성은 무엇을 배우는가?

1. 라벨링과 섹슈얼리티

영화 〈우리 선희〉(2013)에서 선희는 대학원(유학) 진학을 위해 추천서를 받고자 최 교수를 찾아간다. 교수는 자신의 직업적 권위에 더해 영어라는 언어권력을 추천서라는 공적 문서의 형식으로 행사할 수 있는 사람이다. 선희는 교수에게 받은 서류를 더듬거리며 해석해보지만 추천서라기엔 그건 온통 성기고 모호하며 부정적인 어감으로 가득 차 있다. 작정한 선희는 다시 교수를 만나 술을 대접하며 자신에 대한 교수의 감정을 캐묻고 말랑한 의미를 매단다. 술자리에서 주고받는 모종의 시그널은 어둑해진 골목의 농밀한 포옹과 더불어 교수-제자의 관계를 남-여 구도로 빠르게 전환한다. 이후 교수로부터 받은 '수정_추천서'는 선희를 전혀 다르게 평가하는데, 내

성적이고 자기표현에 서툰 여학생은 조용한 소통의 방식을 고수하는 신중한 학생으로, 이상하리만치 순진하다던 선희의 모호함은 이상적 순진성의 특별함으로 수정, 기입된다.

선희의 이런 전략에 대해 윤리적 차원의 해석을 누락시키더라도 추천서가 정의한 문장, 생각보다 근사한 기표에 그가 자신을 그러매려 한다는 점은 문제적이다. 이 언표들은 러닝타임 동안 선희가 마주치는 남자들 사이를 유영하며 선희에 대해 알은체하려 든다. 그러니까 선희에 대한 정의는 여성을 배제하는 방식으로 남성 발화자들에 의해 전유된다는 것. 이처럼 한 사람에 대한 정보를 제공한다는 명목으로 가치평가를 부착함으로써 그를 상표 취급하는 행위를 흔히 '라벨링 효과labeling effect'라고 한다. 이는 고정관념의 충실한 기반으로 전환되곤 한다. 그런 라벨링을 통해 자기충족적 예언을 발견하고 그 이상적 상像을 자신의 것으로 즉각 수령하는 선희의 모습은 존재의 원본보다 우쭐대며 앞서간다는 점에서 위험한 욕망의 표상으로 보인다. 달리 말해, 그의 진짜가 어떻든 별개로 교수가 확립해놓은 이상적인 기표에 그저 '인용'되었을 따름인 상에 선희가 종속, 장악된다는 것이다. 영화는 '이상異常'과 '이상理想' 사이에서 한 여성을 저울질하며 역설적으로 인물의 취약성을 드러내고 마는 추천서라는 양식과 더불어 남자친구 문수나 선배 재학 역시 입봉한 영화감독으로 각자 프레임, 즉 시선이자 언어인 매체 권력을 선취한 남성이라는 점을 선희의 반대편에 늠름하게 세운다. 선희는 기대 이상의 추천서라는 소기의 목적을 달성하고 총총 사라지지만, 그가 떠난 자리에는 종속적 여성성의 재생산 혐의만이 얼룩처럼 남는다.

2. 관료주의와 섹스

여성들의 직장 생활을 그리고 있는 최유안의 오피스물 중 〈여은경〉은 드물게 여자 교수와 여자 대학원생을 통해 매끈해 보이는 대학원-교수 사회를 응시, 노출, 고발한다(최유안,《먼 빛들》, 앤드, 2023). 미국에서 학위를 받고 한국의 대학으로 추천 임용된 여 교수에게 남성 교수들의 텃세야 짐작할 만한 것이지만 정작 혼란스러운 것은 황예은의 존재인데, 그녀는 살짝 고압적인 자세를 취하곤 한다. 그러나 예은의 뻣뻣함은 학장과의 섹스를 여 교수에게 들킨 후 곧장 다른 국면을 맞는데, 제 발로 찾아온 예은이 막상 폭로한 것은 관료주의다. 예은의 과잉 업무는 과장이 아니었기에 여 교수는 대학원생 처우 개선에 대한 성명서를 인트라넷에 올리고 회의를 소집하지만, 회의실에는 아무도 나타나지 않는다.

그러니까 고군분투의 성과는 사실상 '비상 소집 참가자 0'이다. '아무도 없음'이 가리키는 바를 부조浮彫하기 위한 숫자 0은, 거칠게 말해 여 교수의 실패를 뜻한다. 그가 문제를 인식하고 해결하는 방식을 따라가보면 층계참에서 목격했던 학장과 예은의 섹스를 문제의 중핵으로부터 밀어내고 대학원생 처우에 초점을 맞추는데, 혹시 이게 실패의 원인은 아닐까?* 관료주의라는 단어는 저 섹스에 대한 부당함을 가리고 있지는 않나? 그러니까 섹스를 사적 차원으로 환원시켜 개인의 윤리를 공적 업무 영역에 회부하지 않는 것이 옳다고 여기는 감각이 틀리지 않다고 하더라도, 이 경우에는 오히려 섹스를 개인의 영역으로 밀침으로써 그것의 착취 가능성을 지워버린 것이라면? 해당 문제가 '섹스 스캔들'이라는 가장 거칠고 극적인 고발의 형태로 터뜨려지며, 예은이 학장으로부터 받은 '대가성' 이익들을 면밀히 묻는다는 점은 여 교수의 방식과 대조적이다. 그러나 이 날것의 방식은 관료주의의 피해자이던 예은을 스캔들의 당사자, 공범으로 전환하며 관료주의를 삭제해버린다. 이런 지점은 여 교수가 문제에서 섹스를 지운 것에 대한 이해를 얼마쯤 가능하게 하지만, 한 여성을 보호하기 위해 '섹스'를 지울 수밖에 없으면서도 그 여성을 위해 '섹스'를 지워서는 안 되는 아포리아만은 삭제할 수가 없다.

예은에게 판도를 엎을 '자원'이 턱없이 부족하다는 점 역

---

* 　이 소설에서 가장 마음이 쓰이는 부분은 층계참의 섹스를 마주한 여 교수가 잊었던 감각의 한 부분이 살아난 듯한 기분을 느끼며 이 섹스가 '아름답다'고 여기는 대목이다. 교수 연구동이라는 장소의 특수성을 인지하면서도 그는 그 섹스를 완전히 무해한, 성인 남녀의 자연스러운 행동으로 받아들인다. 이는 여 교수의 무구함이면서도 남성 사회에서 오래 경쟁한 여성의 중성화된 젠더와 그만큼 무뎌진 성인지 감수성, 그리고 남성 사회가 이 여성에게 '우리와 어울리기 위해서' 무엇을 요구했는가를 엿볼 수 있는 대목이기도 하다. 여 교수는 40대 미혼 여성이다.

시 문제의 난관이다.** 소설은 피해자가 됨으로써만 주체화가 이룩되는 '피해자 정체성'을 재현한다거나 그럼으로써 이 여성을 피해자화하지 않으려 애쓴다.*** 그래서 사건은 표면적으로 여 교수에게 위임되는 모양새를 취한다. 오랜 교수 생활로 결국 '힘'이 조건이자 결과라는 대학 생태계를 직시하는 노교수(여)는 여 교수에게 보직을 맡으라 조언하는데, 이런 충고야말로 표면적으로 유리천장을 깬 듯 보이는 여성들이 남성이 구축한 사회에서 여성의 문제를 해결하기 위해 기존(남성)의 방식과 언어로 싸워야만 하는 곤궁의 방증일 것이다.****

**　　흔한 현실에서처럼 지적, 업무 능력과는 별개로 성별이야말로 예은의 '자원'이 되고 있음을 그의 옷차림, 자태의 기술 등으로 알 수 있지만 그런 식으로 성이 자원이 되는 것이야말로 현실 구조의 오염을 드러낸다. 여성성이 자원으로 간주 되는 것은 본인의 의지와 무관하다. 한편 예은의 관료주의 고발은 에둘러 말하기가 아닌, 대학원 내 성(차별, 폭력)의 문제가 구조, 권력과 떼어낼 수 없음으로 읽을 수도 있다. 업무에 성폭력이 얽힘은 성폭력 문제의 구조가 맥락적으로 해석하고 해체해야 하는 증거임에도 성폭력 문제를 괄호치고 다른 문제로 환원하게 하는 함정이 되고 만다.

***　　정희진은 피해는 객관적 사실이 아니라 경합적 가치라는 점을 짚는다. 피해자는 투쟁으로 '획득되는 지위'라는 것이다. 예은에게 '피해자다움'을 요구하는 폭력을 가해서는 안 되지만 성폭력의 피해를 은폐해서도 안 된다. 정희진, 《다시 페미니즘의 도전: 한국 사회 성정치학의 쟁점들》, 교양인, 2023, 24쪽.

****　　공동체 내부에서 위계와 성별 차를 포함하고 있는 문제가 발생했을 때, 남성연대가 비교적 쉽게 구축되는 것에 비해 여성연대는 더욱 엄정한 검열을 거치는 것처럼 보인다. 이는 남성연대의 유지, 기반에 비해 여성연대의 것이 약소함을 드러낸다. 게다가 남성연대에는 적지 않은 여성도 함께한다. 얼핏 공정성을 명분 삼는 이런 연합은 그 자원의 크기를 짐작게 하며, 해당 사건에서 성별 문제를 슬쩍 분리시킨다. 결국 여성연대의 구축은 남성 사회에서 남성의 방식과 언어로 살아가는 다른 여성까지도 납득시켜야 함을 전제한다. 소설에서 비상소집 참가자 'O'들은 스캔들 이후 학장의 권력이 여교수에게 옮겨가자 그제야 응원과 지지의 메시지를 보낸다.

한편 권력은 그 자체로 생존력이지만 권력이 없는 자는 생존을 위해 권력에 의존하는 식으로 포지션을 끊임없이 변형하고 찾아내야만 한다. "대학원생의 미래란 교수가 쥐고 있는 거"(〈여은경〉, 48쪽)라 여겨 소위 캐스팅 카우치^{casting couch}에 몸을 누인 예은이란 인물을 그저 '미친년'으로 치워버릴 수 없는 이런 알리바이는 고발 계기에 대한 미심쩍음을 상쇄하고 여 교수의 뒤로 숨은 간접성에 대한 혐의를 벗겨 예은의 발화를 공론화의 출발점에 서는 용기 있는 행위로 번역 가능하게 한다.

여기서, 섹슈얼리티가 예은의 자발적인 선택은 아니냐고 물을 수 있을까? 이는 문제에 대한 여 교수의 인식, 즉 섹슈얼리티의 무화와 포개지며 많은 여성들이 사회에서 몰성화^{gender-blinded}를 택하는 것과 같은 맥락에 놓을 수 있는데, 굳건한 위계의 질서 속에서 성별을 돌출시키거나 은폐하는 여성들의 선택은 그것이 자발적이더라도 학습에 의한 차선이다. 더군다나 선택지에 들러붙어 있는 불이익과의 상관관계는 여성의 선택에 대한 자발성 여부보다 한 사회가 공모한 성차별에 대한 묵시적 동의에 대해 먼저 질문해야 함을 뜻한다.

3. 매체 권력과 포르노그래피

〈바비의 분위기〉(박민정, 《바비의 분위기》, 문학과지성사, 2020)는 논문 주제의 승인이라는 형식으로 매체 언어권력과 교수 권력에 도전하는 대학원생의 서사에 또 다른 매체의 언어, 포르노그래피에 대한 관음증적 탐조의 시선을 안팎으로 얹음으로써 성차를 둘러싼 폭력 문제를 촘촘히 엮는다. 최종 승인서 한 장을 손에 쥐고 학과의 특성에 맞게 논문을 수정하라는 교수의 요구에 새로운 매체 언어에 대한 이해나 수용의 의지는, 없다.

대학원열람실에서 논문을 쓰는 동안 유미에게 집요하게 따라붙던 남자의 시선이 불러오는 것은 사촌 오빠의 모습이다. 오빠의 시절은 온통 서브컬쳐에의 몰두와 불법 복제물과 서적 수집, 해적질을 거쳐 음란 영상물 탐닉에 이르는 경로다. 오빠는 부모의 방치와 폭력에 대한 보상으로 넉넉한 용돈과 때마다 업그레이드되는 고사양 컴퓨터를 점유하며 터득한 기술과 감각으로 뜻밖에 로봇 영재로 성장하지만 정작 현실 세계에는 적응하지 못한다. 그런 현실과 가상의 부정교합은 짝사랑에서 정점에 이른다.

오빠의 속앓이가 지속되자 큰아버지도 골머리를 앓고 그런 큰아버지에게 유미의 아버지는 "내 여자라고 대자보를 붙이라"(〈바비의 분위기〉, 107쪽)고 한다! 저 악의 없는 인식에 뿌리 내린, 남자가 칼을 뽑았으면 뭐든 해야 (해도) 된다는 확신과 저류의 사회적 용인에 대한 믿음, 애초에 사랑을 그런 식으로 획득할 수 있다는 맹목성은 공표의 형식에 더해 몹시 위험하게 읽힌다. 그건 공적 매체를 통한 남성의 언어가 여성을 낙인하는 방식, 구애라는 이름을 한 소유욕의 공식화된 표출, 명백한 폭력이기 때문이다. 결국 오빠는 자신의 방식으로 그녀의 아이디를 해킹해 얻은 사적 정보를 기반으로 악의적인 소문을 유포한다. 급기야 오빠는 그녀가 성형 수술을 한 것을 알고는 "프랑켄슈타인의 괴물"(〈바비의 분위기〉, 113쪽)과 마찬가지라며 모종의 정신 승리를 거두고는 그녀의 얼굴을 닮은 로봇 '바비'를 만들기에 이른다. 디지털 세계에서만큼은 '주류 남성'인 오빠가 그녀를 '마녀-괴물'로 변형하는 방식은 여성이라는 타자에 대한 혐오를 통해 주체성을 이룩하는 낡은 남성성의 확립 과정을 보여준다. 새로운 매체 언어를 탐구하는 적극성이 기성의 권력을 위협한다는 이유로 타자화되는 유미, 또 다른 (그릇된) 우월감의 형성 방식인 혐오를 통해 마녀가 된 짝사랑 그녀, 이 모두는 차별과 배제의 방식으로 여성을 재단함으로써 결국 시선과 언어를 선취하고 있는 기득권이 누구인지를 명확히 지목한다. 교수들이 승인 불가의 명분으로 내세웠던 논문의 '신성함'이란 그(남성, 교수)의 언어로 말하라는 주문, 자신의 굳건한 언어권력이라는 세계를 헤집지 말고 입을 다물라는 경고가 아니겠는가.

오빠가 그녀를 괴물로 정의하며 악의적 문장을 유포한 것은 선희가 정작 자신의 부재 시 남성들의 언어교환을 통해 정식화된다는 점—극의 말미, 세 남자는 선희에 대한 각자의 정의를 공유하며 수긍하고 동의하는 방식으로 선희를 관계 내에 '기입'한다—과 같은 궤에 놓인다. '오빠들'은, 유미가 기성의 언어권력을 넘어서지 못한 것과 대비해 해킹과 소문의 유포, 로봇 설계와 같은 이본異本의 생성과 함께 새로운 매체 언어의 불온한 승리자로 섬뜩하게 융기하는 중이다.*

4. 뚱딴지와 메데이아

여성이 보증인 없이 대학 도서관에 들어갈 수조차 없었던 울프의 시대로부터 멀리 온 것 같지만, 성차에 의한 억압은 말쑥한 책장 아래 숨어 있다가 불쑥 얼굴을 내민다. 학위나 대학의 보증은 결국 이 사회의 인식론, 학력주의라는 편협한 보수성의 결과물이며 그 인식론의 주인은 여태 남성이었다. 사정이 이러한데, 노 교수가 했던 "생태계를 마구 헤쳐버리는 뚱딴지

---

*　　딥페이크 범죄는 매체와 언어권력을 거머쥔 남성들의 불온한 승리를 상징하는 사건이다. 딥러닝, 이 무분별한 수용의 학습자에게 현실과 허구의 데이터를 주고 심화 학습하게 하는 디지털 공간의 남성성은 'N번 방''웰컴투비디오' 등의 사건과 같은 맥락 속에 있다. 특히 추가 범죄를 막는답시고 교육 프로그램을 예방책으로 제시하는 흐름은 범죄를 선행학습하도록 유도하는 기이한 메커니즘을 만들어낸다. 이는 매체의 언어권력을 쥔 자가 누구인지 여실히 보여준다. 2024년 9월 기준으로 한국은 딥페이크 범죄 피의자 성별 조사가 진행되지 않았다. 한국의 젠더 문해력을 보여주는 사례이기도 한 이 무딘 감각은 여성혐오가 만연한 디지털 세계의 남성성을 한국사회가 적극적으로 용인하고 있다는 인상을 준다. 《여성신문》이 용혜원 의원실을 통해 서울경찰청과 경찰청에 딥페이크 사건 피의자 성별 구분 자료를 요청했지만 경찰청은 시스템 부재를 이유로 들어 이를 제공하지 않았는데, 의원실이 국회 행정안전위원회를 통해 거듭 요청하자 경찰청은 2024년 10월 9일 수기로 통계를 작성해 제출했다. 이에 따르면, 딥페이크 성범죄 사건 피의자 98%가 남성이다.

같은 인물이"(〈여은경〉, 70쪽) 되라는 주문은 가능하기나 할까? 여성은 돼지감자와 같은 '미친' 번식력으로 집합명사의 연대를 구축할 수 있을까? 여은경의 고투가 실패하면 그녀 또한 마녀라는 낙인을 쓰게 될 거라는 낯익은 염려는 투쟁의 지속성에 대한 의구심을 낳으며 복합적으로 축조돼 권력 구조에 쐐기를 박는다. 그러면서도 낙관의 전망은 희미하게나마 좀 더 자원을 가진 여 교수의 편에 걸 수 있을 따름이다.

현실의 지난함이 교란을 불가능 쪽으로 밀어붙일 때 떠오르는 인물은 차라리 메데이아다. 이아손의 성공을 위해 혈육을 살해하면서까지 그를 돕지만 끝내 자신을 배반한 이아손에게 복수한 메데이아. 이 복수는 지성과 비범한 능력에 더해져 메데이아를 마녀로 낙인찍어왔다. 눈여겨볼 것은 그녀가 제 아버지와 이아손에게서 빼앗은 게 '아들'이라는 점이다. 적자의 살해를 두 번씩이나 감행했다는 것은 그녀가 가부장제 남성의 가장 큰 고통과 최대의 수치심이 바로 '대가 끊기는' 일임을 잘 알고 있었다는 뜻일 테다.

그러나 현실은 이렇다. 종속된 모습으로 차라리 그들의 언어를 이용이라도 하겠다며 개인적 차원에서만 사태를 해결할 수밖에 없는 여성이나(〈우리 선희〉), 남성 사회에서 싸워야 하는 고충, 그리하여 기존의 남성 언어가 스캔들의 당사자로서만 한 여성을 지목할 때 그 모멸을 드러냄으로써만 고발 가능한 세계 속에서 정작 별로 바뀌는 것이 없음을 반복적으로 확인하는 여성과 여성(〈여은경〉), 자원으로의 언어를 개발하고

자 하지만 승인받지 못하는 여성(〈바비의 분위기〉). 그리고 고투 앞에 차라리 포르노그래피의 범죄자일 남성을 두둔하며 그를 피해자로 재현하고* 숙련을 통해 새로운 언어권력자를 만들어내는 세계가 결국 남성 권력이 승인하는 클론임을 확인할 때 더욱 아득해지는 건 체제 내의 고통이 여성 개인의 것에 그치고 마는 상황이 너무도 흔한 데다, 그럴 때 문제는 '이상한 여성'의 탓으로 수렴되고 그 여성을 '처리'하는 것이 해결의 간단한 방법이곤 하기 때문이다. 일련의 과정을 통해 여성은 반복적으로 침묵을 학습하게 된다.

문제의 제기, 시도나 도전을 떠나서도 '잘난' 여성이나 '튀는' 여성은 너무도 간단하고 손쉽게 '이상한' 여자가 된다. 인정하고 싶지 않은 여성을 지목하고 축출하는 남성 사회의 이 수사는 시간이 지나 그 규정의 언어를 학습한 여성이 여성을 쉽게 '미친년'으로 정의하게끔 한다. 지난한 조건 속에서 여성은 과연 무엇을 배우는 것일까? 학문과 지성이 방패로 작동하곤 하는 곳애서 여성은 스스로, 지적으로, 말할 수 있는

---

* 그건 선희, 예은, 유미의 문제가 관계(구조)의 전복을 요하는 것과는 달리 이 남성(사촌 오빠)의 것은 '피해의식'과 연결되기 때문으로 해석할 수 있다. 정희진은 여성의 피해의식이 피해자로서 지니는 사회구조적 의식인 반면, 남성의 '피해의식'은 가해자의 정신 분열, 프로이트식으로 죄의 투사라고 정의하는데(정희진,《페미니즘의 도전: 한국 사회 일상의 성정치학》, 교양인, 2005, 163쪽), 이 여성들의 경우처럼 구조의 전복을 각오해야 하기에 문제의 제기조차 망설이게 되는 현실의 숱한 사례들과 달리 사촌오빠의 문제가 개인적 차원에서 승리로 귀결될 수도 있다는 사실은 다시 한번 성차의 묵은 층위를 노크하는 듯 보인다. 즉 '사촌 오빠'라는 남성은 자신의 층위, 구조를 전복할 필요가 없다.

2부 | 미친년들의 이야기

가? 여성은 집합명사로서 위계와 성차별에 맞서 연대할 수 있을까? 오늘도 많은 여성들이 학문의 장으로 들어간다. 그러나 우리는 과연 무엇을 학습하는 걸까? 그것이 혹시 침묵은 아닐까? 우리는 기껏 침묵하는 법을 익히고 있는 것은 아닐지 자꾸 뒤돌아보게 된다.

이종 교배와 광기의 전염사

전승민

한강의 《채식주의자》

1. 역설

나는 미친년이 싫다.

첫 줄을 읽은 누군가는 나를 여성혐오자라고 여기며 불쾌해 할 테고 다른 누군가는 무감히 고개를 끄덕이기도 할 것이다. 반응의 내용보다 중요한 것은 그것이 안은 전제다. 대부분의 사람들은 특별한 의심 없이 내 의식을 '정상'으로 간주하며 문장의 의미를 곧이곧대로 믿을 테다. 그런데 만약 내가 바로 그 '미친년'이라면? 만약 당신이 광기로부터 모종의 의미를 도출 해내고자 한다면, 당신과 '미친년' 사이에는 미치지 않은 이의 목소리가 매개되어야 한다. 의미와 해석은 광기가 지닌 극단 적인 주관의 대척점에 놓인 종합적 객관의 세계에서 생성되기 때문이다. 우리는 이 양극단 사이의 매개자를 서술자라고 부른다.

영혜가 서술자의 지위를 누리지 못하는 것은 이 때문이다. 텍스트가 독자에게 전달되기 위한 최소한의 실존적인 조건을 잃지 않기 위해서는 등장인물과 세계가 전부 미쳐버린다 해도 서술자만큼은 미칠 수 없다. 만약 서술자가 기어코 미쳐버린다면 우리는 그를 서술자가 아니라 시 속의 화자라고 부를 테다. 미친 여자를 재현하는 목소리는 그것이 남성이든 아니든 적어도 미친 자의 것이어선 안 된다는 한계 조건을 지닌다. 《채식주의자》의 서술자는 여성이 아니다. 수록된 첫 번째 단편소설은 그녀 남편의 목소리로, 나머지 두 편은 젠더를 판정하기 어려운 삼인칭의 목소리로 서술된다. 소설이 여성으로 확정할 수 없는 타자의 목소리로 영혜를 재현하는 방식은 여성혐오적인 것이 아니라 미친 여성에 관한 재현이 겪어온 메타적이고 역사적인 구조를 반영한다.

광기는 인간이 사회적 존재로서 내면화한 여타의 규범과 의식의 통제가 무화된 차원에서 흐른다. 이런 맥락에서 앤 카슨은 미친 상태가 공허함과 같다고 말하기도 했다.* 광기는 자아로부터 거리를 생성하는 데 (비)의도적으로 실패한다. 문학사는 죽어간 광인들의 명예를 복권하는 쪽으로 흘러왔다. 동

---

* 요하나 헤드바는 앤 카슨의 말을 두고 이렇게 말했다. "나는 이런 공허함에 동의하지만, 대문자 세계가 소중히 여기는 것들이 미친 상태에 들어 있지 않다는empty 그 점 때문에만 그것이 공허한 것이라고 단서를 달고 싶다." 요하나 헤드바, 《우리가 언제 죽을지, 어떻게 들려줄까》, 양효실·박수연·윤영돈·이채원·정채림 옮김, 마티, 2025, 189쪽.

시대 퀴어-페미니스트들은 '마녀'와 '광녀'라는 오욕의 낙인을 여성의 급진적이고 전복적인 주체성을 의미화하는 이름으로 전유하며 '이상하다^{queer}'는 배제의 서술을 자긍심^{pride}이라는 특이점으로 변환해왔다. 복권되는 주체의 목소리는 남성으로 젠더화된 장소의 대척점인 억압의 자리에서 가장 먼저 들려온다. 미치지 않은 이들은 '저들'이야말로 정말로 미쳤음을 그리고 그들 자신은 미치지 않았음을 폭로하기 위해 기꺼이 미친년의 자리에 앉는다. 이것이 바로 열정이 겪는 수난이다.[**]

작품이 지닌 반규범성과 비도덕적 요소에도 불구하고 《채식주의자》가 지극히 윤리적인 작품일 수밖에 없는 이유는 한강이 바로 그 역설의 자리, 피해자로서의 여성의 목소리로부터 출발해 보편 인간이 지닌 가해자성과 피해자성이 뒤얽히는 폭력의 자리로 나아가기 때문이다.

2. 감염

이 책을 연작 소설로 만드는 상호텍스트성은 한 가족 구성원들이 공통적으로 경험하는 표층의 사건에서 비롯하고, 세 편

[**] "이것은 일상이 허락하는 에너지의 총량을 초과하는 에너지를 가진 자가 운명적으로 겪을 수밖에 없는 수치와 수모이다." 허윤진, 해설 〈열정은 수난이다〉, 한강, 《채식주의자》, 창비, 2007, 228쪽.

의 소설은 서사의 심층에서 영혜를 감염원으로 삼는 광기의 전염사로 통합된다. 수록된 작품들을 순서대로 읽을 수밖에 없는 이유는 《채식주의자》가 단지 육식과 가부장제의 폭력성을 고발하는 이데올로기적인 텍스트가 아니라 인간의 광기가 주변의 존재들에게 확산되는 과정을 기록한 감염의 서사이기 때문이다. 한강이 재현하는 광기는 두 가지 전제를 안고 성립한다. 하나는 그녀의 인물들이 오직 고통을 통해서만 현실을 인식한다는 것, 다른 하나는 그들 각각이 경계를 체현하는 존재라는 것이다. 형부와 처제의 도발적인 섹스 장면으로 논란이 된 〈몽고반점〉은 특히, 한 인간의 내부에서 역동하는 동물성과 식물성, 그리고 인간성의 복잡하고 모순적인 얽힘을 감각적으로 드러낸다.

감염의 결과는 인물의 각성이다. 그들은 세계를 이전과 같은 방식으로 볼 수도 살아갈 수도 없다. 전염이라는 사건을 주축으로 놓을 때 세 단편의 첫 문장은 서술자들이 영혜의 광기에 전염된 이후의 상황을 예언하는 체호프의 총과 같다. 영혜를 그저 '평범한 여자'로 여겨왔다는 남편의 말은 실상 그녀를 전혀 모르고 있었다는 깨달음으로 이어지고, 언니 인혜가 서 있는 정류장 역시 순환적인 유폐가 아닌 새로운 세계로의 접속을 예비한다. 무대 위 반라의 무용수들을 바라보는 형부의 시선은 객석의 그가 나신으로 무대 위에 등장할 것을 예고한다. 형부의 서사는 남성 주체와 여성 대상으로 구획되어온 전통적인 시선의 역학을 함축하고, 이는 남성이 스스로 성적 대상화의 자리를 자처하면서 급진적으로 전복되는 국면으로 전환된다.

감염을 일으키는 동력은 시선이다. 한강에게 시선의 기투는 그저 표면적인 현상의 관찰이 아닌 온몸으로 겪어내는 실존적인 경험이다. 그는 고통을 응시하며 회복한다.* 한강의 회복은 단지 병증의 소거가 아니라 통증의 시작부터 재활의 과정, 그리고 신체의 복원과 그 이후에 펼쳐지는 새로운 세계를 포함한 일련의 시간성 그 자체를 의미한다.** 《소년이 온다》(창비, 2014)가 개인의 차원을 초과하여 사회적 차원의 회복을 도모하는 과정에 해당한다면 《작별하지 않는다》(문학동네, 2021)의 경하는 아직 회복의 조건이나 그 구체적인 양상을 아직 알지 못하는 한 주체다. 반면, 《채식주의자》의 영혜는 고통의 응시와 그것으로부터의 탈출을 나무가 되는 존재론적 변화로 체현해냄으로써 자기만의 회복에 다다르는 인물이다.

영혜는 그녀를 둘러싼 타자의 시선들이 육화시킨 예술

---

* 한강이 제시하는 "윤리학의 핵심은 타자와 사태를 그저 바라봄에 있다. …… 그것은 버티기의 기술이라기보다 오히려 정반대로, 버티지 않고 온몸으로 통과하며 겪어내기를 마다하지 않는 자세에 가깝다". 전승민, 〈색色으로 읽는 고통의 윤리학: 삶을 껴안은 죽음으로 나아가기-한강의 《서랍에 저녁을 넣어 두었다》〉, 《퀴어 (포)에티카》, 문학동네, 2024, 503쪽.
** 그래서 한강의 '회복'은 'recovery'나 'rehabilitation'이 아니라 'convalescence'에 가깝다. 실제로 그의 단편소설 〈회복하는 인간〉의 영어 제목은 'Convalescence'다. 회복의 조건에 관해서는 다음 글을 참고. 전승민, 〈통증과 회복의 인간학: 양자역학으로 읽는 한강〉, 같은 책, 435~461쪽.

품이다. 남편과 형부, 그리고 언니는 단순한 관찰자가 아니라 영혜의 광기와 그 진행 양상을 진득하게 응시하는 타자다. 문학이 활자화된 언어로 작가에게서 독자로 전해질 때, 한강에게 그 언어적 전달은 몸의 물질성으로 구현된다. 그에게 언어는 유동하는 세계의 덩어리를 무참히 도륙하고 조각 나선 안될 것들을 파편화해버리는 통증의 기원이다. 그래서 한강의 고통은 신체화된 현상으로 재현된다. 《희랍어 시간》(문학동네, 2011)의 남자와 여자가 겪는 실명과 실어, 그리고 〈채식주의자〉의 영혜가 경험하는 이인증*은 몸으로 체현된 고통이다. 병증을 통해 현실을 인식하는 인물은 비정상과 광기의 영역 안에서 거주한다.

그러므로 영혜의 고통을 남편의 관찰로 재현하는 서술 방식은 여성을 대상화하는 남성의 시선을 일갈하기 위해서라기보다 한 인간이 경험하는 고통이 그 어떤 언어로도 정확하게 번역될 수 없음을 겸허하게 수용하는 세속의 자세다. 누군가의 고통에 다가서는 인간의 최대치가 관찰자의 지위라면 소설이 그 고통의 내부로 들어가고자 할 때 그것을 겪고 있는 인간이 자신의 무의식을 발설하게끔 추동하는 법 외엔 더 나은 수가 없다. 고통받는 자는 의식과 언어의 바깥에서 말한다. 가령, 영혜의 무의식적 형상인 그녀의 꿈은 인용 부호가 부재

---

* 　이인증은 불안 장애의 한 증상으로 발현되며 자신의 신체와 정신이 '자기'로부터 분리되어 타인의 것처럼 느껴지는 감각이 지속되며 현실감을 상실하는 해리성 장애의 일종이다.

하는 이탤릭체로 서술되는데, 이는 영혜의 내면이 서술자의 매개 없이 곧장 독자의 내면으로 관통하는 시적인 작동에 의해서만 견인됨을 보여준다. 타인의 시선 속에 폐제되어온 인물의 목소리가 의식의 세계를 뚫고 나와 시적 무의식의 세계로 올라서는 전위, 이것이 한강이 발휘하는 시적인 산문^{poetic prose}의 힘이다.

3. 이종 교배

광기는 억압된 무의식이 풀려난 곳에서 자유롭게 질주한다. 의식이 사회적 차원에서 마련된 합의를 내면화하여 그것을 실천함으로써 유지될 때 무의식은 그것을 통제하는 대타자로서의 사회적 규범을 초과하며 자아의 욕망을 폭로한다. 이때 인간은 그 욕망의 야생성과 비규범성에 의해 동물의 차원으로 진입한다. 〈몽고반점〉에서 형부와 영혜가 보여주는 나체의 퍼포먼스, 가족주의의 법도가 아무짝에도 쓸모없어지는 적나라한 섹스는 인간의 동물화를 보여준다. 《채식주의자》가 재현하는 미친 여자의 회복, 그 과정으로서의 변신은 인간의 동물화를 선행 조건으로 삼는다. 회복이 시작되는 첫 번째 단계로 영혜는 〈채식주의자〉에서 본능적으로 자신이 인간으로서 가진 동물적인 공격성을 자각한다. 작품 곳곳에서 들려오는 무의식의 목소리를 고려할 때 결미에서 동박새를 물어뜯은 잇자국의 주인이 영혜로 암시되는 것은 이 때문이다. 가령, 영혜가 각성한 자신의 동물성은 남편이 우물거리던 고기 안에서 칼 조각이 나오는 장면 등을 통해 인간의 '칼날'이 지닌 폭력성에 대한 거부감으로 재현되며, 이는 한강의 '붉음'*에 내재하는 죽음의 의미로 이어진다.

　세계뿐만 아니라 주체 자신 또한 서슴없이 휘두르는 '칼'로 드러나는 언어의 폭력성은 고통의 본질이며 이는 발화 기관인 혀와 입술이 수행하는 다른 기능, 음식의 저작 활동과 연동된다. 이후 발표되는 《희랍어 시간》이 보여주는 언어와 소통에 관한 사유가 이 지점에서 예비된다.** 둥근 젖가슴은 언어와 무관한 기관으로 '칼날'이 태어날 수 없는 곳이기에 영혜는 오직 그것만을 최후로 믿는다. 그리하여 한강의 식물-여자는 너무나 동물적인 식물이 된다. 영혜의 행동이 자주 짐승의 그것처럼 묘사되는 것은 놀랍지 않다.

　형부 또한 자신의 동물성과 폭력성으로부터 벗어나 예술의 영역으로 진입하려 하는데, 이를 위해 그가 관계 맺는 대상이 식물-여자이기에 그도 식물-되기를 경험한다. 〈몽고반점〉의 섹스는 단지 성적 욕망이나 관능의 차원이 아니다. 그

---

*　　전승민, 〈색色으로 읽는 고통의 윤리학〉, 같은 책, 486~493쪽.
**　《채식주의자》는 언어의 폭력성과 물질성의 차원에서 《희랍어 시간》과 긴밀히 연관된다. 나무가 되어가는 영혜의 병리적 상태가 언어의 상실로 심화된다는 점에서 우선 그러하고, 《희랍어 시간》의 남자와 여자가 물질로서의 언어와 그것의 비가시적인 파동에 의지하여 부재의 자리에서 서로 접촉할 때 《채식주의자》의 인물들은 언어의 물질성을 육체의 물질성으로 변환하며 자기인식의 갱신을 도모한다는 점에서 그러하다.

것은 몸을 가진 존재들이 서로를 가장 내밀하고 가까이에서 경험하는 소통의 물질적인 체현이다. 응시는 언어와 그것이 일으키는 대상화의 힘으로부터 벗어나고자 하는 주체의 욕망이 체현된 행위이고, 이런 맥락에서 섹스는 주체들의 응시가 가장 감각적이고 관능적인 차원에서 뒤엉키는 비언어의 극단에서 발생하는 탈출의 축제, 급진적인 저항의 제의다. 그리하여 형부와 영혜의 부도덕한 섹스는 "적나라하나 그 적나라함으로 인하여, 그 극한으로 인하여 도리어 고요히 정화되는 지점"(115쪽)에 도달하고, 따라서 이는 주체들의 본질을 오직 성적 행위 안으로 축소·환원시키는 포르노그래피와 분명하게 구별된다. 그들의 섹스는 포개진 두 개의 동물 육체가 체현하는 식물성의 형상화다. 초록색 몽고반점은 인간의 동물성이 발설하는 식물적 이미지다. 인간이 고통으로부터의 구원을 열망할 때 그 수난으로서의 열정은 필연적으로 자기의식의 소멸을 요구한다. 그런 연후에 인간은 동물이 되고 동물은 식물이 된다. 동물과 식물의 이종 교배는 "광합성을 하는 돌연변이체의 동물"(107쪽)을 낳고 겉으로 매우 폭력적으로 보이던 섹스는 극한의 윤리적 이미지로 변화한다.***

삶을 추동하는 윤리는 주체의 강렬한 각성과 개심의 역

*** 아내에 대해서 자신이 전혀 아는 바가 없었음을 자각하는 남편과 더불어 자신의 예술적 욕망과 작업을 폭력으로 재감각하며 "미움과 환멸과 고통"(83쪽)을 느끼는 형부는 그러므로 평면적인 악인이 아니다. 자신의 폭력성을 메타적으로 인지하고 미래의 삶을 돌이킬 수 없는 방향으로 비틀며 회개를 시작하는 두 남성은 지극히 윤리적인 인물들이다.

2부 | 미친년들의 이야기

동 속에서 발생한다. 겉으로는 서사 내내 일관된 모습만을 보여주는 듯한 영혜도 예외가 아니다. 이를테면, 그녀가 손에 쥐고 바라보는 피 흘리는 동박새는 영혜의 초상이다.* '흰 개'에 관한 기억이 그러하듯 소설은 인간에게 내재한 폭력성이 결국은 인간에게로 재귀함을 폭로한다. 이는 피해자로서의 인간 또한 가해자로서의 역능을 지닌 모순적인 존재라는 냉혹한 진실을 드러낸다. 《채식주의자》는 여성에 대한 남성적 재현의 전통을 비언어의 몸으로, 그러나 동물과 식물의 이종 교배로 탄생한 이상한^{queer} 짐승의 몸짓으로 사납게 뒤엎어버린다. 그 끝에서 형부는 자신의 과오를 깨닫고 세계의 이편으로 사라지고, 영혜는 한 그루 나무가 되어 세계의 배면에 자신을 아주심은 채 회복의 시간을 시작한다.

이 기묘한 전복의 서사, 물드는 광기의 시간으로부터 가장 멀리 떨어진 곳에서 '정상'에 가장 근접해 있던 또 다른 그녀 역시 전염을 피할 길은 없다. 그녀는 한 발짝만 떼면 저간의 삶이 모두 파괴될지도 모르는 극도의 불안 속에 있다. 인혜는 의식과 무의식의 영역을 동시에 경험하는 유일한 인물이다. 한강의 윤리성은 선과 악 모두를 배태하는 경계면에서 비롯한다. 흰 개와 동박새가 연약함과 폭력의 이종 교배를 은유하듯 존재의 윤리적 자질은 그것의 본질에 이종 교배의 모순

---

*   "처제의 목소리는 깃털처럼 무게가 없었다." 한강, 〈몽고반점〉, 《채식주의자》, 86쪽.

이 내재한다는 진실을 받아들일 때 비로소 발휘된다. 이에 따라 피해와 가해, 약함과 강함의 경계를 오가는 인물이야말로 가장 윤리적인 역능을 지닌다. 때문에 인혜는 '나무 불꽃'이 체현하는 생명의 말—"무수한 짐승들처럼 몸을 일으켜 일렁이는 초록빛의 불꽃들"(221쪽)을 목격하는 최후의 사람이 된다. '나무 불꽃'은 사회의 도덕이 설파하는 교리와 달리 이롭고 무해한 선에 전적으로 의탁하지 않는다. 그것은 삶과 죽음, 생성과 파괴 모두를 공평하게 지닌 사나운 자연 그 자체다.** 《채식주의자》가 도달하는 식물성은 생태주의와 자연주의를 초월해 인간성과 동물성, 그리고 식물성의 차원이 어지럽게 중첩된 이종 교배의 도덕, 배교의 차원으로 나아간다.

기능적인 언어로 축조된 일상의 의식 세계를 부수는 동물적 본능, 그것의 거침없는 휘두름이 산문의 광기라면 그로부터 해방된 자의 울부짖음은 시의 목소리다. 한강의 시적인 산문은 광기를 수단으로 삼지 않으면서도 그 역동을 파격의 감각으로 구현하며 주체 간의 전염과 감염을 일으킨다. 그는 '관찰'이라는 재현의 전통적인 역학을 빌려 여성의 광기를 선과 악, 그리고 동물과 식물이 이종 교배하는 혼종의 육체, '미친년'의 몸으로 체현한다. 가장 급진적인 전복은 동일한 도구로 가장 상이한 결과에 이를 때 성취되지 않던가.《채식주의

**   "그것은 결코 따뜻한 말이 아니었다. 위안을 주며 그녀를 일으키는 말도 아니었다. 오히려 무자비한, 무서울 만큼 서늘한 생명의 말이었다." 한강, 〈나무 불꽃〉, 같은 책, 205쪽.

자》가 보여주는 광기와 전염의 탁월한 성공은 서술자의 자리를 거부하는 영혜로부터 시작한다. 광기의 주인은 결코 제 스스로 미침을 말하지 않는다. 대신, 영혜는 그녀를 바라보는 타자들을 그 침묵으로 소리 없이 감염시킨다.

나는 미친년이 싫다.

이제 당신은 나의 이 말을 어떻게 읽겠는가?
나는 미친년인가 아닌가?
그렇다면, 당신은?

미친년에 관한 문학적 클리셰, 또는 미쳤다는 것의 젠더에 대하여

소영현

미치고 싶거나 미쳐가는,
미친 여자들

사이보그 글쓰기는 본원적 순수함이라는 기반 없이, 그들을 타자로
낙인찍은 세계에 낙인을 찍는 도구를 움켜쥠으로써 획득하는
생존의 힘과 결부된다.

— 도나 해러웨이, 《해러웨이 선언문》[*]

들어가며

소수자 및 약자를 문학적으로 재현한다는 것의 의미는 언제
나 그러하듯 현실과 분리된 채로의 재현 문제로만 다룰 수 없

---

[*]   도나 해러웨이, 《해러웨이 선언문: 인간과 동물과 사이보그에 관한
전복적 사유》, 황희선 옮김, 책세상, 2019, 72쪽.

다. 리얼리즘 문학의 항변처럼 실제 사회의 면모 자체가 그러하기에 폭력적이거나 억압적인 소수자 및 약자의 현실을 '그렇게' 그릴 수밖에 없다고 말할 수도 있겠다. 하지만 실제 사회의 가치관이 재현된 서사로 재생산되어 역설적으로 소수자 및 약자에 대한 인식, 즉 부정이나 배제 혹은 혐오의 일면을 조장할 수도 있다는 것을 염두에 둘 필요가 있다. 문학이 현실과 거리를 두고 있으며, 그 자체로서는 현실에 개입할 수 없는 미약하고 무결한 영역이라고 말할 수 없는 것이다. 문학의 의미와 역할이 보이지 않던 현실을 보이게 하는 데 있다는 사실을 부인하는 것은 아니지만, 소수자 및 타자를 중심으로 보자면 문학은 한없이 '선량한' 채로 차별주의를 내내 반복하거나 부지불식간에 차별과 억압과 혐오를 강화해버리기도 한다.

미쳤다는 것의 젠더를 염두에 둘 때, 그러한 경향은 더 크다. 광기 그 자체가 여성의 생물학적 육체의 특성과 연관된다고 볼 수 없다는 점은 이미 과학적으로 충분히 입증된 바이다. 가령, 광기의 '모계유전설'과 같은 것은 젠더적 차원에서도 장애학적 차원에서도 차별적이고 혐오적인 거짓 인식에 불과하다. 그러나 그와 어느 정도 무관하게, 우리의 일상에서도 그것이 과연 오해나 거짓으로 공유되고 있는가를 반추해볼 필요가 있다.

그렇다면 문학은 어떠한가? 폭력적이고 억압적인 현실을 사는 여성의 삶을 환기해볼 때, 한국문학이 그만큼의 강도나 빈도로 미친년을 다루고 있는가를 따져보지 않을 수 없다.

미친년들은 대개 미칠 것 같은 현실을 우회적으로 환기하는 은유적인 존재들이거나 강고한 현실의 억압을 가로지르는 위반적 상상력의 화신들이지만, 그런 방식으로 그녀들의 실감으로서의 고통과 결핍, 아니 두려움 가까이에 온전히 밀착할 수 있는지를 묻게 되는 것이다. 멀리 거슬러 올라갈 것도 없이 2020년대 서사에도 미친년들이 넘쳐나지만, 그 미친년들은 클리셰적 표현을 맴돌고 있다. 그 이유는 무엇일까. 그 미친년들과 그 재현 방식이 전하는 진실이 있다면 그건 무엇일까. 그것이 전하지 못하는 진실의 일면은 또 무엇일까.

1. 은유로서의 미친년

황정은의 소설 《디디의 우산》(2019)에는 젊은 여직원에게 집요하게 이른바 '작업'을 걸고 "사적인 접근"[*]이 여의치 못할 때 "공적으로"(200쪽) 폭언을 쏟아내거나 고압적인 태도로 업무를 지시하면서 직장 내 괴롭힘을 일삼는 남성에 관한 에피소드가 등장한다. 소설이나 드라마에서 흔하게 만나는 에피소드이다. 그만큼 현실에서 상시적으로 발생하는 일이라는 의미일 것이다. 하지만 이런 사례에서 정의가 구현되는 경우는

---

[*]   황정은, 〈아무것도 말할 필요가 없다〉, 《디디의 우산》, 창비, 2019, 200쪽.

드물다. 남성중심의 사회, 특히 가부장적 성격이 여전한 한국의 직장 문화에서 이런 일은 대개 모욕감을 입은 여직원-피해자의 퇴사로 종결된다. 그나마도 자발적 퇴사보다 더한 피해를 입는 일이 허다하니, 최소한의 피해로 상황이 종결된 걸 다행으로 여겨야 할지도 모른다. 한국사회에서 흔하디흔한 여성혐오적이고 비윤리적인 상황에 대한 사례 모음처럼 여겨지기도 하는 《디디의 우산》 속 〈아무것도 말할 필요가 없다〉에서 작가는 화자 '김소영'의 에피소드를 다루면서 동생 '김소리'의 입을 빌려, "미친년이 되더라도"(202쪽) 사무실 사람들에게 '김소영'이 겪고 있는 불쾌와 모욕감, "심리적이고 신체적인 위협과 불안"(202쪽)을 말할 필요가 있다고 짚는다. 거꾸로 이해해보자면, 위협과 불안을 말함으로써 그녀 자신이 미친년이 될 수도 있다는 말일 것이다. 미친년의 여부를 결정하는 기준이 '상식'에 있다는 말이기도 한데, 이러한 논리에 따르면 '미친년'이 된다는 것은 사회의 '상식' 바깥으로 자신을 내보내는 일이 된다. 물론 이때의 '상식'이란 (황정은이 소설에서 종종 인용하는 한나 아렌트를 빌려 말하자면) '악의 평범성'에 의해 구축된 세계이거나 거기서 통용되는 가짜 신념 같은 것이다. 그렇다면 여기서 미친년은 상식의 세계 너머의 정상성을 획득할 수 있는 존재라는, 상징적이고 은유적인 의미를 갖는 말이 된다.

2. 낙인으로서의 미친년

그런 의미에서 미친년은 현실 너머 정상성을 역설하는 말이다. 작가 역시《디디의 우산》에서 밝히고 있듯, 삶의 비정상성을 바로잡기 위해 억압적인 사회적 틀을 넘어서는 존재가 되고자 하는 도약이 '미친년 되기'라면, 그것은 상징적이고 은유적인 의미에서라도 그리 쉬운 일이 아니다. 그러나 현실의 차원에서 보자면, 스스로 미친년이 되는 일보다는 미친년으로 낙인찍히는 일이 더 많다고 해야 한다. 미친년이 되기를 원하지 않지만, 미친년으로 지목되거나 낙인찍혀 내쳐지는 일. 어쩌면 '미친년 되기'의 본격적인 의미는 이것에 더 가깝다고 해야 할지 모른다.

　　어떤 의미에서 미친년은 정상성 바깥에 놓인 여성에게 붙이는 낙인의 이름이거나 누군가를 정상성의 바깥으로 떠밀면서 그 정당성을 마련하기 위한 거짓 논리와 같은 것에 가깝다. 부모의 이혼으로 열 살 무렵 존재도 모르던 외삼촌 부부에게 맡겨졌던 시절에 대한 화자의 회상을 다룬 손보미의 소설 〈밤이 지나면〉*의 서두는 다음과 같이 시작된다.

　　정신 나간 여자, 외숙모는 그 여자에 대해 그렇게 말했다. 아니, 처음에는 그저 맞장구를 친 것에 가까웠다. 하지만 결국

---

* 　　손보미,〈밤이 지나면〉,《사랑의 꿈》, 문학동네, 2023, 9쪽.

에 외숙모는 좀 더 과격한 단어를 사용하기로 한다. 맞아, 완전 정신이 나가버렸다니까. 미친 여자야. 미친년. 그러고 나서야 외숙모는 혼자 거실에서 티브이로 〈그림 명작 동화〉나 〈작은 숙녀 링〉 같은 만화 영화를 보고 있던 내 존재를 기억해내고는 큰 소리로 묻곤 했다. "아이쿠, 너 내 말 들었니?" 내가 고개를 가로저으면 외숙모는 부엌 식탁에 모여 앉은 '정신이 나가지 않은' 동네 아주머니들과 '정신 나간' 여자- 혹은 기타 등등-에 관한 대화로 다시 돌아갔다.

비밀이 없고 소문이 무성한 작은 마을 공동체는 외부에서 유입된 존재를 좀체 일원으로 받아들이지 않는다. 누군가가 화제에 오르고 또 '정신 나간 여자'나 '미친 여자', 아니 '미친년'으로 불린다고 할 때, 그건 그 누군가와 들어맞지 않는 규정일 수 있다. 화제에 오르는 이는 쉽게 교체될 수 있다. 개울이 흐르고 소를 키우기도 하는 논밭이었던 경기도 작은 마을이 고층 아파트로 변하던 시기로, 공동체의 구성원이 전면적으로 바뀌고 있었음을 고려할 때 특히 그렇다.

부모 아니 가족에게 버려졌다는 사실에 깊은 상처를 입었던 화자가 마음을 주고받았던, 당시 공사장 근처에서 식료품점을 운영하던 여자가 동네 사람들에 의해 '미친년'으로 낙인찍혔다. 그녀를 두고 "이혼을 했고 자식이 죽었는데, 그녀가 죽인 거나 마찬가지"라거나 "동네 남자들을 '꼬시려 든다'는"(27쪽) 식의 정보가 떠돌았고, 예지몽을 꾼다는 소문이 돌았다. 그런 정보들의 조합으로 화자는 그녀가 "라푼젤처럼 길게 기른 머리를 뒤로 땋아 내"리고 "아랫단이 치렁치렁한 스커트를 입고 손가락마다 반지를 끼고" 입술을 붉게 칠한 "아주 마르고 약간 신경질적인 아름다움을 품"(29쪽)었을 것으로 상상한다. 미친년이 외롭고 고립되어 있으면서도 매력적인 존재로 상상된 것인데, 이는 아마도 화자가 그녀에게서 낯선 곳에 던져진 자신과 어딘가 닮아 있다는 것을 발견했기 때문이리라.

당연하게도, 실제의 그녀는 상상 속 마녀와는 전혀 다른 모습이었다. 예상과는 완전히 다르게, 살짝 통통한 체형에 남자아이처럼 머리칼이 짧았고 신경질적으로 보이지도 않았던 그녀는 때리기까지 하던 남편과 이혼하고 혼자 생계를 꾸리며 이리저리 떠도는 존재였다. 마지 피어스의 소설《시간의 경계에 선 여자》(1976)를 두고 장애학 연구자인 앨리슨 케이퍼가 정확하게 짚어주었듯, '미쳤다'는 진단은 가난한 (유색인) 여성과 문화적 규범 안에 포함되지 않는 존재에게 행해질 가능성이 높다.* 아이를 낳은 적도 없는 여자로, 말하자면 가부장제에 입각한 가족의 정상성 바깥에 놓여 있던 그녀를 '미친년'으로 낙인찍던 시절이기도 하다고 회상하며 별일 아닌 듯이 지나가버릴 수도 있을 것이다. 그녀는 생계 부양인과 주부

---

* 앨리슨 케이퍼, 《페미니스트, 퀴어, 불구: 불구의 미래를 향한 새로운 정치학과 상상력》, 이명훈 옮김, 오월의봄, 2023, 195쪽.

2부 | 미친년들의 이야기

로 이루어진 중산층 가족 범주의 바깥에 놓인 여성이었다.

초등학교 시절부터 고등학교에 다니던 시절까지, 10대 시절 대부분을 함께 지냈던 외삼촌 부부를 떠나 이후에는 자신의 엄마와 함께 살게 되었음을 확인할 수 있지만, 소설에서 화자의 현재에 대한 정보는 찾아볼 수 없다. 더구나 식료품점 그녀를 떠올리기 위한 회상이었음에도, 소설 전체에서 어린 화자를 '납치'했다던 사건 이후의 식료품점 그녀에 대해서는 아무런 정보도 제공하지 않는다. 급작스럽게 떠맡게 된 '거의 남과 다를 바 없는' 아이에게 냉대까지는 하지 않았지만 그리 반기지도 않았던 외삼촌 부부에 대한 선명한 기억들, 가령, 부모에게 버림받은 아이라고 여기면서도 식사 자리에서조차 제대로 챙겨주지 않았던 몇몇 에피소드를 나열해두면서도, 화자는 종종 성인이 된 이후의 관점으로 그 시절의 실제 상황을 보정하거나 조정한다. 이후의 외삼촌, 외숙모 심지어 외사촌의 성격적 일면까지 파악할 수 있는 에피소드가 소개되기도 한다는 점을 고려하면, 화자의 서술을 곧이곧대로 받아들이기 어렵다는 판단이 들기도 한다. 화자 자신에 대한 최신 정보나 식료품점 그녀에 대한 정보를 누락한 일이 꽤 의도적인 것처럼 읽히는 것이다.

어딘가로 떠나달라는 아이의 소망을 이뤄주기 위해 길을 떠났다가 사고가 난 후, 그녀는 화자에게서도 그 마을에서도 떠났다. 따라서 화자는 이후의 그녀에 대해 알지 못한다. 부모한테 버림받았다는 사실이 만들어낸 상처와 그에 대한 복수처럼 부모가 사고로 죽었다거나 그들의 장례식장에 다녀왔다는 식의 이야기를 꾸며내 은밀하게 위안을 얻거나 그런 자신에게서 죄의식을 떨칠 수 없는 견디기 힘든 상황, 그런 것들이 열 살 아이에게 어딘가로 사라져버렸으면 하는 마음을 불러왔을 텐데, 화자의 회상은 아마도 어째서 식료품점 그녀가 화자를 데리고 떠났을까를 궁금해하면서 시작되었을 가능성이 높다. 유추해보자면, 자신과 마음을 나눴던 아이의 고통을 덜어주기 위해 어딘가로 떠나려던 행위가 그녀 자신이 처해 있는 상황에 대한 돌발적인 해법처럼 여겨졌을 수도 있다. '미친년'이라는 낙인 바깥으로 나아가는 일, '미친년 되기'의 시도 말이다. 끝나지 않을 것 같던 그 밤과 그 시절에 대한 성인 화자의 회상은 자신이 다시 한번 선 바깥으로 떠밀어버린 그녀에 대한 죄의식의 환기일 것이다. 동시에 화자 역시 그 밤과 같은 시간에 여전히 머물러 있기 때문일 수 있다. 이렇게 보자면, 내쳐지고 떠밀린, 미친년의 자리는 또한 공감의 자리이기도 한 셈이다. 꽤 긴 시간 동안 지속되는.

3. 망상적 세계 속 미친년

미친년이 되고자 하든 미친년으로 낙인찍히든, 미친년은 가면이거나 위장이다. '미쳤다'는 것은 실제 그녀들의 신체적-육체적 상황과는 아무런 관련이 없다. 가면과 위장이 아니고

서는 주어진 '상식'과 강요된 '일상'을 지탱하기 어려울 것이라는 냉철한 판단이 기입되어 있기에, 가면과 위장 아래에서 그녀들은 누구보다 '온전한' 이들이라고 할 수 있다. 그녀들 스스로 그렇게 믿는다. 그런데 그들이 속해 있는 세계, 그 소설 세계 내부를 둘러보자면 어떠한가. 과연 그러한가. 소설 세계에서 그녀들은 '온전한' 존재들인가.

전하영의 소설 〈시차와 시대착오〉*에는 미친년에 관한 우리 사회의 온갖 진부한 상상들이 망라되어 있다. 임신 중에 아이를 잃은 상처로 고통받는 여성이 있고, 예술적 재능을 펼칠 수 없는 사회구조적 문제로 고통받는 여성이 있다.

> 아내는 달라졌다. 아이를 잃었다는 사건이 그녀 안에 잠재된 어떤 스위치를 누르기라도 한 것처럼 다른 사람이 되어 있었다. 그녀는 자주 머리가 아프고 잠이 오지 않는다고 하소연했다. 아주 의기소침해졌다가도 들뜬 기분을 자제하지 못해 안절부절못했고, 조그만 의견 차이도 견딜 수 없어 하며 명식에게 달려들었다. 그러던 어느 날부터 아내는 옆집 사람들이 벽에다 대고 계속 자기 험담을 한다며 불안해했다. …… 중앙정보부 요원들이 자기를 감시하고 있다고. 작고 마른 아내는 발코니의 수납장 뒤에 숨어 눈을 질끈 감고

---

* 전하영, 〈시차와 시대착오〉, 《시차와 시대착오》, 문학동네, 2024, 164쪽, 강조는 인용자.

끝없이 중얼거렸다. 사실이야 어떻든 그녀의 감정만큼은 진실되어 보였다. 여보, 중앙정보부는 이제 없어. 지금은 안기부 시대라고. 명식은 이성적으로 그녀를 설득해보려고 수차례 시도했다. **말이 안 통하면 화도 냈다. 왜 자꾸 그런 헛소리를 하냐고. 당신은 제정신이 아니라고. 그는 신문을 찢고 TV를 깨부수며 중앙정보부가 없다고 소리 질렀다.** 지금 그게 중요해? 그게 정말 그렇게 중요하냐구. 그녀는 상처받은 얼굴로 명식에게서 몸을 돌려 흐느껴 울다가 그를 밀치고선 자기를 죽여달라고 부엌에서 칼을 가지고 왔다. 당신 날 믿지 않지. 날 믿지 않는 거지. 내가 거짓말한다고 생각하는 거지. 그런 거지. 그녀는 가슴을 치고 몸을 덜덜 떨며 악을 썼다.

그녀들의 고통은 상상된 것이 아니다. 아이를 잃은 여성은 두통과 불면에 시달리고 조절되지 않는 감정의 기복에 고통받는다. 급기야 그녀는 누군가가 자신에 대한 부정적인 언급을 일삼는다거나 감시한다거나 하는 식의 정신질환의 징후를 드러낸다. 다수의 여성이 임신 및 출산과 연관된 몸의 변화에 따른 심리적 변화, 즉 우울증의 범주에 속하는 어떤 증상을 겪기도 한다. 소설 속 여성은 오랜 시간 정신질환을 겪어온 인물이다. 자신만 들을 수 있었던 목소리와 수군거림, 자신에게만 모습을 드러내던 보이지 않는 존재들로 숨죽이며 지내던 그녀는 어느 시점부터 집에서 한 발짝도 뗄 수 없게 되었고, 급기야 "본인의 의사와 상관없이 다른 집 ─ 정신병원 ─ 으로

옮겨가야만 했"다.(203쪽)

　물론 그녀의 발병을 몸을 중심으로 한 생물학적인 차원으로만 설명할 수는 없다. 고등학교에 다니다 그만두고 먼 친척이 경영한다는 무역회사에서 일하던 스무 살의 그녀는 열 살이나 나이가 많은 남자와 만나 결혼을 하게 되었지만, 전혜린처럼 독일로 혼자 가서 공부를 계속하고 싶어 했고 그런 삶이 가능할 것이라 여기기도 했었다. 남편은 아이를 잃은 그녀의 고통을 외면하고 부인했으며, 그녀에게 화를 내고 폭력적인 행동으로 대응했다. 이후로 집에서 혼자 시간을 보내야 했던 아내를 돌보지 않은 채, 점차 귀가를 늦췄고 관심을 줄여갔다. 그런 시간 동안 그녀는 자신의 고통 안에 침잠하여 그 고통 속에 갇히게 된다. 이런 시간을 모두 생략한 채로, 그녀의 시간을 '미친년이 되었다'로 간단히 요약해버릴 수 있을까. 아니, 그녀는 정말 미친년인가.

　부부의 일면을 다른 각도에서 살펴보자. 그녀가 아이의 상실이라는 현실을 직시하고 그 고통을 온몸으로 받아들이고자 했다면, 남편 이명식은 오히려 거대한 망상적 세계를 만들어갔다. 중년 남성의 미소지니의 면모를 풍자적으로 그려낸 소설로도 읽히는 〈시차와 시대착오〉에서 화자인 명식은 현실에 존재하는 딸의 진면목에는 관심을 두지 않으며 여성들의 경제적 무능력에 대한 편견을 자신의 딸에게 고스란히 적용하는 보통의 한국 중년 남성의 면모를 보여준다.

아들이었어. 분명 아들이었을 거야.(164쪽)

근수는 어땠을까.

명식은 자기도 모르게 그렇게 생각하고선 깜짝 놀랐다. 이 근수라고 거의 소리 나지 않을 정도로 작게 이름을 불러보았다. 명식은 아들을 낳으면 '근수近水'라는 이름을 지어주고 싶었다.(170쪽)

기이하게도 그는 태어나기도 전에 심장이 멎어버린, 성별을 확인하기도 전에 잃은 아이, 그 실체 없는 아이를 '잃어버린' '아들'이 틀림없다고 확신한다. 이성애 중심의 가부장제 이데올로기를 공기처럼 호흡하는 남성으로서, 아들이 있었으면 하는 갈망을 포기하지 못한다. 자신의 삶에서 아들이 필요하다는 간절한 소망 같은 것이, 존재하지도 않았던 아이가 있었을지도 모른다는 기대로, 그 아이가 태어났더라면 아들이었을지도 모른다는 확신으로 그를 나아가게 한 것이다. 편집증적으로 구축된 망상의 세계 안에서 그는 '없는' '아들'에 깊이 의존하면서, 현실의 상실을 견디거나 딸에 대한 불만을 누그러뜨리며 살아간다.

소설은 서로 다른 세계에 사는 부모 아래에서 분열적 성별 지향성을 갖는 딸을 뒤쫓는다. 딸 이미루는 어릴 적부터 '남자아이'가 되고 싶었던 열망이 끝내 좌절되는 분열적인 시간을 살아왔다고 할 수 있다. 그녀의 생애 전체는 아버지가 그토록 원하던 남자아이가 될 수 없었지만, 그 이상의 존재가 될 수 있음을 입증해야 하는 시간이었다. 엄마가 집을 떠나야만 했던 때에도 결국 죽었을 때에도 슬펐지만 안도할 수 있었던 것은, 그러한 희생의 끝에서 엄마가 원했던 삶을, 아빠가 원했던 아들 그 이상이 되어 그녀가 대신 누릴 수 있으리라 확신했기 때문이다. 로맨틱한 관계를 맺고 싶은 사람에게도 상대를 이기고 싶다는 마음을 갖게 하는 그런 시간을 보냈으나, "그녀가 별 볼 일 없는 인간들이라고 무시했던 소수의 남자 동기들"이 "무슨 연줄인지 경력도 없이 대학에 출강하고 기관에 정규직으로 취직하며 위로, 더 위로 올라갔"다.(184쪽) 가족 내에서든, 사회 내에서든, 아니면 더 좁게 예술계 내에서든 성별의 한계를 무화하고자 한 그녀의 노력이 무색하게, 많은 것들이 성별로 결정되었다. 필리스 체슬러가 여성이 미치게 되는 계기 가운데 하나로 거론하는 것에 사회문화적 거세의 경험이 있다.* 이명식의 눈에 "어떤 몰입과 흥분, 과도한, 한때는 그가 '열정'이라는 개념으로 착각했던 알 수 없는 에너지로 충만해져 반짝거리는 눈동자"(174쪽), 즉 예술가적 자질은 젠더적 필터를 통과하며 딸에게서 발견되는 어떤 부정적인 뉘앙스를 품고 있다고 할 수 있는 말인 "아내의 흔적"(174쪽)으로 요약되어버린다. 그녀들의 예술가적 자질은 포착되기는커녕 광기

---

*   필리스 체슬러, 《여성과 광기》, 임옥희 옮김, 위고, 2021, 147~148쪽.

의 '모계유전설'이라는 거짓 믿음 속으로 흔적도 없이 휘발되어버린다.

　　편집증적인 망상의 세계를 살고 있는 아버지가 지극한 정상성을 획득했다면, 이미루의 어머니와 이미루는 우울증적, 분열증적 운명을 살아갔다고 할 수 있다. 이것은 결코 은유가 아니다. 이미루의 어머니가 미쳤다면, 이미루도 미쳐가는 중이다. 그들이 우울증적으로, 분열증적으로 살아가는 이유는 각기 다르지만, 그들의 삶은 가부장제 체제 안에서 주어진 역할에 한정되어 살아가기를 거부하며 무언가를 도모하려하는 여성들이라면 피하기 어려운 존재 형태다. 그렇다면 그녀들은 미친년인가. 미쳐가는 중인가. 우리 모두가 거대한 망상의 세계이기도 한 가부장제를 살고 있음을 환기하자면, 여기서 미친 것은 누구인가. 미쳤다는 것은 젠더와 어떻게 결부되는가.

4. 정신병의 '모계유전설'

〈시차와 시대착오〉에서 미루는 일생에 한 번은 "환청을 듣거나 환각을 경험하게 되리라는 예감"(205쪽)을 안고 살아왔음을 고백한다. 그것은 누구의 예감인가. 미쳤다는 것을 종종 젠더적 요소와 결부해서 살펴야 하는 것은 이러한 이유에서일 것이다. 종종 여성에게 미쳤다는 것은 내쳐지거나 떠밀린 수동적 피해자의 자리를 연상시킨다. 최근에는 주류 남성성의 일면을 전유하여 남성보다 나은 여성이 되고자 한 열망이 좌절된 탓에 남성이자 여성인, 아니 남성도 아니고 여성도 아닌 분열증적인 존재가 되는 일을 연상시키기도 한다. 그러나 〈시차와 시대착오〉를 통해 확인할 수 있듯, 미쳤다는 것에 관한 가장 친숙한 인식 가운데 무엇보다 영향력이 강한 것은 정신병의 '모계유전설'이다. 우리는 이미 그것이 의학적으로 근거 없는 낭설일 뿐임을 알고 있지만, 그 믿음은 우리의 일상에 공기처럼 스며들어 있다.

심지어 '모계유전설'은 어머니와 딸의 관계가 아니더라도 마구잡이로 사용되는 경향이 있다. 은희경의 《새의 선물》(1995)만 떠올려봐도 알 수 있듯, 그 계보는 종종 할머니나 이모로도 확장된다. 최근 소설에서 그 범주는 고모로까지 잇대어진다. 자매처럼 키워진 이모, 부모를 대신해 돌봄을 제공했던 이모와 고모들, 최근 한국소설에서 이모와 고모들은 가족이라고도 아니라고도 말하기 애매한 상황에 놓인 그녀들을 통한 가족 관계의 재사유 가능성을 열어준다. 그들은 한국사회에서 여전히 가족의 힘이 세다는 것을, 여전히 가부장제에 기반한 가족 정상성의 억압이 강하다는 것을 새삼 확인시켜주며, 그 안에서 여성들에게 허용되는 자리와 역할이 거의 변하지 않고 있다는 사실 역시 상기시킨다. 그 안에서 여성들은 시대에 따른 변화 요청 속에서도 시대착오적 시간을 온몸으로 살아내고 있으며, 그렇기에 미쳤다는 것의 범주에서 조금도 달라지지 않은 삶을 살고 있음을 보여주는 것이다.

예소연의 소설 〈사랑과 결함〉*에서 항우울제 및 각종 신경안정제를 오랫동안 복용해온 순정이 겪는 심리적 불안감을 그녀의 유전적 형질이나 성정에서 기인하는 것으로 단정해서는 곤란하다. "사랑스럽고 인심이 좋으며 넉살 두둑한 마흔 중반의 여자. 하지만 애 딸린 남편에게 소박맞은 여자."(164쪽) 소설 속 화자의 고모인 그녀는 어린 나이에 부모를 잃고 젊은 나이에 간병 일을 하며 열다섯 살 터울의 남동생을 키웠고, 남동생의 대학 뒷바라지를 다한 후에야 자기 삶의 빛나던 시절이 다 지나가버렸다는 사실을 깨닫게 된 존재다. 결혼 적령기를 한참 지나 마흔을 바라보는 나이가 되어서, 아이가 있는 남자와 결혼했다가 곧 이혼하고 남동생 가족과 함께 살게 된 순정은 화자의 엄마인 올케를 온 힘을 다해 미워하는 존재로 그려진다. 그녀가 미워했던 것은 누구였을까.

20년이 지난 후 화자인 성혜도 소량의 항우울제를 복용한다. 그 우울증과 심리적 불안감의 원인을 꼽아보자면, 적은 월급으로 집도 없이 살고 있는데 앞으로도 그 삶이 조금도 나아질 기미가 없어서일 것이다. 이 여성들이 겪는 고통이 구조적이고 은유적인 것이면서 실제적이고 육체적인 것이기도 하다고 할 때, 이 고통에 대해 아무런 책임도 없다고 생각하는 성혜의 남자친구 수는 물론 순정의 남동생이자 성혜의 아

---

* 예소연, 《사랑과 결함》, 문학동네, 2024.

버지에게 그것은 그저 "유전"의 문제로, 그러니까 여성 육체성의 문제이자 여성의 몸을 통해 유전되는 정보로 쉽게 환원되어버릴 수 있는 어떤 것일 뿐이다. "정신병도 유전이야. 유전"(179쪽)이라고 순정의 남동생이자 성혜의 아버지인 남성이 말하는 자리에서, 그녀들의 생애 자체라고도 할 수 있는 그 고통은 은유적 의미조차 상실한 채 여성들의 몸에 갇혀버린다.

> '모계유전'이라는 말이 나에게 주는 비관적 함의는 대단했다. 내가 정말 정신적으로 큰 문제를 겪게 되었는데 그 원인이 모계유전이라고 말한다면 내가 겪어온 모든 고통이 엄마의 유전자적 결함으로 치환되고 고모의 인생을 끊임없이 괴롭혔던 조울증은 할머니의 유전자적 결함으로 치환되는 거겠지.(182~183쪽)

예소연의 〈사랑과 결함〉은 정신병의 '모계유전설'을 답습하면서도 전복한다. 오히려 작가는 연령과 경험이 다르며 가족 내, 사회 내 각기 다른 자리에 놓여 있는 여성들에 대한 사회의 이해가 여전히 정신병의 '모계유전설'과 같은 거짓 믿음에 의해 지속되고 있음을 비판적으로 환기하며 비튼다. 예소연의 소설에서 '미쳤다는 것'은 보다 엄밀한 의미에서 육체를 통해 발현되는 실재하는 억압이자 고통을 가리키게 된다. 그리하여 이 소설식으로 표현하자면, '미쳤다는 것'은 긴 시간 아니, 거의 평생을 한집에서 살았음에도 여전히 가족으로 인정받지 못하는 사람들, 그런 여성들의 삶이 품고 있는 '기괴한 얼굴'을 환기하는 말에 가깝게 된다. 그러니 "그 기괴한 얼굴을 들여다보는 게 중요하다."(167쪽) 그런데 '모계유전설'을 반복하듯 비틀고서야 그 '기괴한 얼굴'에 다가갈 수 있게 되는 것은 왜일까. 가족과 친족의 억압 구도 안에서가 아니라면 그 얼굴에 대한 온전한 발견은 불가능한 것일까. '기괴한 얼굴'의 확인이 아니라 그것을 만드는 '도구를 움켜쥘' 방법은 없는 것일까. 아직은, 아니 여전히 그럴 수밖에 없는 것인지 생각하면서, 미쳤다는 것의 젠더를 둘러싼 지금껏 반복되는 오해와 편견들을 세심하게 알아챌 좀 더 예리한 시선을 기다리게 된다.

미친년을 타자로 낙인찍는 세계에서 '낙인을 찍는 그 도구를 움켜쥠으로써' 획득할 힘-사유를 아니 그런 힘을 획득할 수 있는 글쓰기를 꿈꾼다. 그러나 지금 이곳의 미친년을 둘러싼 소설적 재현을 통과하면서 보이지 않던 현실이 펼쳐지는 중인지 그런 의도에도 불구하고 차별적이고 폭력적인 현실의 일면이 강화되는 중인지, 아니 여전히 그런 작동이 동시적으로 이루어지는 중인지 확신하기 어렵다. 제자리를 반복하는 듯한 그 과정이 끝내 진전일 그런 쓰기 아니 읽기는 무엇이며 그것을 가능하게 하는 시선이란 과연 무엇인가를 다시금 곱씹게 된다.

일인칭 글쓰기의 부상과 저자가 된 젊고 아픈/미친 여자들

김은하

거식증에 관한
여성의 고백을 중심으로

1. 자기서사는 어떻게 문화적 우세종이 되었나?

최근 들어 당사자가 특정 시점이나 사건을 중심으로 과거부터 현재에 이르기까지 자신의 삶을 회고하는 자기서사가 독서 출판 시장에서 문화적 우세종이 되었다. 투병기, 전기, 자서전, 수기, 편지, 옥중기, 여행기 등 자기서사는 다양한 형식으로 이미 존재해왔지만, 최근의 자기서사 열풍은 새로운 미적 현상이다. 과거에 자기서사 창작을 주도하던 작가층이 사회적으로 성공한 중장년, 노년의 남성들이었다면 오늘날 회고의 주된 주체는 계급·신체·섹슈얼리티 등의 측면에서 소수성을 가진 젊은 여성들이다. 이는 그간 사회에서 뚜렷한 목소리를 내지 못했던 이들이 슬픔과 분노를 표현하고 대항적 정체성을 찾아가고 있음을 보여주는 증거다.

자기서사 현상은 페미니즘 리부트의 한 양상이다. SNS,

블로그, 커뮤니티 등이 여성의 각성과 연대의 장이 된 디지털 페미니즘의 흐름 속에서 자기서사는 고통을 나눌 수 없게 하는 '단속 사회'를 허무는가 하면 유명인이나 전문가 위주로 돌아가는 출판 제도를 무너뜨리며 오프라인으로 나왔다. 흥미롭게도 젊고 아픈/미친 여자들이 저자로 출현 중이다. "나는 페미니스트입니다"라는 선언과 함께 ADHD, 공황장애, 조현병, 양극성 정동장애 등 '정병러'(정신병+-er) 커밍아웃이 이루어지며 질병과 광기를 고백하는 자기서사가 급증했다.[*]

혹자는 이러한 노출과 고백의 문화에서 자신의 질병이나 고통마저도 활용해 자신을 타인과 구별되는 특별한 존재로 만들고자 하는 관종^{關種}의 욕망, 즉 자아의 브랜드화라는 시장에 구속된 자아 연금술의 징후를 읽기도 한다. 그러나 여러 의혹과 우려에도 불구하고, 자기서사 현상은 여성/소수자가 더 이상 가부장제의 눈치를 보거나 정상성 규범에 주눅 들지 않겠다는 의지의 표현으로 해석되어야 한다. 젊은 여성들이 자신의 내밀한 사생활이나 고통을 노출하는 것은, 페미니즘 지식이 대중화·보편화되고 페미니스트 '사회자본'이 형성됨으로써 '완벽한 여성'이라는 환상에 구멍이 뚫렸음을 보여주는

---

[*] '정병'은 정신병을 줄인 말로 비하적인 뉘앙스가 강한 단어였지만, 당사자들이 트위터에서 '정병'에 영어 접미사 '~er'를 붙여 스스로를 '정병러'로 칭하며 자기의 질병/광기를 고백하면서 더 이상 낙인의 언어가 아니라, 아픈 사람이 '자기'를 말하고 탐구할 수 있게 해주는 장르가 되었다. 김은하, 〈여성 정병러의 소수적 감정 쓰기〉, 《현대문학의 연구》 78, 2022, 520~521쪽.

증거다. 페미니즘의 언어를 공유하는 젊은 여성들 사이에서 자기서사는 자기의 삶을 무대화함으로써 비규범적인 여성 정체성을 형성하는 문화적 실험으로 인식되고 있다. 인간 보편을 자처하며 글쓰기의 제국을 구축해온 대문자 '나'에 의해 삼켜지거나 순치되었던 소문자 '나'들의 귀환이 이루어지고 있는 것이다.

이 글에서는 젊은 여성들의 거식증에 관한 자기서사 중 박채영의 《이것도 제 삶입니다》와 박지니의 《삼키기 연습》을 살펴보고자 한다.* 거식증의 정확한 의학적 명칭은 신경성 식욕부진증anorexia ner-vosa으로, 광장공포증, 히스테리와 함께 대표적인 '여성 광증'으로 간주된다. 현재 여성의 거식증 유병률은 빠른 속도로 증가하고 발병 연령대는 점차 낮아지고 있다. 오늘날 비만한 몸은 실격의 표식으로, 날씬한 몸은 하이엔드 패션처럼 계급의 지표로 인식되고 있음을 고려할 때, 거식증은 외모 관리가 병적으로 수행된 증거로 읽히기 쉽다. 거식증 환자의 대다수가 젊은 여성이라는 사실은 이러한 판단을 뒷받침하는 것처럼 보인다. 그러나 문제는 그렇게 단순하지 않다. 캐롤라인 냅은 회고록 《욕구들: 여성은 왜 원하는가》에서 자신의 거식증을 "욕구를 만족시키고자 하는 욕망 대 욕구가 우리를 압도하고 좌지우지하고 길을 잃게 만들지도 모른다는

---

*   박채영, 《이것도 제 삶입니다: 섭식장애와 함께한 15년》, 오월의봄, 2023; 박지니, 《삼키기 연습: 스무 해를 잠식한 거식증의 기록》, 글항아리, 2021.

두려움, 이 둘의 충돌"*** 속에 위치시킨다. '제2의 물결'을 경유하며 엄마 세대와 달리 많은 선택의 기회를 얻었지만 여전히 '나는 그럴 권리가 있다'고 말하게 이끄는 권리의식, 행위주체성이 불확실한 상태를 반영하는 것이 거식증이라고 본다.*** 그런 맥락에서 거식증은 단순히 외모 강박의 문제로 설명될 수 없으며, 여성으로 살아가는 것에 대한 고발이자 반항으로 읽힐 필요가 있다.

2. 엄마의 고통에 대한 딸의 응답과 온몸의 항거:
박채영의 《이것도 제 삶입니다》

여성 식이장애 환자가 여자에게 적용되는 문화적 기준, 즉 완벽하게 아름다워한다는 규율을 받아들여 그 불가능한 잣대로 자신의 몸에 대한 학대에 가까운 지배력을 유지한다고 것은 결코 거짓이 아니다. 여성이 자신의 몸을 '매력 자본'으로 대상화해 외모 관리를 하도록 이끄는 것은 심각한 여성 문제다. 그러나 이런 식의 접근으로는 여성 거식증 주체가 어째서 가죽과 뼈만 남은 그로테스크한 몸을 얻을 때 만족하는지 설명할 수 없다. 거식증에 대한 진정한 이해에 이르기 위해서는,

---

** 캐롤라인 냅, 《욕구들: 여성은 왜 원하는가》, 정지은 옮김, 북하우스, 2021, 33쪽.
*** 같은 책, 56~57쪽.

지배 집단과 피지배 집단이 신체의 성징에 따라 결정되고, 남자가 여자에 대한 지배력을 유지하기 위해 여자의 몸에 트라우마를 가하는 사회에서 여자가 자기 몸에 양가감정을 느끼고, 몸을 돌보는 데 어려움을 겪으며, 몸에 대한 통제권을 상실한 것처럼 느낄 수 있다는 것을 이해해야 한다. 거식증은 신체에 대한 불만족, 성숙한 여성이 되는 것에 대한 두려움, 무력감, 완벽해지고 싶은 욕망, 몸에 대한 통제권의 획득 등과 얽힌 문제다.

박채영의 《이것도 제 삶입니다》가 특별한 것은, 거식증을 단순히 질병이 아니라 남성의 시선과 욕망 그리고 폭력에 의해 포획된 몸의 역사에 대한 은유이자, 그러한 지배 현실에 순응하기 거부하는 젊은 여성의 항거에 관한 이야기이기 때문이다. 이 작품은 비단 저자의 개인적인 경험이 아니라 어머니-외할머니로 이어지는 가족사, 더 넓게는 여성사를 응축하고 있다. 1부 〈이야기의 시작〉이 작가가 최초로 거식 증상을 겪었던 시절을 다룬다면, 2부 〈나를 키운 여성들〉에서는 작가 자신을 넘어서 외할머니에서 어머니, 이모로 이어지는 가족사로까지 회고의 시기와 회고 대상의 범주가 확장된다. 3부 〈이런 삶이라도〉는 자신의 거식증에 관한 이러한 가족사적 회고를 거쳐 거식증을 이질적인 타자가 아니라 자기 삶의 일부로 온전히 이해함으로써 적극적으로 치유의 가능성을 찾아가는 과정을 담고 있다.

아서 프랭크는 아픈 사람들이 수동적인 환자의 자리에서

벗어나 아픈 몸에 대해 말하는 것은 물론, 질병과 더불어 살며 새로운 자아를 창조해야 한다고 말한다. 정확한 진단과 치료는 질병으로부터 고통받는 인간을 해방시킨다는 점에서 의학의 진보는 계속되어야 하지만 그간 의학은 진단과 설명의 권력을 독점함으로써 질병을 사회와 철저하게 분리시키고, 아픈 사람을 의학의 권위를 증명할 수단으로 객체화, 상품화해 왔다. 그러나 질병 경험은 질병이 한 인간의 삶에서 무엇을 의미하는가와도 관련된다. 당사자들의 질병 말하기가 계속되어야 하는 것은 그 때문이다. 질병 말하기는 의학적 분석으로 해명될 수 없는 증상을 삶 속으로 통합해내는 작업이다.[*]

박채영의 이야기는 광장공포증, 우울증과 함께 여성의 대표적인 질환으로 알려진 거식증이 아름다움에 관한 여성의 그릇된 욕망이나 인지 왜곡에서 비롯되는 질환이 아니라 여성의 가족적, 사회적 삶이라는 맥락을 통과할 때 온전히 이해될 수 있는 이야기임을 보여준다. 열여섯 살의 소녀는 어쩌다 거식증과 식욕 부진을 앓기 시작했고, 몸을 통제하는 행위에서 자아의 안전함을 추구하고자 한 것일까? 그 진정한 기원과 이유를 알기 위해서는 어머니 박상옥의 이야기가 필요하다. 탯줄이 두 사람을 결코 하나가 아닌 존재로 연결했던 것처럼, 작가는 이혼 가정에서 어머니와 결코 하나가 될 수 없는 '더

---

[*]   아서 프랭크, 《아픈 몸을 이야기하기: 육체, 질병, 윤리》, 최은경·윤자형 옮김, 갈무리, 2024.

블'로 살아왔다.

　박상옥은 노동운동가 출신의 현직 대안학교 교사로, 유머를 즐기고 활달해 보이지만 떠들썩한 모임이 끝나면 열세 살의 소녀로 돌아가 "외로움, 슬픔, 불안"의 감정 속으로 침잠한다. 해 질 녘의 시골길에서 서울에 간 엄마를 기다리며 슬픔과 불안을 경험한다. 산업화 시기에 가난한 농촌에서 박상옥과 그 자매들은 어머니가 돈 벌러 서울로 떠난 뒤, 술에 취해 싸우는 삼촌과 상습적으로 어린 자매들의 옷을 들추던 남자 어른들 사이에서 어린아이로서 감당할 수 없는 성폭력에 노출되었다. 박상옥과 그 자매들은 어린 나이에 자아가 손상되는 추행과 폭력으로 트라우마를 입은 생존자였던 것이다. 박상옥은 여공들을 조직해 파업을 이끌 만큼 강단 있는 노동운동가였지만 폭력이 발생하는 시위 현장과 거친 성인 남성을 언제나 극도로 두려워했는데, 피해의 역사가 조금도 잊히지 않고 있다는 방증이었다.

　박상옥의 이야기는 박채영과 어떻게 이어져 있는가? 박상옥은 자신을 보호해주지 않는 어머니를 증오하며 어머니처럼 무책임한 양육자가 되지 않기 위해 딸을 지키고자 분투했다. 그러나 그 노력은 딸에게 여성의 몸에 대한 깊은 불안을 유발하는 역설적 결과를 가져왔다. 폭력적인 남성들에 대한 위험을 상기시켜 몸을 방어하도록 한 결과, 딸은 자신의 몸을 쉽게 뚫리고 오염될 수 있는 '취약성'으로 인식했다. 박상옥을 사로잡은 불안이 사실상 딸에게 전이된 것이다. 따라서 사춘기에 접어든 딸은 남성들의 욕망의 대상이 되기 쉬운 여성이 되는 것에 두려움을 느꼈고, 먹고 토하는 방식을 통해 성인 여성이 되는 것을 거부했다. 소녀들의 거식증은 성인 여성의 몸을 갖는 것에 대한 공포와 불안의 표현인 것이다.

　박채영의 자기서사는 단순히 트라우마 증상이 아니라 남성의 시선과 욕망 그리고 폭력으로부터 여성의 자유를 되찾기 위한 투쟁의 성격을 지닌다. 작가는 자신의 거식증을 "특정한 신체, 표정, 몸가짐, 말투를 강요받고, 그것으로 개인의 가능성까지 평가받아온 여성들이 내지 못한 에너지를 분출하기 위해 선택한 발악"이자 "나를 나대로 살게 해달라"(159쪽)는 외침으로 의미화한다. 남성의 특권을 중심으로 조직된 세계에서 여자라는 몸은 우연한 폭력들에 내맡겨진 불안의 근원이며 성적 규범에 의해 자유가 억눌리는 노예의 집이다. 몸은 여성이 욕구의 주체가 될 수 없다고 가르치는 가부장제의 집이다. 저자는 이와 같은 몸의 가부장제에 순응할 수 없어 풍만한 여자의 몸을 거절하는 식으로 몸의 주체성과 자율성을 주장했다.

　박채영의 자기서사는 여성의 자기표현이 불가능했던 시대에 관한 고발이자 비판이다. 박상옥은 1980년대 당시에는 드문 지식인 여성이었지만 자기 경험을 해석할 언어나 비판 이론을 갖지 못했다. 1963년생으로서 새마을운동이 한창이던 1970년대에는 파시즘적 국가와 자신을 일체화한 모범적 어린이로, 민주화운동이 한창이던 1980년대에는 반체제 사회운동을 위해 운동권 여대생으로 스스로를 정체화했다. 공적 대의에 투신함으로써 자신의 고통(성폭력 트라우마)을 사소한 것으로 만들어 불안을 위무하고자 한 것이다. 그러나 그녀는 구원받지 못했고, 오히려 자기 경험으로부터 소외되었다. 특히 남성중심적인 운동문화는 박상옥으로 하여금 '짓밟히는 성性'이라는 자신의 위치를 외면하게 만들었다. 권인숙의《대한민국은 군대다》에는 김상인이라는 가명으로 박상옥의 인터뷰가 실려 있는데 김상인(박상옥)은 남자 선후배의 속옷까지 빨아줄 정도로 헌신적인 어머니, 누이였다.*

박상옥과 그의 어머니 이금주의 이야기는 역사의 진보와 무관하게 지속되는 여성의 고통을 보여준다. 이금주는 처녀 시절에 재담가로 불릴 만큼 총명하고 활달했다. 그러나 어린 나이에 결혼해서는 남편의 학대와 바람기로 본래의 자기를 잃고 무기력해졌다. 남편의 형제들이 딸들을 오랫동안 추행해왔다는 것을 알고도 이금주는 가해자들을 징계하기는커녕 "난 몰랐지"라는 무기력한 말만을 읊조렸을 뿐이었다. 딸들이 겪은 고통에 공감하지 못한 것이 아니라 가해자들에게 분노의 표현조차 할 수 없을 만큼 무력했던 것이다. 거식증은 그 상황에서 이금주가 택할 수 있었던 유일한 저항이었다. 이금주는 자신의 식도가 파열될 만큼 칫솔로 목구멍을 찔러 먹

---

*   권인숙,《대한민국은 군대다: 여성학적 시각에서 본 평화, 군사주의, 남성성》, 청년사, 2005, 155~205쪽.

은 음식을 토하는 거식증 환자였다. 거식증은 딸을 보호하지 못했다는 자책의 표현이자 가부장제가 순응적인 여성에게 약속하는 행복에 대한 거부였다.

박채영의 거식증은 외할머니와 어머니의 삶에 대한 자매애적 연대에 기초한 젊은 여성의 온몸의 응답이다. 사라 아메드는 "나는 내가 살아낼 수 없는 것과 함께 살았다"라며 오랜 시간 다발성 경화증으로 투병해온 엄마의 고통을 목도한 자신의 경험을 고백한다. 이 문장은 상대방의 고통은 결코 '나'와 무관한 것이 되지 않으며, 따라서 우리에게는 타인의 고통에 응답할 수 있는 능력이 있음을 암시한다.** 저자는 엄마의 고통을 가장 가까이에서 지켜본 증인으로, 음식을 토해내는 것으로 여성의 몸에 대한 갈등과 불화를 표현했다. 거식증은 엄마의 고통을 외면할 수 없었던/외면하지 않으려는 애착의 표현이었던 것이다. 박채영의 거식증은 페미니즘 리부트 이후 급진 문화운동의 주류로서 젊은 여성이 각기 다른 외할머니와 어머니의 몸 경험을 비동시적인 것들의 동시적 콜라주로 체현하고, 근대 정신의학이 누락시킨 몸의 다양성과 고통의 다양성을 반사해낸 퍼포먼스이다.

** 사라 아메드, 《감정의 문화정치: 감정은 세계를 바꿀 수 있을까》, 시우 옮김, 오월의봄, 2023, 75~80쪽.

3. 실격을 통한 자아 창조와 거식증에 대한
편집증적 지식애: 박지니의 《삼키기 연습》

거식증은 정신질환 중에서도 환자가 사망할 가능성이 가장 높은 질병이다. 자신의 몸에 대한 새도매저키즘의 일종인 거식증은 삶에 대한 주체적 열망이 생명, 즉 자기의 육체적 안전마저 위협할 만큼 크다는 것을 보여준다. 박지니의 《삼키기 연습》은 거식증이 진정한 자아를 창조하려는 여성의 광기임을 보여주는 자기서사다. 출판 기획자이자 번역가인 박지니는 대학입시를 앞두고 처음 거식 증상을 경험했고 대학생이던 2001년에 자살을 시도한 후 정신병동에 입원해 정신과 치료를 받기 시작했다. 치료에 큰 진전이 없어 20년가량을 거식증 환자로 살아왔지만, 그의 자기서사는 그 자신이 거식증에 상당한 애착을 가지고 있음을 보여준다. 거식증은 평범한 자기를 예술가, 연구자, 페미니스트, 인권운동가 등 개성적이고 특별하고 정의로운 자아로 창조하는 전략이다.

임옥희에 의하면, 거식증은 "기존 질서와 전통에 순종할 수밖에 없지만 억압적인 질서를 받아들일 수 없는 여성들이 미치거나 아프거나로 자신의 목소리를 드러내는 히스테리상"이다. 프로이트는 20세기 초반에 대도시 빈과 베를린 등지에서 신경마비, 경직과 마비, 발작, 간질성 경련, 틱 장애, 만성 구토, 거식증, 시각장애, 시각적 환영 등 히스테리 증상을 가진 여성 환자들을 만나고, 자신의 내담자들이 무대의 배우처럼 증상을 몸 언어로 표현하는 데 탁월하며, 낮지 않으려고 애쓰면서 증상을 즐기는 것처럼 보인다고 썼다. 히스테리 여성들이 질병을 언어 삼아 분석가의 침상에서 배우처럼 개인극장을 연출하며 작가도 예술가도 되는 근대적인 여성들이었다는 사실에 주목한 것이다. 히스테리 여성들은 병자 연기를 통해 사회가 완전히 자신을 추방할 수 없게 만들고, 길들여 사회 체제 속으로 받아들이기도 어렵게 만든 가부장제에 순종하거나 부역하지 않는 전략가들이었다. 바로 이 점이 훗날 정신분석학이 페미니스트를 히스테리와 동격으로 취급하게 된 이유였다. 실제로 프로이트의 《히스테리 연구》에서 '안나 O'라는 가명으로 등장하는 베르타 파펜하임은 훗날 미혼모, 사생아, 성매매 여성들의 권리를 위해 투쟁하는 사회운동가가 되었다.[*]

박지니에게 거식증('나는 아프다')은 특별한 자기를 창조하고 페미니스트로서 목소리를 내는 출구 전략이다. "파펜하임이나 이다 바우어(프로이트가 저술에서 '도라'라는 가명으로 기술했던 히스테리 환자) 같은 여자들과 동류의식 비슷한 걸 느"(139쪽)낀다는 고백은 이러한 판단을 뒷받침한다. "남성들이 역사의 주체가 되어 정치를 논하고, 경제를 장악하고, 예술을 지배할 때, 자신의 언어를 갖지 못한 여성들이 드러낸 무의식 전략이

---

[*]   임옥희, 《메트로폴리스의 불온한 신여성들: 1920년대 런던, 파리, 베를린, 모스크바를 배경으로》, 여이연, 2020, 224~228쪽.

2부 | 미친년들의 이야기

'나는 아프다'였다."* 물론 여기서, 오늘날 여성이 가진 자기표현의 언어가 과연 몸뿐인가라는 의문을 제기할 수도 있을 것이다. 그러나 이렇다 할 선택지가 있지 않다는 것 또한 분명하다. 여성 히스테리가 창궐하던 20세기 초반보다는 훨씬 더 진보한 사회라고 할 수도 있겠지만, 보수적일뿐더러 윤택함과는 거리가 먼 가족 환경으로 인해 부모의 이상을 충족시킬수도, 그렇다고 현실에 순응할 수도 없는 딸이 과연 어떤 선택을 할 수 있을까?

박지니의 거식증 이야기는, 작가의 의도나 강조점과는 무관하게 탁월한 자아를 실현하고 세속적인 성공마저 거머쥐어야 한다는 기대 속에서 키워진 신자유주의 청년의 고통을 보여준다. 지방 도시의 우등생 소녀는 서울대 입학으로 입신출세의 이상에 가까이 갔다. 그러나 소녀는 서울대생이라는 '스펙'을 장착했음에도 열등감에 파먹힌다. "흠잡을 데 없는"(11쪽) 서울대생들 사이에서 예쁘지도 머리가 좋지도 못한 '루저'를 자인하며 수치심에 휩싸인다. 넉넉하지 못한 집의 장녀로 국립대학교 진학만을 목표로 했기에 아동소비자학과라는 전공에 관심를 갖지 못하고, 국문과와 영문과의 강의를 도강하며 유령처럼 대학을 배회한다. 급기야 작가는 출세해서 부모의 기대에 부응할 수 없음을 예감하고, "의자 위 펑퍼짐하게 덮는 허벅지가 끔찍해 죽고 싶"(103쪽)은 자기혐오를 경험

---

* 　같은 책, 226쪽.

하며 경쟁에서 실격되는 길을 선택한다. "이상한 힘으로 고속 회전하는 원의 둘레를 붙들고" "원심력이 점점 세져서 낙오될 순간만을 기다"(111쪽)렸다는 서술은 작가가 실격을 통해 비상의 날개를 달고자 했음을 암시한다.

그런데 왜 자신의 몸에 대한 극한의 학대인 거식증이어야 했을까? 박지니의 자기서사에는 거식증의 개인사적, 젠더적 차원이 명료하게 밝혀져 있지 않다. 강원도 춘천이라는 보수적인 지방 도시에서 자란 작가는 권위적인 아버지와 가부장적 가족에 압박감을 느꼈지만 아버지와 자신의 관계를 치열하게 탐구하지 않았다. 자신의 고백으로 주변 사람의 사생활이 침범될 수 있기에 자기서사 작가들은 표현의 자유를 가지기 어렵다. 가족사를 건드릴 수 없기에 작가는 연구자처럼 거식증의 젠더적 맥락을 설명하는 식으로 글쓰기의 전략을 짠다. 거식증에 관한 준準연구서이자 자기서사를 겸하는 실험적인 스타일은 바로 그 곤궁에서 비롯된다. 개인적, 가족사적 원인과 맥락이 비워진 틈이 거식증에 관한 여러 이론이나 거식증 환자의 사례들로 채워지면서 거식증은 가부장제에 저항하는 여성의 광기로 설명된다.

거식증 여성에게 아름다움은 추의 전도顚倒다. 해골처럼 마른 몸이 아름다운 것은 여성으로서의 매력을 결여하고 있기 때문이다. 거식증은 여성스러운 몸, 즉 굴곡이 생기고, 여성의 몸매로 완전히 형태가 갖추어지는 것에 대한 깊은 두려움의 표현, 즉 여성의 성으로부터 퇴화되어 성적으로 중성이 되고자 하는 시도다. 거식증은 성인 여성이 되는 것에 대한 소녀의 불안 표현이자 더 본질적으로는 여성의 몸에 대한 거부인 것이다. 라캉이 말한 바처럼 인간의 '나'라는 정체성은 거울에 비친 자신의 몸 이미지와 상징질서가 부여해주는 몸에 대한 의미를 통해서 형성된다. 문제는 이 세계는 남성의 특권을 중심으로 조직되어 있고 여성은 남근이라는 주인 기표를 가지지 못한 열등한 존재로 자신을 정체화해야만 사회적 인정을 받는다는 것이다. 남근을 가진 남자들과 달리 여자들의 몸은 남근이 부재하거나 결여된 열등한 몸임을 받아들여야 정상적인 존재가 된다. 여성 거식증 환자는 몸에 대한 이와 같은 남성중심적인 의미를 수락하지 않기 위해 여성의 몸을 거부한다. 거식증 여성은 근육이 소진되어 철사처럼 마르자 자신의 몸이 "부끄러워할 필요가 없어졌어요!"(59쪽)라고 말하는 것 같다고 여긴다.

이렇듯 여성의 몸을 수치심으로 받아들이게 되면 자신의 몸과 화해할 가능성은 차단된다. 해방된 여성으로 남기 위해서는 몸을 제거해야 하므로 거식증 환자는 죽음의 협곡으로 떠밀려갈 수밖에 없다. 작가는 거식증의 이러한 역설에 대해 특별히 주의를 기울이지 않는다. 대신 유명한 예술가들의 거식증 사례나 거식증에 대한 인류학, 페미니즘 이론을 통해 자신을 한낱 기괴한 광인이 아니라 특별한 존재로 창조하고자 한다. 특히 "제가 살아남을 수 있었던 이유는 제게 말이 있었기 때문"이라고 고백할 만큼 읽고 쓰는 것에 가치를 둔다. 말

(글)은 여성의 취약성을 상쇄시켜줄 보철화·사이보그화된 외부 자원이다. 말(글)은 부모와 저자에게 기대했던 바와 같은 인텔리겐차가 됨으로써 신분 이동에 성공할 수 있는 구별짓기 자원이 아니라 아버지의 서재에 침투해 이론의 언어를 움켜쥔 딸이 아버지, 즉 주인의 집을 허물고자 하는 반역의 도구다.

작가는 거식증에 대한 편집증적 지식애를 바탕으로 젠더화된 질병인 거식증에 대한 사회적 낙인을 벗겨내고자 한다. 거식증을 앓다 자살한 사람들을 복권해주고 싶다는 고백은 작가가 자신을 프로이트의 히스테리 환자였던 안나 O 혹은 베르타 파펜하임과 동일시하고 있음을 보여준다. 이 책의 상당 부분은 거식증에 대한 저자의 해박한 지식에 대한 소개와 정신과 의사, 심리 상담사 등 자신을 치료해온 전문가 그룹과 오간 이메일 내용으로 채워져 있다. 정신의학, 심리학 전문가들을 향해 저자는 거식증에 대한 전문가 못지않은 지식을 전시하고, 이를 통해 거식증에 대한 전문가들의 몰이해에 대해 불만을 표출하는 한편으로 자신은 미친 여자가 아니라고 항변한다. 루이즈 글릭의 글을 인용해 거식증이 단순히 자기 파괴적인 행위가 아니라 "되레 그럴싸한 자기[self]를 쌓아 올리려는 것", 즉 "수단이 아주 제한적인 상황에서 가능한 유일한 방법으로 자기를 만들"(325쪽)기 위한 창조 행위임을 강조한다. 거식증에 대한 이러한 시각은 거식증에 대한 오해를 일부 벗겨주는 측면이 분명히 있다.

4. 자기서사의 문학적 시민권 문제

오늘날 젊은 여성들은 더 이상 허구적 상상력이 아니라 자신의 삶을 원료 삼아 슬픔과 분노를 표현한다. 더 이상 가부장제와 협상하며 광기를 무의식의 다락방에 가두거나 길들이려고 하지 않고 몸을 저항 공간으로 삼아 가부장제를 빠져나갈 출구를 찾는다. 페미니즘의 이론과 페미니스트의 삶을 분리하는 것이 아니라 몸을 통해 이론과 삶의 대통합을 시도한다. 이러한 과정에서 자기서사는 여성의 역사에 대한 진지하고도 흥미진진한 고고학적 발굴이 되기도 하고, 정신병의 광기를 빌려서라도 아버지의 법을 뚫고 나가야 하는 절박한 욕망을 보여주기도 한다. 거식증의 광기는 스스로가 와해되는 대가를 지불하면서까지 아버지를 거세시키고자 하는 전환 히스테리로, 여성 당사자들이 가부장적인 사회를 향해 표출하는 온몸의 항의다.

3부

집안의
마녀들

아버지를 죽이는 딸들　　서영인

1.

오이디푸스 콤플렉스를 서두에 언급하게 되어 유감이다. 오이디푸스 콤플렉스는 아들들의 신화로부터 비롯된 말, 그러나 지금부터 하려는 이야기는 아버지를 죽이는 딸들에 대한 것이다. 새로 태어난 아이가 "아버지를 죽이고 어머니와 동침할 것이다"라는 신탁의 말을 듣고 테베의 왕 라이오스는 미래의 재앙을 근절하기 위해 아들을 죽이라고 명한다. 그러나 운명을 피할 수는 없는 법, 아버지가 누군지도 몰랐던 오이디푸스는 우연한 다툼 끝에 아버지를 죽이고, 어머니를 왕비로 맞는다. 그 운명을 알게 된 오이디푸스가 나중에 자신의 눈을 스스로 찔러 장님이 되었다는 후일담은 이 글의 관심사가 아니다. 아들이 아버지를 죽이리라는 운명은 피할 수가 없었는데, 그리하여 모든 아들은 아버지를 죽이고서야 세상의 주인이 되고, 자신의 삶의 주인이 된다. 프로이트의 오이디푸스 콤플렉스는 무의식을 다루고 있음에도 지극히 현세적이다. 권위적이고 권력적인 아버지와 대결하고 싶어 하는 아들들, 그러나 거세의 위협 아래에서 아버지를 닮고 따르게 된다는 결론. 오이디푸스는 영웅이었으며 왕관의 무게를 비극으로 견뎠지만, 현세의 아들들은 아버지를 좀처럼 죽이지 못하고, 아버지의 뒤를 이어 그의 권위를 물려받는 것으로 그 운명을 대체한다. 이것을 우리는 성장이라고 부르기도 한다.

2.

아버지를 암살하라는 지령을 받고 잠입한 여자가 있다. 오이디푸스가 그 아버지를 몰랐던 것처럼, 딸도 자신의 암살 대상이 아버지인 줄 모른다. 아버지를 몰랐을 때, 그녀가 죽이려는 대상은 그저 민족의 적이다. 훈련받은 독립군인 그녀 안옥윤은 치밀하게 계획된 각본과 투철한 소명의식으로 그의 아버지, 친일파 강인국을 향해 총구를 겨눈다. 영화 〈암살〉(2015)의 이야기이다. 그녀는 아버지를 죽였을까? 강인국은 죽었지만, 안옥윤은 아버지를 죽이지 못했다. 강인국이 아버지라는 사실 때문에 안옥윤이 주저하자 우여곡절 끝에 작전에 합류한 하와이 피스톨이 대신 강인국을 죽였다.

중국을 떠돌던 살인청부업자 하와이 피스톨은 친일파의

자식이었다. 친일파의 자식들이 서로의 아버지를 대신 죽이기로 약속했던 '살부계'가 있었다. 그리고 '살부계'의 멤버들은 잡히거나, 자살하거나, 도망쳤으며, 하와이 피스톨은 도망쳐서 살인청부업자가 되었다. 하와이가 총독과 친일파를 죽이겠다는 안옥윤의 임무를 내내 자조와 허무의 태도로 대했던 이유가 여기에 있다. 아버지를 죽여야만 아들들의 새로운 세계는 열릴 것인데, 아버지들은 너무 강했고, 그러니 '살부'에 실패한 아들들은 입사入社하지 못하고 아웃사이더로 경계를 떠돌았다. 하와이는 안옥윤의 임무를 돕고, 그 목적을 함께 이루고, 안옥윤을 도망시키고 죽었다. 밀정의 총에 맞아 비참한 죽음을 맞았지만, 하와이는 허무에 찌든 살인청부업자가 아니라 목숨을 건 테러리스트가 될 수 있었다. 안옥윤의 아버지를 대신 죽임으로써 그는 아버지를 증오하거나 두려워하는 오이디푸스로부터 벗어날 수 있었다.

하와이가 어떻게 죽었든, 여기서 나의 관심사는 오로지 안옥윤이다. 친일파 강인국이 아버지였기 때문에, 그 아버지가 쌍둥이 여동생을 오인하여 잔인하게 살해하는 것을 보았음에도 그는 아버지를 향해 방아쇠를 당기지 못했다. 그가 민족의 적이라 할지라도, 아버지를 죽이는 일은 지독한 금기를 넘어서야 한다. 가부장적 금기가 민족주의적 명분을 이겼다. 정작 그의 아버지는 자신의 탐욕을 위해 아내와 딸을 망설임 없이 죽였는데도 말이다. 그로부터 나는 아버지를 죽이는 딸들에 대해 관심을 갖기 시작했다. 아버지를 죽일 수 있느냐 없느냐는 여성 서사가 갈등을 해소하고 문제를 해결하기 위해 필수적으로 거쳐야 하는 과제였다.

후일담처럼 덧붙이자면, 암살에는 성공했으나 아버지를 죽이지 못한 안옥윤은 자신의 이름을 갖지 못했다. 오인되어 대신 죽은 쌍둥이 동생 미츠코로 살았으니 여전히 강인국의 그림자 딸로 산 셈이다. 익명의 기부자로 독립군을 지원했고, 해방이 된 이후에야 잠시 정체를 드러내고 밀정 염석진을 처단했다. "해방이 될 줄 몰랐으니까" 동지를 배신하고 일본에 협력했다는 염석진의 최후는 통쾌했으나 그 이후로도 안옥윤이 자신의 이름을 되찾기는 쉽지 않았을 것이다.

3.

아버지가 죽지 않고는 도무지 서사가 진전되지 않을 것 같았던 드라마가 있다. 아버지가 없어야 딸은 자신의 이름을 건 꿈을 이룰 수 있다. 박은빈 주연의 tvN 드라마 〈무인도의 디바〉의 딸 이야기이다. 우선 아버지 죽이기에 대하여. 아버지가 딸로 인해 죽기는 했는데, 그렇다고 딸이 죽였다고 보기는 좀 그렇다. '춘삼도'에서 나고 자란 섬 소녀 서목하는 가수가 되는 것이 꿈이다. 서목하가 꿈을 이루기 위해서는 딸의 삶을 통제하고 일상적으로 폭력을 휘두르는 아버지를 넘어서야 한다. 서목하는 아버지 몰래 육지로 탈출하려 했으나 탈출 직전 발각되고, 아버지를 피하기 위해 바다로 뛰어든다. 딸을 잡기 위해 뒤따라 바다로 뛰어든 아버지는 익사했다. 폭력적으로 딸을 통제하려고 했던 아버지가 자초한 화이기는 하지만, 아버지의 통제를 벗어나 자신의 꿈을 찾고자 했던 딸로 인해 죽음을 맞았다고 할 수 있다. 딸은 누군가에게 발견되기만을 기다리며 무인도에서 혼자 15년을 버텨야 했다. 빗물을 받아 식수로 사용하고, 열매를 따먹고 물고기를 잡는, 수렵 채취의 15년이었다.

무인도에서의 15년을 나는 일종의 징벌이라고 생각했다. 아버지를 죽게 한 죄, 아버지를 죽인 딸이 세상으로 돌아가기 위해 필요한 유배의 기간. 아버지가 아무리 극악무도하고 용서할 수 없는 범죄자라 할지라도, 어마어마한 각오와 용기 없이는 그를 죽일 수 없다는 것을 우리는 이미 〈암살〉에서 확인했다. 15년쯤 세상에서 사라질 각오를 해야 겨우 아버지로부터 분리되고 아버지의 죽음을 똑바로 목격할 수 있다. 아무리 그래도 15년은 너무 심하지 않은가? 믿을 수 없을 만큼 기나긴 징벌과 고립의 시간이 지난 후에야 비로소 딸은 세상으로 복귀할 수 있었다. 모두에게 잊힌 후에야, 그녀에게 일상적 폭력과 구타의 아버지가 있었다는 사실조차도 잊힌 후에야, 그녀는 완전히 새로운 존재로 세상에 나타나 비로소 그녀의 삶을 살 수 있었다. 그녀의 귀환은 거의 다시 태어나는 수준이다.

그로부터 이어진 이야기는 '어느 섬 소녀의 꿈과 사랑, 그리고 성공'으로 요약되는 익숙한 서사의 관습을 따른다. 한 시대를 대표하는 디바였으나 지금은 몰락하여 주정뱅이 트러블 메이커가 된 윤난주와, 그의 영원한 팬인 서목하가 우정을 나누고 서로를 격려하며 새로운 디바로 무대를 되찾는 과정은 아름답고 감동적이다. 어려서부터 서목하의 든든한 지지자이자 수호자였던 정기호와의 로맨스도 따뜻하고 흐뭇하다. 하지만 여기서 내가 관심을 가지는 것은 아직 끝나지 않은 아버지 죽이기이다. 남아 있는 또 한 명의 아버지로 인해 이 착하고 따뜻한 대중 서사는 서늘한 스릴러로 변모하고, 완벽한 해피엔딩을 유예시킨다.

해피엔딩을 방해하는 서늘한 스릴러의 기획자는 정기호의 아버지 정봉완이다. 서목하의 아버지보다 더 지독하고 주도면밀한 정봉완의 폭력 때문에 정기호의 어머니는 기호의 형을 데리고 집을 나갔다. 그리고 15년 후, 서목하는 화제의 무인도녀가 되었고, 정기호의 가족은 호적을 바꾸고 신분을 숨긴 채 살아갔다. 그렇게 섬뜩한 아버지와 불안에 떠는 가족들의 쫓고 쫓기는 싸움이 지속된다. 정봉완은 결국 15년간 기호의 아버지가 되어 주었던 이욱을 죽이고 자신도 죽는 방법을 택하는데, 그것만이 가족들을 자신의 호적에 묶어둘 수 있는 방법이었기 때문이다. 정봉완은 죽고 이욱은 극적으로 살아나 그들이 새로운 가족이 되었지만, 착하고 씩씩한 서목하가 마침내 디바가 되어 정상의 무대에 섰지만, 그것으로 행복한가. 아버지의 그림자는 왜 이렇게 집요하고, 아버지로부터 벗어나는 일은 왜 이다지도 죽을 만큼 힘든가. 아버지 죽이기의 그 고된 여정이 해피엔딩보다 더 힘이 세다.

그러니 서목하와 정기호의 로맨스는 아버지 죽이기를 위한 연대의 과정이기도 하다. 자신의 권위를 가족에 대한 폭력적 지배로 인정받고자 했던 아버지들, 또는 사회적 불만이나 현실적 처지의 불안함을 가족을 통제하고 지배하는 방식으로 해소하고자 했던 아버지들, 그것이 법이며 질서라고 스스로도 굳게 믿어 의심치 않았던 아버지들, 그 아버지가 없는 세상에서 비로소 자유로울 수 있는 자식들의 연대.

저 오이디푸스로부터 시작하여 현대의 온갖 패륜과 폭력의 자극적 드라마에서, 아버지를 죽이는 서사는 이어져왔으나, 현실적 폭력의 끔찍함과 그로부터 벗어나는 일의 절박함을 이렇게까지 일관성 있게 밀고 나가는 드라마는 흔하지 않다. 서목하와 정기호는 아버지로부터 벗어나는 일에 진심이었고, 그 진심으로 연대했다. 그들의 로맨스와 해피엔딩은 아버지 없는 세계에서의 자유, 혹은 그것을 향한 열망으로부터 비롯된다.

4.

넷플릭스의 12부작 시리즈 〈킹덤〉은 아들과 딸이 아버지를 죽이는 장면을 직접적으로 제시한다. 세자 이창은 좀비가 된 왕의 목을 친다. 피와 진물이 흐르는 괴물의 얼굴을 한 왕의 목이 날아가면 그 뒤에 세자의 얼굴이 있다. 아버지 왕의 시대가 세자 아들의 시대로 교체되는 상징적 장면이다. 권신들의 부패와 사욕, 이미 죽은 목숨을 좀비가 되어 겨우 연명하고 있는 왕을 죽이지 않고서는 새로운 시대를 열 수 없다. 세자는 아버지를 죽인 패륜, 왕을 죽인 대역 죄인의 역할을 감수한다. 백성을 구하고 올바른 왕권과 정치를 실현하기 위해서였다. 세자는 아버지를 죽이고서도 왕위를 물려받지 않음으로써 아버지 죽이기의 진정한 명분을 확보한다. 왕을 죽이고 세자가 왕의 자리에 오른다면, 선택받은 왕의 피가 왕의 자격이 되는 시대의 계승에 불과하다. 세자는 왕의 시대를 바꾸고자 했고, 왕을 죽였으며, 왕의 자리를 차지하지 않음으로써 아버지의 전철을 밟지 않았다. 왕의 피와 상관없는 평민의 아이, 선왕의 계비였던 중전 조씨가 왕자로 위장하기 위해 데려온 아이가 왕이 되었다. 세자는 아버지를 죽였고, 그 살부는 아버지의 자리를 차지하기 위해서가 아니라 신분에 의해 운명이 결정되는 시대를 바꾸기 위한 것이었다.

그리고 드디어 아버지를 죽이는 딸이 등장한다. 중전 조씨는 조정을 장악한 조씨 일가의 딸이다. 아버지와 오빠들의 권력을 위해 조씨는 늙은 왕의 후처가 되었다. 어려서부터 가문의 권력을 위한 도구일 뿐이었던 중전이 아버지의 것과 같은 권력을 얻기 위한 유일한 방법은 왕의 아들을 낳는 것이었다. 잉태된 아이를 유산한 중전은 갓 난 사내아이를 구해 왕자를 낳은 것으로 위장한다. 그 사실을 알게 된 아버지 조학주가

피의 정통성을 들어 자신의 계획을 반대하자, 그녀는 아버지를 독살한다. 자신의 권력을 유지하기 위해 왕의 죽음을 은폐하고 왕을 좀비로 만드는 위험한 계획을 실행했던 아버지 조학주였지만, 혈통을 위조하는 계획은 용납하지 않는다. 가문의 유지와 번창을 위한 도구였을 뿐인 자신의 인생을 바꾸겠다는 중전의 욕망은 피의 정통성을 포기하지 않는 아버지와 양립할 수 없다. 그리고 아버지는 딸의 계획을 반대하는 과정에서 본색을 드러낸다. 계집 주제에 권력의 주체가 되겠다는 가당찮은 욕망을 품은 교만을 꾸짖고, 가문을 위한 도구일 뿐인 딸의 위치를 일깨운다. 어려서부터 자식으로도 인간으로도 존중받지 못한 딸의 원한은 이때 폭발한다.

딸의 아버지 죽이기는 아들의 아버지 죽이기와 분명히 다른 지점이 있다. 세자의 살부가 대의를 위해서였다면, 조씨의 살부는 원한 때문이었다. 세자는 아버지를 죽임으로써 백성들이 서로의 인육을 먹을 정도로 기아와 궁핍에 시달리는 세상을 변혁하고자 했고, 딸은 아버지를 죽임으로써 아버지와 오빠들로 만들어진 가문의 허위성을 공격한다. 그리고 누군가를 위해 쓰였을 뿐인 자기 삶의 주체성을 되찾고자 한다. 왕의 아들을 낳아 왕의 어머니가 되는 것 말고는 다른 방법이 없었기 때문에 그는 아버지를 죽이고 아들을 지키고자 했다. 그에게 피로 이어진 아들 같은 것은 중요하지 않다. 아버지와 오빠들의 가문이 아니라 자신의 권력이 필요했을 뿐이다.

결과는 처참하다. 중전이 감옥에 가둬놓은 좀비들을 풀

어놓자 좀비들과 세자의 한판 싸움이 벌어진다. "내가 가질 수 없다면, 누구도 가질 수 없다"는 말과 함께 중전은 좀비가 되어 죽는다. 그녀의 욕망은 성취되지 못했고, 그의 죽음은 가당찮은 욕망, 아버지를 죽인 죄에 대한 징벌처럼 보인다. 중전의 죽음은 아버지를 죽이고서는 안녕할 수 없는 딸의 운명을, 그 아버지들에 의해 모욕당한 딸들의 원한이 얼마나 깊은지를 알려준다. 최후는 처참했지만, 아버지를 실제로 죽이는 딸이 등장한 효과는 크다. 폭력과 권력의 아버지에게 이용당하고 통제당하는 딸들의 고통이 피해자의 것이었다면, 아버지를 죽이고 자신의 권력을 갖고자 하는 딸의 원한은 피해와 가해로 양분되지 않는 한 인간의 살아 있는 욕망 그 자체이다. 아버지를 죽이고서 딸은 자신의 욕망을 스스로 표방하는 주체가 될 수 있었다. 비록 그 욕망이 뒤틀린 것이었다 하더라도 말이다.

5.

아버지를 죽이는 딸들에 관한 이야기를 엮어보았으나, 그 양상은 제각각이다. 독립투사인 딸, 가수가 되는 꿈을 가진 딸, 그리고 왕의 권력을 갖고 싶어 했던 딸, 아버지를 죽이려 했던 딸들은 사라지거나 격리되거나 미쳐 죽었다. 아버지를 향해 방아쇠를 당기지 못했던 안옥윤에게는 딸의 서사가 없었고,

서목하는 아버지로부터 도망치려 했을 뿐인데, 아버지를 죽게 한 결과로 15년간 무인도에서 격리되어 있었다. 그리고, 마침내 아버지를 직접 독살했던 중전에게는 길고 긴 딸의 서사가 있다. 아버지에게 부속되어 가문의 권력을 위해 늙은 왕과 결혼해야 했고, 결혼 후에도 아버지와 오빠들의 권력을 위해 살아야 했던 딸의 서사. 그 서사의 끝에 아버지를 죽이고 왕의 어머니가 되어 권력을 차지하겠다는 딸의 욕망이 드러난다. 그녀는 그 욕망을 드러낸 대가로 좀비가 되어 죽었다.

〈킹덤〉 방영 당시 중전 역할을 맡은 배우의 연기력 논란이 있었다. 2부에서 중전이 자신의 욕망을 드러내고 마침내 아버지 죽이기에 이르자 연기력 논란은 사라졌다. 아버지의 권위에 귀속되어 가문의 권력의 도구로만 쓰이면서 켜켜이 쌓아왔던 원한이 드러나자 그녀의 개성은 놀라울 정도로 생생해졌다. 왕의 피가 섞이지 않은 아이를 왕자로 만든 세자의 결정이 그녀의 욕망과 전혀 다른 것이었을까. 다른 세계에 대한 그와 그녀의 욕망은 어떻게 같고 다를까. 아이를 안고 좀비가 되어 달려가던 그녀의 광기에 찬 눈빛이 생생하다. 그 욕망에 이름을 붙이기 위해, 그 이름이 마침내 다른 클리셰를 만들어낼 때까지, 누구는 영웅이 되고 누구는 악령이 되는 이 서사의 판도를 바꾸기 위해, 우리에게는 좀 더 많은 그녀들의 이야기가 필요하다.

예민한 너,
이 집의
마녀일지어다!

박다솜

고부갈등 말고
시가폭력

2023년 노벨경제학상 수상자 클라우디아 골딘은 저서 《커리어 그리고 가정》(생각의힘, 2021)에서 성별 소득격차를 발생시키는 마지막 요건이 '가정family'이라고 말한다. 오늘날 미국 사회에서는 오직 여성이라는 이유만으로 승진에서 누락되거나, 임신·출산·육아의 가능성을 빌미로 기업 차원에서 기혼 여성의 고용을 제한하는 일이 거의 발생하지 않는다는 것이다. 이제 성별 소득격차는 가정 내부의 문제와 깊이 결부되어 있다. 아이와 가정을 돌볼 암묵적 책임이 여성의 경제 활동을 가장 마지막까지 속박하는 요인인 셈이다. 골딘은 이 문제를 해결하기 위해 노동구조를 개혁해야 한다고 주장한다. 하지만 연구 대상의 한계(《커리어 그리고 가정》은 대졸 여성만을 연구 대상으로 삼는다)를 통해서도 알 수 있는 것처럼, '노동구조 개혁'은 부분적 해결책이자 미봉책처럼 보인다. 과연 모든 노동 분야에서의 구조 쇄신이 가능할까? (이때 개혁의 대상이 되는 '노동'에는 가정 내 돌봄노동도 포함되어 있을까?) 나아가 만약 그것이 가능하다면, 성별분업을 통해 여성을 가정에 결박해두었던 일은 영영 다뤄지지 않아도 괜찮은 것일까?

보다 근본적인 문제는 역시 직업 선택의 상황에서 여성이 언제나 남성보다 더 가정을 고려한 선택을 하리라는 (강압적) 기대를 받는다는 점일 것이다. 《캘리번과 마녀》(갈무리, 2011)에서 실비아 페데리치는 여성의 가정 내 무임노동이 자본주의의 시초축적을 가능케 했다고 주장한다. 마녀사냥은 여성의 신체와 재생산능력을 여성으로부터 탈취하는 작업이었으며, 평가절하되거나 신화화된 여성들의 가사노동을 착취하는 방식으로 자본주의가 성장할 수 있었다는 것이다. 이는 여성이 가정 안에서 수행하는 감정노동과 돌봄노동을 수치화하기 어려운 것, 사랑에서 기인한 자연스러운 것으로만 간주하려는 관습적 사유로, 오늘날까지도 이어지고 있다.

가정은 여전히 가장 정치적인 범주다. '화목한 가정'이라는 환상의 외피는 가정이라는 정치 공동체 안에서 벌어지는 지배, 복종, 배제, 포섭, 회유, 저항 등의 역학을 덮어 감춘다. 근대 가족주의라는 성공적인 제도가 가정을 불가침의 배타적 영역으로 만드는 동안, 그 안에서는 마녀사냥이 지속되었다는 이야기다. 맞벌이를 하면서 모성의 이름으로 가사와 육아까지 은근슬쩍 떠맡게 되는 아내들, '며느리의 도리'라며 시

167

부모에 대한 대리효도를 강요받는 며느리들, 엄마의 감정 쓰레기통이 된 딸들, 언제나 현관문 옆방을 배정받는 K-장녀들. 가정의 화목을 위한다는 명분하에 감정노동과 돌봄노동을 착취당하는 이들이 마녀가 아니라면 무엇일까?

최근 우리 사회에서 퀴어 커플이나 결혼제도 밖에서의 출산 등 새로운 형태의 가족에 대한 구상이 활발한 것은 이와 같은 가정 내 문제들에 대한 타개책일 테다. 그러나 인간과 인간이 만나 형성하는 관계란 절대적으로 평등하거나 전적으로 호의적이기 어렵기 때문에, 가정 내의 미시적 폭력들을 건너뛰지 않는 것은 중요하다. 구성원을 바꿔도, 법적 구속력을 느슨하게 만들어도 인간들의 만남에는 위계와 폭력의 가능성이 내포되어 있게 마련이다. 그러니 폭력을 인지하고 그것을 타파할 수 있는 역량을 기르는 것은 새로운 형태의 가족을 상상하는 능력만큼이나 소중하다. '이건 폭력이야'라고 말하는 일은 우리의 관계가 비폭력과 평화를 지향한다는 믿음을 전제로 하기에, 관계 속의 폭력을 깨닫고 고발하는 일을 통해서 우리는 비로소 화목함을 수행한다.

앞서 언급한 가정 내의 여러 폭력적 관계들 중에서도 가장 덜 이야기된 관계는 아마도 고부관계가 아닐까? '고부갈등'이라는 명칭부터가 이 문제에 대한 담론의 태만을 방증한다. '시어머니와 며느리의 갈등'을 뜻하는 '고부갈등'은 '여적여'(여자의 적은 여자) 구도를 형성해 사태의 폭력성을 왜곡하려는 가부장제적 전략의 산물이다. 남성과의 결혼으로 새로운 가정을 꾸린 여성이 시가와의 관계에서 겪는 일련의 문제들은, 반드시 시어머니와 며느리 사이의 일만도 아니며(적지 않은 관계에서 시아버지, 남편, 남편의 형제자매 및 친족들도 큰 몫을 한다), 수평적 갈등의 형태로 구현되지도 않는다. 문제의 핵심은 여자(시모)와 다른 여자(며느리)의 알력에 있는 것이 아니고, 가부장제 체제하에서 발생하는 아들과 딸의 인식적 가치 차이와, 거기서 비롯된 '며느리'라는 위치에 대한 일방적인 하대 및 멸시에 있다. 거듭 말하건대 단순히 '고부' 간의 '갈등' 문제가 아닌 것이다. 학교폭력이 학생들 간의 갈등이 아니라 '학교폭력'인 것처럼, 고부갈등은 시어머니와 며느리의 갈등이 아니라 '시가폭력'이다.

〈학교폭력예방 및 대책에 관한 법률〉은 학교폭력을 "학교 내외에서 학생을 대상으로 발생한 상해, 폭행, 감금, 협박, 약취·유인, 명예훼손·모욕, 공갈, 강요·강제적인 심부름 및 성폭력, 따돌림, 사이버 따돌림, 정보통신망을 이용한 음란·폭력 정보 등에 의하여 신체·정신 또는 재산상의 피해를 수반하는 행위"라고 정의한다. 물론 시가폭력은 학교폭력과 완벽하게 등치될 수 있는 문제가 아니기에 나름의 새 정의가 필요할 것이다. 그럼에도 우선 여기서 간단하게 말해보자면, '시가폭력'이란 결혼한 여성 및 그 여성의 원가족이 그녀와 결혼한 남성 및 남성의 원가족보다 서열이 낮다는 여성혐오적 사고방식 속에서 행해지는 모든 형태의 하대와 모멸적 언행을 포괄하는 표현이라고 할 수 있겠다. 한편 학교폭력의 정의가 포함하고 있는 폭력 행위들의 유형이 매우 다양하다는 점에도 눈길이 간다. 연구된 바가 적어 시가폭력 행위의 종류와 그 정도에 대해서는 정확히 알 수 없으나, 아마도 명예훼손과 모욕이 가장 흔하게 자행되고 있지 않을까?

김유담의 소설 〈안安〉(《돌보는 마음》, 민음사, 2022)은 명예훼손과 모욕의 형태로 행해지는 시가폭력의 한 장면을 여실히 보여준다. 어느 날 며느리인 '나'는 "어른들 다과상을 내면서 사과 껍질을 깎지도 않고 내놓는 건 어디에서 배웠냐는 시모의 질책"(51쪽)을 듣게 되는데, 시모의 꾸중은 여기서 그치지 않는다. 마침 옆에 있던 남편의 누나(시누이)에게 시모는 말한다. "너는 혹여나 시댁에 가서 과일 이렇게 깎아 내지 말거라. 친정 욕한다."(51쪽) 사과 껍질이라는 사소하기 그지없는 문제는 시누이를 경유하여 자연스럽게 '나'의 친정에 대한 모독으로 번져간다.

시가폭력이 사회적으로 다뤄지지 못한 데는 가정이라는 배타적 영역 안에서 일어나는 일이라는 문제도 있겠지만, 위 소설의 사례에서처럼 언어폭력의 비중이 높다는 점도 기여했을 듯하다. 며느리가 시가에서 듣는 명백히 모욕적인 언사들은 '그런 의도가 아니었던 것'으로 곡해되어 손쉽게 애매함의 영역으로 미끄러지곤 한다. 이 '애매함'이야말로 시가폭력의 특징 중 하나일 텐데, 며느리만 들릴 만큼의 작은 목소리로 모진 말을 하거나, 아들이 없는 자리에서 며느리에게 폭언을 하고 그에 대한 사과는 아들에게만 하거나, 걱정과 조언의 외형을 한 간섭과 강요를 남발하는 경우들이 모두 이에 해당한다고 말할 수 있다. 각각의 경우는 '그런 말씀을 하셨다고? 나는 전혀 못 들었는데' '어쨌든 먼저 사과하셨잖아' '어른으로서 그 정도 조언은 하실 수 있지. 다 너 잘되라고 하시는 말씀이겠지' 같은 말로 날카로운 적의가 뭉개져 당장 분노하기엔 뭔가 '애매한' 것이 되고 만다. 마지막으로 '어른들이 그러실 수도 있지. 너무 예민하게 생각하지 마'라는 식의 원한 적 없는 조언까지 듣고 나면 이 모든 사태는 지나치게 예민한 며느리의 탓으로 깔끔하게 정리된다.

〈안ᵃ〉에서 소설의 화자가 "시가에서 겪은 일로 속상해할 때마다 남편은 그럴 일이 아니라고, **별거 아닌 일로 너무 예민하게 군다고**"(54쪽, 강조는 인용자) 말한다. 남편은 다른 평범한 사람들처럼 누군가가 자신의 부모를 욕하는 것만은 결코 참을 수 없는 사람일 테지만, '나'의 부모를 모욕하는 시모의 말에 대해서는 그건 그런 뜻이 아니라고 말하는 사람이기도 하다. 그의 말에 의하면 이 모든 일은 화자가 **"별거 아닌 일로 너무 예민하게"** 굴기 때문에 발생한다. 별거 아닌 일로 가정의 화목을 방해하는 너무 예민한 '나'야말로 이 집안의 마녀가 아니겠는가? 오늘날 가정 내의 마녀를 판별하는 기준은 단언컨대 '예민함'이다. 근세 유럽에서 마녀는 악마와 소통하는 자를 의미했다. 누가 악마와 소통한 자인가? 악마와 소통한 자가 악마와 소통한 자다. (대부분의 마녀재판에서 피고인들은 이미 마녀로 간주되었다.) 작금의 가정-정치에서 마녀는 예민한 자를 의미한다. 누가 예민한 자인가? 예민한 자가 예민한 자다.

불과 20여 년 전만 해도 학교폭력에 대한 우리 사회의 반응이란 '당할 만하니 당했겠지', '애들이 싸우면서 크는 거지' 따위였음을 떠올려본다. 지금은 넷플릭스 드라마 〈더 글로리〉(2022~2023)가 보여주는 피해자의 복수에 공감하는 사회가 되었다. 학교폭력 가해자는 대학 진학이 어려워졌다는 소식도 들려온다. 이제 우리는 학교폭력의 상처로 오랜 시간 고통스러워하는 피해자에게 '지나간 일은 얼른 잊어야지. 언제까지 괴로워만 할래?'라고 말하는 것이 상처를 덧내는 일임을 안다. 다르지 않은 원리로, 시가폭력의 상황에 놓인 누군가에게 '너 자신의 행복을 위해서 그냥 한 귀로 듣고 한 귀로 흘려버려'라고 조언하는 사회가 문제적임을 깨달아야 한다. 진정 행복을 바란다면 피해자에게 인내와 침묵을 종용하기보다 사회적 기준을 바로 세우는 일을 우선해야 하지 않을까. 그리고 기준을 바로 세우기 위해서는 제대로 된 명칭이 필요하다. 범사회적으로 자행되는 시가폭력이 시어머니와 며느리 사이의 사적 갈등으로 축소되거나 피해자의 예민함 탓으로 호도되지 않고 '시가폭력'으로 올바르게 명명될 때, '예민한 마녀'의 누명을 썼던 누군가는 비로소 조금 더 행복해질 수 있을 것이다. 우리는 그렇게 마녀라는 개념 그 자체를 사냥해버릴 수도 있다.

하인이거나 마녀이거나

장은영

1.

구룡반도를 벗어난 버스가 홍콩섬의 번화가로 들어섰다. 대로를 따라 늘어선 대형 쇼핑몰들이 눈에 들어왔다. 화려하고 고급스러운 명품매장 쇼윈도를 홀린 듯 바라보고 있었는데, 버스가 쇼핑몰 왼쪽으로 방향을 틀자 예상치 못한 장면이 펼쳐졌다. 200~300명은 넘을 듯한 동남아시아계 여성들이 쇼핑몰 후면과 반대편 건물 사이 그늘진 인도를 '점거' 중이었다. 분명 쇼핑객은 아니었다. 시위대인가 싶어 유심히 보았지만 구호가 적힌 피켓 따위는 없었다. 그들은 삼삼오오 모여 이야기를 하거나 음식을 나누어 먹는 중이었다. 누군가와 영상통화를 하거나 스피커가 연결된 마이크를 들고 노래를 부르기도 했다. 심지어 낮잠을 자는 이도 있었다. 홍콩의 명품매장 뒤편에서 대체 무슨 일이 벌어지고 있는 것인가? 내가 그들에게서 눈을 떼지 못하자 함께 있던 일행이 휴무일이라서 거리로 나온 '입주 가정부'들이라고 일러주었다. 그제서야 오래전에 본 신문기사와 함께 홍콩의 길거리에서 마주쳤던 여성들의 모습이 떠올랐다. 학교가 파할 무렵 한족으로 보이는 엄마와 아이 뒤에 장바구니나 책가방을 들고 따라가던 동남아시아계 여성들을 종종 마주쳤는데, 그들의 존재가 비로소 선명해졌다.

1970년대에 들어서면서 홍콩의 경제는 급격히 성장했다. 여성 노동력에 대한 수요가 높아지고 맞벌이 부부가 늘어나자 각 가정에서는 가사와 돌봄 등 재생산노동^{reproductive labour}을 대신할 노동력이 필요해졌다. 그에 따라 홍콩인이나 중국인에 비해 인건비가 저렴한 동남아시아계 이주 여성의 고용이 늘어나기 시작했다. 홍콩에 거주하는 이주 가사노동자는 필리핀 가정부라는 뜻을 지닌 '페이용^{菲傭}'으로 불리기도 하는데, 공식적으로는 FDHs^{foreign domestic helpers}라고 명명된다. 홍콩의 경제성장과 여성의 경제활동 증가에 따라 그 수가 점차 늘어 2022년에는 홍콩 인구의 4%가 넘는 약 34만 명에 이르렀다고 보도된 바 있다. 저렴한 비용으로 돌봄노동을 대체해야 하는 홍콩의 가정이나 자국에서보다 높은 임금을 벌고자 하는 인근 국가의 여성 노동자 모두를 충족시키는 기회였는지도 모른다. 그러나 고용된 가정에 입주해서 일해야 하는 노동의 특성상 그들은 노동자로서 권리를 제대로 보호받지 못했다. 휴일이 없는 경우가 비일비재했고, 가사와 육아라는 일의 범위가 모호해서 과도한 노동에 시달리는 일도 있었으며 고용 가정의 남성 가족으로부터 폭행을 당하기까지 했다. 그러나 이주 가사노동자에 대한 부당한 처우나 폭력은 집이라는 사적 장소에서 벌어졌기 때문에 좀처럼 공론화되지 못했다. 오히려 피해자가 추방될 위험이 있어 신고조차 이루어지지 못한 경우가 많았다고 한다.

이러한 실태가 알려지자 홍콩 정부는 이주 가사노동자를 일주일에 하루 의무적으로 쉬게 하는 법안을 마련했다. 그러자 주말에 입주 가정에 있을 수 없게 된 가사노동자들은 길에서 휴일을 보내는 처지가 되었다. 물론 그렇다고 해서 휴일을 위해 따로 거처를 마련하기도 어렵다. 2023년 9월 이후 적용된 이주 가사노동자의 최저임금은 홍콩 노동자 최저임금의 절반 정도인 4870HKD와 식비로 제공되는 1236HKD이다.[*] 우리 돈으로 환산하면 100만 원쯤 되는 금액이다. 최소생활비를 제외한 나머지를 고향의 가족들에게 보내야 하는 그들이 쉴 곳을 마련하는 건 현실적으로 불가능한 일이다.

홍콩만의 문제가 아니다. 우리나라 법무부는 가사·육아 노동에 대한 수요자의 선택권 확대 및 외국인 활동 범위 확대를 위해 2025년 '외국인 가사사용인' 시범사업을 발표했는데, 가사노동자들에 대한 최저임금 적용이 제외된 정책이었다.

---

[*]   홍콩특별행정구 노동부 홈페이지(fdh.labour.gov.hk/en/general_policy.html).

이주 가사노동자의 임금은 대개 전문직 노동자에 비해 낮고 사회적 지위도 낮게 평가된다. 인종이나 계급에 대한 차별 등 여러 원인이 동시에 작용하고 있지만 가사노동자 차별의 근본적인 이유는 여성 노동을 착취하는 자본주의 체제의 구조적 결함에 있다. 실비아 페데리치의 《캘리번과 마녀》(갈무리, 2011)에 따르면 생산노동과 재생산노동이 분리되고, 여성이 담당한 재생산노동이 평가절하된 것은 자본주의 시초축적 과정에서 일어난 마녀사냥 이후이다. 근대 계몽의식이 발아하던 시기에 지배층은 마녀사냥을 통해 여성의 노동력을 착취하고 신체를 통제함으로써 가부장적 성별분업의 토대를 만들었는데, 결과적으로 경제활동을 뒷받침하는 재생산노동은 일명 그림자노동으로 불리며 부불노동이 되고 말았다. 여성에게 맡겨진 재생산노동을 경제적 가치를 창출하지 않는, 즉 생산적인 것과는 무관한 일로 간주한 것이다.

홍콩 사회가 이주 가사노동자의 재생산노동에 의존하면서도 그들의 노동에 낮은 가격을 매기고 심지어 그들이 너무 많은 돈을 받고 있으며 감사할 줄 모르고 불평만 많다는 등의 부정적 인식을 갖는 현상 이면에는 여성의 노동을 착취해온 자본주의의 뿌리깊은 역사가 가로놓여 있다. '페이용'에 대한 부정적 인식은 홍콩인의 정치적 재민족주의화 문제와 무관하지 않다는 분석도 있지만* 이주 가사노동자에 대한 차별과 학

---

* 김혜준, 〈'나의 도시' 속에서 사라져버린 사람들: 홍콩 문학 속의

대가 홍콩에서만 일어나는 일이 아니라는 점을 고려할 때 우리가 주목해야 하는 것은 인종적, 계급적 차별과 겹쳐지는 성적 차별의 교차성이다. 전 세계적인 사회적 재생산의 위기 속에서 사회적 돌봄 대신 돌봄시장이 확대되고 그에 따라 이주 가사노동자도 늘어가고 있다. 그런데 전 세계로 확산되는 이주 가사노동자에 대한 차별이 재생산노동을 수행하는 여성에 대한 착취에 기반하고 있다는 사실은 쉽게 간과되는 것만 같다. 그 결과는 자명하다. 이주 가사노동자에 대한 차별이 인종과 계급의 문제로만 치부될 때 여성에 대한 차별과 재생산노동의 가치는 비가시화되고, 가난한 여성들은 세계의 하인으로 전락한다.

2.

세계화 이후 이주노동이 급증함에 따라 이주 가사노동은 전 세계적인 현상이 되고 있다. 대표적인 가사노동자 유출국인 필리핀의 경우 130여 개 나라로 여성들을 내보낸다. 왜 필리핀 여성들이 부유한 나라의 중산층 가정에서 하인으로 일하는가를 연구한 필리핀계 미국인 라셀 살라자르 파레냐스^{Rhacel Salazar Parreanas}는 세계화라는 구조 안에서 일어나는 필리핀 이

외국인 여성 가사노동자 '페이용'〉,《코기토》69, 2011, 137~139쪽.

주 가사노동자 문제를 숙고한 끝에, 이들이 후기 자본주의가 탄생시킨 '세계화의 하인들'이라는 결론을 내렸다. 파레냐스의 저서 《세계화의 하인들》(여이연, 2009)에 따르면 이주 가사노동자를 세계화의 하인으로 만드는 원인에는 이주와 정착 과정에서 발생하는 공통된 경험이 있는데, 이를 탈구위치dislocation라고 한다. 이주 가사노동자들이 경험하는 탈구위치는 이주한 사회에 온전히 속하지 못하는 불완전한 시민권, 가족과의 별거로 인한 정서적 고통과 가족 해체가 초래하는 초국가적 가족 구성, 이주 가사노동자가 된 후 사회적 지위가 하향하면서 겪는 모순적인 계급이동, 이주민 공동체 내에서의 차별과 배제로 인한 무소속감과 관련되어 있다.

파레냐스에 따르면, 이주 가사노동자들은 탈구위치에 종속된 상태로 자신과 세계를 인식하지만 동시에 탈구위치에 맞서기도 한다. 가부장제나 글로벌 자본주의 같은 거대한 체계를 이해하고 구조적 권력에 저항하는 것은 아니더라도 탈구위치에 종속된 주체는 자신의 일상에서 작동하는 구조적 불평등에 맞서는 당면투쟁을 벌인다는 것이다. 그들은 스스로 탈구위치를 빠져나오기 어렵지만 필연적으로 그러한 정체성을 받아들일 필요가 없으므로 탈구위치에 저항할 수 있다는 이야기다. 파레냐스는 탈구위치에 맞서는 이주 가사노동자들의 행동이 정치적 의미로 이어지지 못하고 오히려 권력을 소생시키기도 한다는 것을 인정한다. 그러나 동시에 이주 가사노동자들이 일상에서 저항을 시도하고 있으며 그것이 무용하지 않다는 것도 인정한다.

과연 '세계화의 하인'이 된 이주 가사노동자의 저항이 일상을 지배하는 권력에 균열을 일으킬 수 있을까? 이쯤에서 소설 한 편을 떠올려보기로 하자. 공현진의 단편소설 〈녹〉(《어차피 세상은 멸망할 텐데》, 문학과지성사, 2025.)은 돌봄 공백과 얽힌 이주 가사노동의 문제를 그린 작품이다. 대학 시간 강사이자 싱글 맘인 화자는 다문화가족지원센터에서 자신의 수업을 듣던 결혼이주 여성 '녹'을 베이비시터로 고용하게 된다. 그런데 아이 보는 일 외에 요리와 청소까지 알아서 해주던 '녹'은 고용인인 '나'의 허락도 없이 자신의 아이 '바잇'을 데려오기 시작한다. 나의 아이가 '녹'과 '바잇'을 가족처럼 여기는 것이 못마땅하던 차에 방치된 아이까지 다치는 일이 일어나자 '나'는 '녹'에게 "아이를 데려오는 건 괜찮지만 그렇다고 일을 제대로 못 하면 곤란하지 않냐고" 지적한다. 그후 '녹'은 아이를 데려오지 않았지만 엄마를 데리러 오던 '바잇'이 교통사고를 당해 사망하고 만다. 아이를 잃은 '녹'은 내가 강의하는 대학에 찾아와 "시위 비슷한 걸" 하며 '나'를 곤란하게 만든다. 그러나 문법에 맞지 않는 문장을 스케치북에 적어온 '녹'의 시위는 사람들의 관심을 얻지 못한다. 심지어 가해 당사자로 지목된 '나'조차도 시간이 지나자 '녹'이 스케치북에 써 온 "정확하지 않은 문장들을" 교정하고 싶다는 생각이 들 정도로 방관적 상태가 된다.

이 소설은 돌봄 공백이 야기한 한 아이의 죽음이 누구의 책임인지, 그 몫을 누가 져야 하는지 생각하게 한다. 우선 '녹'은 직접적 책임이 없는 '나'를 지목했다. 하지만 '녹'에게 임금을 지불하고 육아를 맡긴 '나'는 "도대체 왜 나의 잘못인가"를 되묻고 싶을 뿐이다. '나' 역시 한국사회 안에서 스스로를 약자의 위치에 있다고 느끼며 살고 있기에 이주 여성인 '녹'을 이해하면서도 동시에 아이의 죽음에 대한 책임을 자신에게 떠넘기는 '녹'의 주장이 마치 틀린 문장과도 같은 오류로만 여겨질 뿐이다.

선진국 가정의 돌봄노동이 가난한 나라의 이주 여성에게 맡겨지는 전 지구적 돌봄 사슬global care chains이 보편화된 이런 시대에 어디에서나 일어날 법한 불운한 사건이다. '나'의 입장에서는 '녹'의 불운이지만 '녹'은 '나'에게 책임을 묻는 방식으로 자신에게 닥친 불운에 저항한다. 파레냐스의 말처럼 '녹'을 탈구위치에 종속된 동시에 저항하는 주체라고 본다면, '녹'이 쓴 틀린 문장은 일종의 저항 전략으로 해석될 수 있다. 이주한 나라의 언어를 완전히 흡수하는 데 실패한 '녹'의 불완전한 문장은, '녹'이 불완전한 시민임을 말하는 동시에 주인이 가르친 문법(질서)을 내면화한 하인으로 길들여지지 않았음을 증명하기 때문이다. 사실상 '녹'을 고용함으로써 주인의 위치에 서게 된 '나'로 하여금 "왜? 그것이 도대체 왜 나의 잘못인가"라는 되묻게 만든 건 합리적 판단이 아니라 '나'를 불편하게 한 오류투성이 문장이다. 스스로 책임이 없다고 생각한 '나'는 타자인 '녹'의 언어 앞에 선 순간 자신이 속한 주인의 질서가 만들어낸 돌봄 사슬의 폭력을 경험한 셈이다. '녹'의 질문 앞에 선 '나'는 곧 알게 될 것이다. 이곳에 발생한 돌봄 공백을 메움으로써 다른 곳에 문제를 전가하는 돌봄 사슬에 공모하는 동안 또 다른 '녹'의 노동은 착취당하고, 그들의 삶에는 누구도 책임지지 않는 비극과 불운이 되풀이되리라는 것을.

3.

서울시는 2022년 초저출생 극복을 위한 특단의 해법으로 돌봄노동 외주화 사업을 제안한 바 있다. 기존의 서울형 아이돌보미보다 30% 저렴한 비용으로 가사와 육아를 맡길 수 있다며 이주 가사노동자 유입을 제안한 것이다. 그리고 2024년 8월 100명의 필리핀 가사노동자를 맞벌이 가정과 연결하는 '외국인 가사관리사 시범사업'을 시행했다. 가격 규제 완화로 돌봄 상품을 다양화하고 여성의 사회 진출을 장려할 수 있는 정책이라는 긍정적 반응도 더러 있었지만, 돌봄에 대한 사회적 책임을 시장에 돌리고 돌봄의 상품화를 부추기는 정책이라는 비판도 따랐다. 그러나 이런 우려를 불식시키려는 듯 서울시는 시범 사업 135일째를 맞이한 2025년 1월 16일 185개 가정이 필리핀 가사관리사를 이용하고 있으며 "이용가정과 가사관리사 모두의 호평 속에 순항 중"*이라는 보도자료를 내놓았다. 그러나 2025년 6월 서울특별시의회에서 주최하고 이주가사돌봄연대 등이 주관한 토론회에서 발표된 바에 따르면, 필리핀 여성노동자들의 노동권과 인권 침해가 발생해도 제도적 보호가 이루어지지 못하는 상황임이 드러났다.

당장 아이를 맡기고 출근해야 하는 부모들의 다급함을 해결하는 일은 중요한 사회적 과제이다. 돌봄 공백의 해결은 전 세계적 문제이기 때문에, 저렴한 노동에 의존한 돌봄 상품의 가격 다양화가 저출산 문제의 해결책이라거나 자국 여성의 경제활동과 지위 향상에 기여하리라는 허황된 마케팅에 더는 동의하기 어렵다. 재생산노동을 수많은 '녹'에게 맡긴다고 해서 한국의 출산율이 올라가거나 한국 여성의 지위가 향상될 것 같지는 않다. 성적, 인종적, 계급적 차별의 교차점에 서 있는 이주 가사노동자들이 가족 같은 마음이라는 감정노동까지 요구받으며 자본주의의 하인으로 길들여지는 것을 바라보는 방관자가 되고 싶지도 않다. 또한 그들 스스로 저항의 주체가 되기를 기다리며 희망회로를 돌릴 수만도 없다. 만약 수많은 '녹'이 세계화의 하인이기를 거부하고 차별에 저항하며 이주한 나라의 노동자와 동일한 권리를 주장한다면 주인은 그들을 마녀로 지목하며 추방을 명령할 게 뻔하기 때문이다. 자본이 주인인 세계에서 말 안 듣는 하인은 언제든 대체 가능한 상품 아닌가.

---

*   서울특별시 홈페이지(seoul.go.kr/news/news_report.do?tr_code =snews&nttNo=426851).

당연한 말이지만 여성에게 부불노동으로 맡겨졌던 돌봄 노동의 공백을 메꾸는 해법은 신자유주의가 고안한 돌봄노동의 저비용 외주화가 아니라 시장과 가족에 의존하지 않는 '돌보는 공동체'를 구축하는 데 있다.** 돌봄 역량을 키우고 돌보는 공동체를 창조하는 일에는 오랜 시간이 필요할 것이다. 페데리치가 말했듯이 "우리가 세상을 보살핌과 창의성, 돌봄의 공간으로 재구성하는 법을 배울 역량을 개발할 수 있는 것은 바로 우리의 존재를 생산해내는 일상적인 활동들",*** 즉 재생산노동임을 깨닫는 데서 시작되는 긴 여정일지도 모르겠다. 하지만 그 막막함보다 더 견디기 힘든 건 가정이라는 폐쇄된 공간에서 하인으로 전락하는 여성들 혹은 하인이길 거부함으로써 주인에게 추방되는 마녀들을 지켜보는 일이다. 하인이거나 마녀 둘 중 하나가 되는 선택지를 찢는 건 '페이용'이나 '녹'만의 일이 아님을 우리는 알고 있다. 돌봄 공백의 해법이 돌봄 사슬로 이어지는 이 모순은 어쩌면 '돌보는 공동체'를 향한 혁명적 실천의 영점Ground Zero인지도 모른다.

** 　'더 케어 컬렉티브'는 '돌보는 공동체'를 구성하는 네 가지 핵심 이상호지원, 공공 공간, 공유자원, 지역민주주의라고 제안하며 이를 위한 구조적인 지원을 요청했다. 더 케어 컬렉티브, 《돌봄선언: 상호의존의 정치학》, 정소영 옮김, 니케북스, 2021.
*** 　실비아 페데리치, 《혁명의 영점: 가사노동, 재생산, 여성주의 투쟁》, 황성원 옮김, 갈무리, 2020, 17쪽.

　　　　　　　　　　3부 | 집안의 마녀들

상투성을 파괴하는 '비정한 모성'의 불길

장은애

한림화의
〈매고일지〉를 읽고

한림화[*]는 1950년 남제주군 성산읍에서 출생한 제주 출신 여성 작가로, 1973년 《가톨릭신보》 작품 공모전에 중편소설 〈선율〉이 당선되면서 본격적인 작품 활동을 시작했다. 이후 작가는 제주도의 문화 및 역사를 비롯해 여성의 경험이 투영된 4·3을 문학적으로 꾸준히 형상화해왔으며, 대표작으로는 장편소설 《한라산의 노을》, 작품집 《꽃 한송이 숨겨놓고》, 《풀잎이 바다에 눕기를》 등이 있다. 최근에는 서사적 재현의 도구로서 제주 방언의 창조적 가능성을 모색하는 실험에 몰두하고 있으며, 실험의 결과물로서 《The Islander 바람섬이

---

[*]   이 글에서는 《제주문학》 16집(제주도문인협회, 1987)에 게재된 판본을 참조하되, 본문에서 소설을 인용할 경우 별도의 표시 없이 인용문 뒤에 쪽수만 표기하도록 한다.

전하는 이야기》를 출간하기도 했다.

다른 한편으로 한림화는 제주의 전통생활문화를 연구하는 연구자이자 평화와 인권 문제에 적극적으로 목소리를 내고 실천하는 활동가이기도 하다. 또한 4·3 피해자 구술 채록자로도 잘 알려져 있는데, 그런 그가 4·3을 소재로 한 최초의 장편소설인《한라산의 노을》집필을 위해 10여 년에 걸쳐 제주 곳곳을 돌며 4·3 피해자들의 이야기를 청취했다는 사실은 유명하다. 그밖에도 한림화는 제주 지역의 여러 기관 및 단체에서 주요 요직을 역임하는 등 제주를 기반으로 여러 활동을 이어가고 있다. 이처럼 다채로운 스펙트럼을 보유하고 있는 작가의 이력 가운데에서도 특히나 눈길을 끄는 사건으로는 제주 사회를 놀라게 했던 자발적 비혼모 선언(1990년대)이 있는데, 이를 통해 관습에 얽매이지 않는 한림화의 자의식을 짐작할 수 있다.**

한림화가 이뤄온 문학적 성취에 비해 그의 작품세계를 깊이 있게 조명한 비평 작업은 드물었다. 다양한 이유가 있겠

** 작가이자 연구자이자 활동가인 한림화의 전방위적인 면모는 그가 운영하고 있는 블로그를 통해서도 확인할 수 있다. 그는 2007년부터 현재까지 '한림화Han Rimhwa의 글 놀이터'라는 이름의 블로그(https://hanrimhwa.tistory.com/)를 운영하면서 일상을 기록하고 작품을 아카이빙하는 한편으로, 미얀마 민주화 투쟁, 일본군'위안부' 문제, 강정 해군기지 건설 반대 투쟁, 우크라이나 전쟁 등 국내외를 아우르는 인권 및 평화 관련 의제들에 대한 단상을 기록하는 게시물을 꾸준히 게재해왔다. 또한 2024년 12·3 계엄 사태 이후에는 탄핵국면을 주시하면서 '윤석열 탄핵 파면에 대한 한국작가회의 성명서'에 연명하는 등 불의에 맞서 민주적 정의를 실천하는 실천적 지식인으로서 행보를 이어가고 있다.

지만, 일차적으로 문학장의 서울 중심주의와 로컬에 대한 무관심을 고려해볼 수 있다. 이상과 더불어 한림화의 대다수 소설이 주류적인 4·3 해석과 충돌하는 여성의 실존을 전면화하여 사건을 재조망하고 있다는 점 역시 그에 대한 적극적 해석과 평가가 제출되지 않은 주된 배경 중 하나일 것이다.

가부장제의 질서를 위반한 여성이자 '빨갱이 섬'으로 낙인찍힌 제주 출신의 한림화는 주류적 시각에서 볼 때 중심으로부터 소외되어 주변부 마이너리티의 위치에 배속되어 있는 것처럼 보인다. 이에 대해 한림화는 중심과 주변의 위계에 종속되기보다는 자신의 소수자성을 주류적 질서가 강요하는 규범성에 균열을 내고 지배 담론이 구축한 허위를 폭로하기 위한 전략적 거점으로 전유한다. 한림화의 그와 같은 면모를 가장 문제적으로 형상화한 텍스트 중 하나가 바로 이 글에서 살펴볼 〈매고일지〉*이다.

〈매고일지〉는 4·3이라는 부조리한 현실에 맞서 갓 난 자식과 함께 자살하는 빌네라는 한 여성의 비극적 운명을 그린다. 소설의 첫 장면은 흥성거리는 분위기가 만연한 빌네의 혼례식 장면 묘사로 시작된다. 하지만 유쾌한 잔치 분위기는 얼마 못 가 경악과 공포로 변한다. 같은 날 개최된 삼일절 기념

---

* 〈매고일지〉는 1993년 한길사에서 발행된 단편집《꽃 한송이 숨겨놓고》에도 수록되어 있는데, 단행본에 실린 〈매고일지〉의 경우 《제주문학》에 게재된 판본과 비교할 때 소설 앞에 삽입된 매고 설화가 빠져 있고 그 대신 제목에 각주 형태로 매고에 대한 짤막한 설명이 덧붙여져 있으며, 사투리 표기법이 미미하게 달라지는 등 차이를 보인다.

식 행사에 참여했던 마을 사람들이 피투성이가 되어 혼례식 현장에 들이닥치기 때문이다.

삼일절 사건 이후 제주도 전역에 검거 선풍이 불어닥치고 빌네의 남편인 들통이 또한 혼란 통에 유치장 신세를 지다가 출소하자마자 입산해버린다. 그리고 얼마 뒤 4·3이 발발한다. 연락책으로 마을에 남아 있던 명완이는 남편 들통이가 입산한 뒤 빨갱이 여편네라며 군경에게 시달림을 당하는 빌네를 도와준다.

빌네는 감시의 눈을 피할 겸 들통이의 소식을 전해 들을 수 있을지도 모른다는 기대감을 갖고 시댁에서 나와 명완이네로 들어가고, 그곳에서 바깥채를 얻어 생활한다. 그러던 중 명완이가 잠시 집을 비운 사이 갑자기 군경이 들이닥쳐 빌네를 잡아가고, 소식을 들은 명완이가 죽을 위기에 처한 빌네를 구해내는데, 이 사건을 계기로 빌네는 평소 그녀를 남몰래 좋아하고 있던 명완이에게 몸을 허락하게 된다.

명완이는 그날 이후 지로인指路人이라고 불리며 경찰 앞잡이 노릇을 하기 시작한다. 이에 대해 마을 사람들은 명완이를 순경이라고 부르면서 거리를 둔다. 명완이의 아이를 임신한 빌네 역시 마을 사람들에게 따돌림을 당한다. 시간이 흘러 산달이 찬 빌네는 딸을 낳는데, 그로부터 얼마 지나지 않아 중산간 지역 초토화 작전이 시작된다.

그러던 어느 날, 한라산 근처에서 큰 화재가 발생하고 빌네는 화재 현장에서 일본으로 밀항한 줄로 알았던 남편 들통이와 마을 청년들이 죽임을 당했다는 소식을 접한다. 그리고 들통이를 죽인 것이 다름 아닌 명완이라는 사실을 알게 된다. 사태의 전말을 알게 된 빌네는 그 길로 경찰서를 찾아가 명완이를 빨갱이로 고발한 뒤, 토벌 작전으로 화염에 휩싸인 마을로 돌아가 불타는 집 안에서 문을 걸어 잠그고 울부짖는 갓 난 자식과 함께 자살한다.

빌네라는 여성의 결혼에서 시작해 죽음으로 끝을 맺는 〈매고일지〉에서 그녀의 비극적인 생애를 관통하는 핵심적인 사건은 4·3이다. 소설의 서사 구조 역시 4·3의 비극적 전개가 고조됨에 따라 빌네의 기구한 운명이 극단으로 치닫는 방식으로 조직되어 있다. 이처럼 역사적 사건의 추이와 개인의 생애사적 굴곡이 긴밀하게 맞물려 있는 〈매고일지〉는 빌네라는 문제적인 여성 인물을 통해 4·3에 대한 상투적인 해석을 전복한다는 점에서 돋보이는 소설이다. 특히 여성이라는 빌네의 실존적 위치에 관심을 기울이는 작업은 여타의 4·3 담론 및 인식에서는 시도되지 않았던 독창적인 문제 설정을 통해 4·3의 폭력성과 비극성을 조명할 수 있게 한다. 예컨대 4·3이라는 비극적이고 폭력적인 사태에 맞서 자살과 영아 살해라는 극단적 파괴의 형식으로 대항하는 빌네의 행위를 통해 4·3 인식의 새로운 지평을 상상해볼 수 있는 것이다.

〈매고일지〉는 흔한 말로 자식을 살해한 '비정한 모성'에 관한 이야기라고 할 수 있다. 그런데 이 비정한 모성이라는 표현을 자세히 살펴보면, '비정한'과 '모성'이라는 서로 충돌하는 두 개의 개념이 연속된 형태로 결합한 합성어임을 알 수 있다. 즉 개념 자체에 오류가 내재되어 있다. 그럼에도 비정한 모성이라는 표현은 〈매고일지〉의 서사에 대하여 여전히 설명력을 갖는데, 이때 개념을 성립시키는 힘은 단어 자체가 아닌 단어가 지시하는 상황적 맥락에 있다. 따라서 비정한 모성이라는 형용모순을 참으로 만드는 서사 안팎의 맥락을 밝힘으로써 4·3이라는 비극적 사태를 관통하는 진실의 자리를 발견할 수 있으리라고 기대할 수 있다.

먼저 소설의 모티브인 매고 설화부터 살펴보자. 매고 설화는 자신의 본남편을 죽인 남자와 아무것도 모른 채 아이까지 낳고 살던 매고가 남자의 비밀을 알게 된 뒤 남자를 관아에 고발하고 자식과 함께 자살한다는 내용의 제주 광령리 비시니굴에 얽힌 전설인데, 이는 4·3 당시 만연했던 '순경 각시' 사례의 설화적 버전이라고 할 수 있다.

4·3 당시 토벌을 위해 제주에 입도한 군경, 서북청년단 등 토벌대는 제주 여성을 강제로 취해 결혼하거나 현지처로 삼았다. 그리고 사람들은 이러한 여성을 가리켜 순경 각시라고 불렀다. 순경 각시는 4·3 당시 제주 여성에게 가해진 여러 성폭력 사례 중 하나였다. 여기서 짚고 넘어가야 하는 대목은 4·3 당시 제주 여성에 대한 성폭력 피해로 보고된 사례 중 당사자가 피해 사실을 증언한 경우는 없다는 점이다. 목격자의 발화가 당사자의 목소리를 대체해온 것이다.[*]

이와 같은 역사적 맥락과 관련해 〈매고일지〉는 부재로서의 여성 서사를 답습하지도 않고 여성의 이야기를 수난사로 단순화하지도 않는 접근법을 보여준다. 그보다는 4·3에 대한 관습적 해석에 불화하는 여성의 감각과 언어를 조명하는 것에 집중한다. 앞서 줄거리 소개에서 살펴봤듯 4·3의 직접적인 계기로 알려진 삼일절 발포 사건이 발생한 날 혼례를 치른 빌네가 4·3의 참화 속에서 젖먹이 자식과 함께 자살하는 장면으로 끝을 맺는 이 소설에서 특히 눈길을 끄는 것은 여성으로서 4·3을 겪은 빌네의 시각과 태도이다.

빌네는 편지 한 장만 달랑 남겨놓고 입산해버린 남편을 이해해보려고 하지만 처음 생각과 달리 끝에 가서는 "제주 사람이 살아갈 도리를 찾노라고 하지만 사실 그게 뭔가. …… 에이, 세상이야 어찌 되건 되는대로 살면 그만"(84쪽)이라는 결론에 이르고 만다. 한편 어떤 한 어멍은 산사람(무장대)과 경찰 양쪽에 시달림을 당하던 끝에 "산사람도 무섭고, 아랫사람도 무섭다"(84쪽)는 한마디를 남기고서 실어증에 걸린다.

빌네를 비롯해 마을에 남은 여성들에게 무엇보다 절실

---

* 이 글의 초고를 작성한 것은 2023년이었는데, 그로부터 3년이 지난 현시점에 이르러 4·3 당시 여성들이 겪었던 수난과 고통뿐 아니라 저항과 생존의 주체로서 여성의 역할에 주목하는 접근이 다방면으로 시도되고 있다. 대표적인 사례로는 제주4·3연구소가 편찬한 《4·3과 여성》 시리즈가 있으며, 그밖에 대중문화의 영역에서는 다큐멘터리 〈목소리들〉(2025)과 극영화 〈한란〉(2025)이 있다. 이처럼 4·3에 대한 여성주의적 접근이 여러 방면으로 모색되고 있지만, 피해의 당사자는 침묵하고 주변의 대리자가 피해 사실을 발화하는 구조가 별다른 변화 없이 지속되고 있다는 사실에 막막함을 느낀다.

한 문제가 안전과 생존이었다는 사실을 고려한다면, 밤마다 마을로 내려와 못살게 들볶는 산사람이나 빨갱이를 색출한다며 온갖 악행을 일삼는 토벌대나 생존을 위협하는 존재라는 점에서 매한가지였으리라는 사실을 추측하기란 그리 어렵지 않다.

그러나 무장대와 토벌대로 대표되는 두 대립적인 진영 사이에 '4·3은 (분단을 막고 완전한 독립을 쟁취하기 위해/남한을 공산주의로부터 방어하기 위해) 불가피한 무장충돌이었다'는 해석과 판단이 공유되고 있었다는 사실을 제대로 추궁하지 못했던 기성의 4·3 담론에서 4·3에 대한 빌네의 시각과 태도는 공적인 담론으로 조직되지 못한다. 즉, 기존의 4·3 담론 안에서 역사적 당위로 굳어졌던 결과론적 설명이 담론적 우위를 점한 가운데, 사건의 이면에 저류하는 윤리적 질문이 봉쇄되는 상황에 대해 비판적 성찰이 개입될 여지가 축소되는 것이다.

이러한 상황에서 빌네는 4·3에 대하여 다른 해석을 제시한다.

세상을 눈을 부릅 떠 샅샅이 훑어봐도 자신의 팔자를 뒤바꿀 아무것도 볼 수가 없었다. 이렇게 세우는 나라가 옳다 저렇게 세우면 그건 옳지 않다고 싸움질 해대는 사람들 틈에 그가 끼어들만한 무슨 명분이 있단 말인가(84쪽).

빌네는 제주도에서 벌어지고 있는 현재 사태가 현실의 문제를 개선하거나 해결하려는 목적과는 동떨어진, 새로운 국가의 주도권을 둘러싸고 서로 다른 두 진영이 대립하는 과정에서 발생한 명분 없는 '싸움질'에 불과하다고 말한다.

4·3을 관통하고 있는 이념의 지형이나 정치 역학이 아닌, 생활의 차원에서 자신들이 느끼고 체험한 4·3을 이야기하는 여성들의 언어는 4·3에 대한 현실의 관습화된 해석과 불화한다. 마찬가지로 빌네 역시 자신이 경험한 현실에 입각해 4·3의 당위 자체를 의심한다. 4·3에 대한 빌네의 의구심은 4·3을 둘러싼 관습화된 해석에 이의를 제기하고 나아가 확고부동해 보이는 담론의 지위를 해체함으로써 4·3 인식의 새로운 지평을 상상해볼 수 있게 하는 비판적 사유를 활성화한다. 이렇듯, 여성의 생각과 언어는 종종 기성의 질서를 위반하고 전복하는 방식으로 작동한다. 그러나 역설적이게도 여성의 이질적인 언어와 생각은 바로 그러한 점 때문에 들리지 않고 보이지 않는다.

다시 빌네의 이야기로 돌아가보자. 소설의 결말부에 이르러 빌네는 명완이가 산속에 은신해 있던 무장대를 죽였으며 그중에 자신의 남편도 포함되어 있었다는 사실을 알게 된다. 이에 빌네는 곧바로 경찰서를 찾아가 "우리 마을 진짜 빨갱이 우두머리 명완이옌 하는 지로인이우다"(90쪽)라고 고발한 뒤, 소개령으로 화염에 휩싸인 마을로 돌아가 불타는 집 안에서 울고 있는 아이와 함께 자살한다.

무장대, 빨갱이, 지로인(토벌대 앞잡이)의 경계를 불분명하게 흐리는 빌네의 발화는 4·3의 복잡하고 부조리한 양상을 폭로하는 방식으로 수렴한다. 한편 명완이를 가리켜 '빨갱이이면서 동시에 지로인이다'라고 규정하는 문장은 양립할 수 없는 두 개의 상태를 병존시키는 논리적 오류를 범하고 있는데, 이처럼 의미의 정합성을 따르지 않는 빌네의 말하기 방식은 논리적 결함 때문에 신뢰성이 떨어진다.

　　이러한 상황에서 기성의 언어는 규범적 언어 질서 바깥에서 수신된 빌네의 언어를 번역하기보다 빌네의 '비정상성'을 부각하는 비정한 모성이라는 상투적 표현에 그 존재를 가둠으로써 빌네의 언어가 가진 충격을 축소, 은폐하기에 급급하다. 이로써 우리는 기성의 언어가 4·3을 인식하고 설명하는 도구로서 빌네와 우리에게 그다지 유용하지 않다는 사실을 실감하게 된다.

　　기성의 언어는 규범적 질서에서 이탈한 빌네의 예외성과 특이성에 '비정한' 모성이라는 부정적 표식을 붙임으로써 징벌하고 단속한다. 이때 빌네를 규율하는 비정한 모성이라는 합성어는 빌네가 발화하는 진실을 은폐하는 동시에, 허용된 재현의 범위를 초과하는 빌네의 존재를 언어적으로 단속한다. 한편 수사적 측면에서 비정함이라는 속성은 모성의 '정상적' 작동 여부에 따라 사후적으로 부여되는 종속 변수에 해당하며, 그러한 까닭에 비정한 모성이라는 낙인이 현실적인 영향력을 발휘하는 과정에서 일차적으로 문제가 되는 것은 비난의 뉘앙스를 직접적으로 담고 있는 '비정한'이라는 수식이 아닌 중립적인 것으로 제시되는 모성 그 자체이다.

　모성은 개별 주체에게 규범적 역할을 지시하고 강제하는 통치 테크놀로지로서 기능한다. 따라서 모성이라는 규범적 역할에서 일탈할 경우, 규율을 위반한 주체를 징벌하고 규범적 가치와 질서를 바로잡기 위한 교정 작용이 발동한다. 그리고 그러한 사후적 규제의 기능을 담당하는 것이 '비정한'이라는 가치평가적 수식어이다. 즉, 비정함은 모성이라는 규범적 역할을 온전히 수행하지 못한 빌네에게 부착된 주홍글씨일 뿐만 아니라 규범성에서 일탈하여 부적절한 방식으로 출현한 것에 대한 처벌이자 기존의 체제를 유지하고자 하는 권력의 자정 작용인 것이다.

　4·3 인식의 비극적 측면은 4·3에 대한 우리의 사유가 이처럼 빌네의 최후를 비정한 모성이라는 말로 뭉뚱그리는 빈약한 언어적 상상력에 기반해왔다는 사실에 있다. 한편, 빌네의 언어와 죽음을 사건으로 바라보는 문제설정 속에서 기성의 언어에 의존해온 그간의 4·3 담론이 어떤 특정 존재를 왜곡하고 누락하고 삭제하는 방식으로 작동했을지도 모른다는 성찰적 인식이 발동한다. 그리고 이와 같은 반성은 4·3 인식론의 기축을 4·3에 연루된 자의 구체적 시공간으로 이동시킨다.

　언어가 아닌 다른 방식을 선택하고자 할 때 빌네의 실존은 자살이라는 자기파괴의 형식으로 수렴한다. 그리고 자살이라는 충격적인 사태는 4·3에 대한 기존의 인식과 언어의 정당성을 심문하면서 안정적인 세계를 파열시킨다.

빌네의 죽음을 경유해 도달하게 되는 세계는 기존의 세계와는 형질이 전혀 다른 세계이다. 그런 의미에서 자살이라는 극단적 방식으로 표출되는 빌네의 행위성은 기성의 질서, 제도, 감성, 윤리, 습성 등의 작동을 정지시키고 새로운 질서를 생성하는 창조적 결단에 있다고 할 수 있다.

빌네의 죽음을 유의미한 것으로 재정의하고 이로부터 새로운 4·3의 의미를 도출하기 위해서는 기성의 담론 질서를 거스르고 우리 자신의 타성적 습속을 파괴함으로써 새로운 언어와 감수성과 인식론을 발명하지 않으면 안 된다. 그 과정에서 우리는 필연적으로 자신의 일부가 무너지고 파괴되는 곤경과 맞닥뜨리게 될 것이다.

빌네의 죽음은 빌네뿐 아니라 그녀의 죽음에 연루되고자 하는 우리까지도 상처 입힌다. 그러한 까닭에 빌네의 절망에 공명한 사람은 4·3과 무관한 장소에서 안전하게 사태를 관조하는 해석자의 위치에 머무르지 못한다. 도리어 안전이 보장된 자리에서 튕겨 나와 연루된 자의 위태로운 자리로 밀려나게 된다. 이처럼 빌네의 감각과 경험을 경유하여 4·3을 인식하고자 할 때, 우리는 4·3에 대한 기존의 인식과 불화하는 불온한 주체로서 자신의 존재를 재발견한다. 그리고 이 과정에서 4·3에 대한 새로운 감각과 언어를 생성해야 한다는 요구와 마주하게 된다.

그러니 청컨대 당신이 빌네와 함께 4·3에 연루되기로 마음먹었다면, 부디 파괴를 두려워하지 말기를…… 무너지는 세계 속에서도 부활의 가능성과 생성의 기미를 발견하리라는 희망과 용기를 잃지 말기를…… 그리하여 빌네의 고통과 절망이 화염처럼 당신에게 번져오더라도 피하거나 외면하지 말기를…… 빌네와 함께 불길이 되어 4·3의 상투성을 부수고 그 속에서 새롭게 다시 태어나기를…… 〈매고일지〉를 만날/만난 독자에게 부탁하고 싶다.

마지막으로 한마디 덧붙이자면, 한림화는 단편집 《꽃 한 송이 숨겨놓고》에 〈매고일지〉를 재수록하면서 《제주문학》에 게재될 당시에는 없었던 매고에 대한 짤막한 설명을 추가한다.

매고는 태고적 제주섬에 살았던 전설 속의 여성입니다. 그의 삶은 인고와 희생의 나날이었지만, 정의로우나 관대했으며, 무엇보다도 생명에 대한 경외심으로 일관했던 한 어머니였다고 합니다.[*]

작가의 해석에 따르면, 매고는 정의롭고 관대하며 '무엇보다 생명에 대한 경외심으로 일관했던 한 어머니'였다고 한다. 이와 같은 작가의 해석은 매고를 '비정한 어머니'로 규정

---

[*]   한림화, 〈매고일지〉, 《꽃 한송이 숨겨놓고》, 한길사, 1993, 192쪽.

하는 세간의 평가를 정면으로 반박한다. 그렇다 하더라도 작가의 설명이 매고의 비극적인 최후를 명쾌하게 설명해주지는 못한다.

　매고의 죽음은 기성의 규범과 질서로는 해석되지 않는 초과분을 남긴다. 이에 대해 나는 생명에 대한 경외심과 자살/살해가 어떻게 공존할 수 있는지 상상할 수 있다면, 보다 자유롭게 4·3에 대한 사유의 지평을 펼쳐볼 수 있을 것이라는 기대를 조심스럽게 품어보고 싶다.

마녀들의 섬 | 허윤

이어도라는 유토피아와
여성동성사회에 대한
상상력

"어머니 때문이었는지도 모르겠어요. 어머니 곁에만 가면 전 항상 어머니에게서 그 이어도의 노래를 들을 수 있었으니까요. 전 유년 시절을 온통 그 어머니의 이어도 노래 곁에서 그 소리만 들으며 보낸 것 같아요."

—이청준, 〈이어도〉[*]

들어가며

이어도는 제주도민 사이에서 전해오던 환상의 섬이다. 바다에 나가 풍랑을 만난 끝에 이어도에 도착해서 행복하게 살았

---

[*]   이청준, 〈이어도〉, 《이어도》, 문학과지성사, 2015, 118쪽.

다는 전설은 거센 자연에 맞서야 하는 제주도민들에게 위안을 제공했다. 과거 여인국女人國, 여도女島, 제여도濟女島, 유녀도遊女島 등으로 불렸던 여자들만 사는 섬 이어도는 제주도민들의 문화적 기억으로 거듭난다. 1930년대 다카하시 토오루는 제주도 모슬포에서 이어도의 노래를 채록한다. 공물선의 운송업자인 강씨가 항해를 떠났다 돌아오지 않자 그의 아내가 "아이여도야 이여도야"라는 노래를 만들어 불렀다는 것이다. 이처럼 이어도 노래를 배경으로 한 이야기에는 돌아오지 않는 남자를 기다리는 여성의 마음이 들어 있다.** 〈이어도 사나〉는 뱃길을 떠난 남편의 무사 귀환을 바라는 마음과 공물을 바치러 갔던 돌아오지 않는 남편에 대한 비탄의 마음, 혹은 자신을 버리고 첩과 함께 무인도에서 사는 남편을 찾아가는 여성의 원망을 구체적으로 묘사한다.*** 노래가 비탄이나 이별의 정서를 포함한다면, 제주도 남성 고동지가 이어도에서 여성을 데리고 돌아오는 조천리 여돗할망 전설은 이어도의 여성이 지역의 당신이 된 이야기다.****

** 최원오, 〈민요의 전설적 기억과 미디어적 재현〉, 《한국민요학》 56, 2019, 239쪽.
*** 같은 글, 242쪽.
**** 제주 무가 〈장귀동산당본풀이〉에는 제주도 조천에 사는 고동지라는 남자가 조난당해 이어도에 표류하여 살다 돌아오는 이야기가 나온다. 이어도 여성들은 그를 환대했으나, 고동지는 고향이 그리워져 바닷가에서 노래를 불렀다. 고동지는 결국 귀향했고, 그를 따라 제주로 온 이어도 여성을 마을 사람들은 여돗할망이라 부르며 사후에 마을 당신으로 모셨다. 현재 조천리 장귀동산당이 그를 기념한다.

죽음의 공포가 항존하는 제주에서 이어도는 현실을 견 딜 만하게 하는 유토피아가 된다. 큰 바다로 나아가는 남성들 에게 여성들만 있는 섬은 성적 판타지가 투사된 낙원이 된다. 제주도 여성들은 물질을 하러 배를 타고 나가면서, 밭에서 돌 을 골라내면서 이어도의 노래를 부른다. 이런 점에서 이어도 는 실존 유무와 상관없이 공동체의 주요한 구심점이 되었다. 이어도는 다양한 형태의 신화와 민담으로 제주도민들에게 전 승되었으며, 소설, 영화, 드라마 등으로 확장되었다. 이청준의 소설 〈이어도〉, 김기영의 영화 〈이어도〉를 비롯해 TV 드라마 도 여러 차례 방영되었다. 이어도 여성들을 중심으로 포착하 는 이들 서사를 좀 더 구체적으로 들여다보자.

2. 비체가 된 여성들과 불안한 아들:
이청준, 〈이어도〉(1974)

이청준의 소설 〈이어도〉는 섬의 저주와 같은 어머니의 노래 에 붙들린 남성의 서사다. 소설은 정훈장교인 선우현이 파랑 도 탐사 훈련 과정에서 실종된 천남석의 죽음을 알리려 제주 도에 도착하면서 시작한다. 지역 신문기자인 천남석은 군 탐 사선에 올라 2주간 파랑도를 찾는 훈련에 동승한 상황이었다. 그러나 천남석의 상사인 편집국장 양주호는 그의 실종을 군 의 책임이라고 생각하지 않는다. 천남석이 이어도를 지키기 위해 자발적으로 죽음을 선택했다고 보기 때문이다.

천남석은 선우현과 처음 나눈 대화에서 죽음의 이어도로부터 벗어날 수 없다는 저주를 토로한다. 이어도 전설의 실제 배경으로 알려진 파랑도는 쉽사리 발견되지 않는다. 그는 파랑도가 있기 때문에 이어도 전설이 생겨난 것이 아니라 이어도 전설이 있기 때문에 사람들이 파랑도를 찾아 나서는 것이라며 이어도 전설을 소리 높여 비판한다. 구원의 섬이 있기에 사람들이 이 척박한 삶을 떠나지 못하고 배를 탄다는 것이다. 그러나 소설은 운명을 거부하지 못한 좌절 혹은 운명이라 명명한 불안을 끌어안고 있다. 천남석이 품은 불안은 죽음에 대한 것이다. 그의 아버지를 비롯한 집안 남자들이 바다에 홀려 죽는 것처럼, 천남석은 자신 역시 이어도에 홀려 죽을 것이라는 불안을 품고 있다. 그를 이러한 운명에 묶어두는 것은 어머니의 노래다. 어머니에게 붙어 있던 이 노래는 '술집 이어도의 여자'에게 이어진다. 여자는 언어도, 이름도 없다. 여자의 내력을 설명하는 부분에서도 초점화자인 선우현이 자신이 들은 이야기를 전달할 뿐이다. 그는 상징계의 언어를 갖지 못한 채 웅얼거리는 듯한 어머니의 노래를 반복해 부른다. 선우현이 "암무당의 외동딸 같"다고 표현한 귀기 어린 노래다.(〈이어도〉, 《이어도》, 122쪽) "여자의 침묵에 홀려 끝내는 그 여인의 기괴한 비밀의 섬을 보고 있었다."(154쪽) 선우현과의 섹스 중에도 여자는 이어도의 노래를 부른다. 바닷소리나 파도소리 같은 노래를 웅얼거리는 것이다.

이처럼 이어도의 여자는 성스러운 동시에 비천한 존재인 비체^{abject}로 형상화된다. 비체는 삶과 죽음의 경계, 인간과 비인간의 경계를 넘나든다. 어머니는 아들을 살리기 위해 섬을 떠나라고 말하지만, 아들은 섬을 떠나지 못한 채 어머니의 노래에 붙들린다. 도망치려 하지만 결코 벗어날 수 없는 어머니의 노래는 상징화되지 않는 전前언어적 웅얼거림이다. 이들의 노래는 상징계의 언어로는 해석될 수 없고, 이로 인해 남성들의 불안은 해소되지 않는다. 천남석의 아버지를 비롯한 남자들은 이어도의 존재를 증명하기 위해 기꺼이 죽었다. 그 점에서 이어도는 유토피아가 아니라 상징계의 질서를 내파하는 실재계 그 자체다. 돌을 고르는 어머니나 술을 파는 여자로 형상화되는 이어도의 기괴함은 남성들을 도망갈 수 없게 만든다. 가까이 가면 죽을 수밖에 없지만 그렇다고 해서 떠날 수도 없는 것이다.

3. 거세하는 여성들과 아버지 없는 섬:
김기영, 〈이어도〉(1977)

김기영의 영화 〈이어도〉는 이청준의 소설 〈이어도〉를 원작으로 하지만, 상당 부분을 개작한 탓에 다른 작품으로 보아도 무방할 정도다. 김기영은 신문기자인 양주호와 군인 선우현에게 나뉘어 있던 초점화자의 역할을 관광회사 직원 선우현으로 통합한다. 영화는 군대가 파랑도 탐색에 나선다는 소설의 설정을 관광회사가 호텔 '이어도'를 건설하기 위해 관계자들을 모아서 홍보 목적의 항해에 나선 것으로 바꾼다. 이제 이어도를 찾는 것은 자본주의의 최전선에 있는 관광회사다. 신문기자인 천남석은 제주도민의 이상향인 이어도를 외국인 대상의 관광호텔 이름으로 쓰는 데 반대하며 선우현과 말다툼을 벌인다.* 이질적인 인습과 무속신앙이 있는 폐쇄적인 섬에서 3대째 이어도의 물귀신에게 잡혀간 집안의 아들인 천남석은 죽음의 저주를 피하기 위해 서울로 탈출했다 섬으로 돌아온다. 그는 자신의 운명을 극복하기 위해 전복 양식을 하며 바다로 나가지 않고 살 길을 마련하려 시도하지만, 폐수가 흘러들어 양식 사업은 망한다. 이후 천남석은 신문기자가 되어 바다를 오염시키는 공해 문제를 취재함으로써 자기 삶의 의미를 찾으려고 한다. 〈이어도〉는 양식에 실패하는 천남석을 통해 재생산을 여성들만이 공유하는 기이한 영역으로 제시한다. 그런 점에서 〈이어도〉는 가부장제 정상가족 바깥에서 어머니의 존재를 환기하는 전복적인 여성 서사로 기능한다.**

영화 〈이어도〉는 여성들만의 공간인 이어도를 현실의 제

---

* 김기영은 의도적으로 이어도를 외국인 대상 호텔로 치환한다. 1970년대 '기생관광'을 연상시키는 외국인 대상의 호텔을 제주도 사람들의 유토피아와 연결시킨 것이다. 파괴적 자본주의에 대한 경계는 산업 폐수로 인해 바다의 온도가 올라가 전복이 폐사하는 사건에서도 확인할 수 있다. 이처럼 영화 〈이어도〉는 제주도를 시원적 공간이자 자본주의의 위협을 받는 공간으로 그려낸다.
** 바바라 크리드, 《여성괴물》, 손희정 옮김, 여이연, 2008, 52쪽.

주도에 형상화한다. 영화는 소설에 없던 무당과 박 여인 캐릭터를 등장시킨다. 천남석의 고향에는 무당집과 과부들만이 가득하고, 이들은 마당에 치마를 내걸고 여러 남자를 초대한다. 이 기묘한 풍습은 남자들은 죽고, 여자들만 살아남는다는 이어도의 저주와 겹쳐진다. 바다에 나간 마을의 남자는 죽을 수밖에 없고, 그러니 여자들은 누구든 남자라면 데려와서 섹스하고 임신해야 한다. 이들에게는 아이를 낳아 재생산하겠다는 강렬한 욕망이 있기 때문이다. 이 모계사회에서는 무당이 중요한 역할을 한다. 마을의 지도자를 자임하는 〈이어도〉의 무당은 씨돼지를 빌려주며 돈을 번다. 마을 유일의 씨돼지를 가지고 있다는 것은 무당이 재생산권과 경제권을 독점하고 있다는 것을 의미한다. 천남석의 시체를 물에서 건져 누구에게 줄지도 무당이 결정한다. 남성의 신체는 씨돼지와 마찬가지로 무당을 매개로 거래되는 대상이 된다.

영화는 씨돼지, 전복 양식 등 보조생식기술을 이용한 재생산과 여성 인물들의 임신을 연결시킨다. 아이를 낳지 못하는 남자와 여자가 제주도라는 특수한 시공간에서 만나 아들을 낳는 것이다. 천남석와 함께 사는 박 여인은 아이를 낳지 못하는 과부로, 검은 소복을 입은 채 생활한다. 그는 천남석에게 아이를 낳고 싶다고 호소한다. 천남석은 전복 양식처럼 빛을 쪼이며 박 여인을 임신이 가능한 몸으로 바꾸려고 시도한다. 민자 역시 천남석의 시체와 섹스를 하면서까지 그의 아이를 임신하고자 한다. 소설 속 술집 이어도의 여자에게 이름을 부여한 캐릭터인 '민자'는 어릴 적 천남석의 친구로, 다른 지역을 떠돌다 고향으로 돌아와 술집을 하고 있다. "이 섬에서 유일하게 신문을 읽는" 민자는 전언어적 단계의 비체를 전유한다. 그는 언어화된 존재이며, 자신의 계획대로 욕망을 실천하는 자다. 이는 자신의 운명을 말할 수 있는 권한을 남성들에게만 부여했던 이청준의 소설과 대조된다. 박 여인과 민자는 죽은 천남석의 시체를 두고 다투며, 서로 자신이 차지해야 한다고 주장한다. 이처럼 영화는 여성들에게 이름과 목소리를 부여하고, 그 과정에서 물신화된 페니스, 남근 막대가 등장한다.

무당은 바다에서 천남석의 시체를 건져내 나무막대를 그의 시체에 꼽고 성행위를 연출한다. 이는 원초적 어머니가 페니스를 물신화하는 장면으로, 민자는 이 섹스를 통해 남자 없이 임신한 여성이 된다. 남근은 막대기로 대체됐으며, 여성은 남근을 선망하는 것이 아니라 남근을 떼었다 붙이는 자, 그야말로 남근의 아우라를 거세하는 자로 거듭난다. 이후 영화의 마지막 장면에서 섬에 돌아온 선우현이 민자와 남자아이를 목격하는 장면을 통해 관객은 민자가 시원적 어머니가 되었음을 확인할 수 있다. 소설에서 천남석의 유언으로 이루어진 선우현과 여자의 섹스는 영화에서는 이어도의 운명을 이어가기 위한 장치로 사용된다.

김기영은 초점화자가 되지 못한 소설 속 여성을 화자로 만들어 그에게 문자와 지식을 주었다. 무당의 종교적 권위, 박 여인의 재력, 민자의 지식 등은 소설에서처럼 섬에 남겨진 자들이 아니라 섬의 저주를 기꺼이 받아들인 자들이자 이를 재생산하는 자들이다. 공포영화가 비체와의 대결을 통해 이들을 추방시켜 문명화된 것과 비문명화된 것, 인간과 비인간 사이의 경계를 재설정하는 이데올로기적 작업이라면, 〈이어도〉는 비체화된 여성이 삶과 죽음, 인간과 비인간의 경계를 해체하여 출산함으로써 여성만의 섬을 완성한다. 이어도의 저주를 전유하는 것이다.

4. 단성생식하는 여자들과 퀴어한 섬:
TV극 〈전설의 고향: 이어도〉(1979)

TV극 〈전설의 고향〉 시리즈는 "전설을 통해 한국적 정서를 되살리기 위해 사실성을 근거로 한 지역이나 인물의 신기한 이야기를 아름다운 영상에 담아내는 것"을 목적으로 만들어졌다. 1977년 방송을 시작해서 1990년대와 2000년대에 두 번의 리메이크를 거치며 668회 방송된 장기 프로그램이기도 하다.* 1979년 11월 27일 방영된 〈전설의 고향: 이어도〉(이하

---

*   TV극 〈전설의 고향〉을 연구한 문선영은 라디오 방송 〈전설 따라 삼천리〉가 〈전설의 고향〉과 밀접한 연관이 있다고 지적하면서, 전설을 중심으로 한국문화의 특성을 드러내기 위해 만들어진 이들 드라마가 대중들의 흥미나 호기심을 자극하기 위해 공포가 결합되는 방식으로 만들어졌다고 지적한다. 기획 의도와 달리 역사성이나 사실성을 강조하는 영웅담이나 지역 미담에는 그리 큰 호응을 보이지 않았다는 것이다. 문선영, 〈전설에서 공포로, 한국적 공포물 드라마의 탄생〉,《우리문학연구》45,

〈전설의 고향)〉는 제주도의 풍경을 비추면서 다큐멘터리 방식으로 시작한다. 전체 서사 구조는 〈장귀동산당본풀이〉의 여돗할망 전설과 유사하지만, 주인공이 남편을 떠나보낸 여성인 김녕댁으로 바뀌었다.

〈전설의 고향〉은 제주도의 성차별이 심각하다는 점을 이야기하면서 시작한다. 전설을 소개하는 극의 특성상 앞과 뒤에는 성우의 내레이션이 주로 배치되는데, 일하지 않고 게으름을 피우는 제주도의 남자들과 달리 여성들은 온종일 밭에서 돌을 걸러내고 물질을 하는 등 생활력이 강하다는 점이 기술된다. 그럼에도 이어도는 제주도 사람들 모두에게 낙원으로 제시된다. 특히 남성들에게 이어도는 "가면 진을 다 빼먹고 죽"을 만큼, 진시황처럼 삼천궁녀를 거느릴 수 있는 공간이다. 죽음의 끝에는 성적 판타지가 있는 것이다. 여자들에게는 일하지 않아도 먹고살 수 있는 곳이다. 드라마 〈전설의 고향〉에서 시어머니, 남편과 함께 사는 효부 김녕댁은 물질을 해서 가족의 생계를 책임진다. 밭을 사기 위해 모은 돈을 몰래 훔쳐 놀러 나가는 김녕댁의 남편은 이어도를 향해 몰래 떠났다 난파된다. 김녕댁은 남편의 무사 귀환을 기도하면서도, 남편이 이어도에서 선녀들과 어울려 노는 모습을 상상하며 분노하기도 한다.** 며칠 뒤 바다에 실려온 남편을 지극정성으로 보살

2015, 229~259쪽.
** 　 이러한 장면은 〈이여도 사나〉에 얽힌 전설의 영향을 받았다고 할 수 있다. 첩과 다른 곳으로 떠난 남편을 원망하는 마음이 이 노래에 포함되어

핀 김녕댁은 물질을 하러 나갔다 거센 물결에 난파된다. 이후 드라마는 일종의 여성 모험 서사로 이어진다. 이어도에 도착한 김녕댁은 선녀들과 함께 즐거운 시간을 보내지만, 임신한 아이가 아들이라는 것이 밝혀지자 이어도의 율법에 따라 아이를 죽여야 하는 상황에 처한다. 이에 김녕은 편안하고 즐거웠던 이어도에서의 생활을 포기하고 아이를 바다로 살려 보낸 뒤 처벌로 이어도에서 추방된다.*

〈전설의 고향〉은 이어도를 퀴어한 여성동성사회로 그린다. 김녕댁의 남편을 비롯한 마을 남자들의 기대와 달리, 이어도에는 남자가 없다. 애초에 여자만 사는 곳에서 남자들이 황제처럼 산다는 설정 자체가 모순이었던 셈이다. 이어도에 간 김녕댁은 선녀들과 함께 바닷가를 뛰어놀며 즐거운 시간을 보낸다. 달님 별님 자매는 그를 김녕댁이 아닌 '김녕님'이라고 부름으로써, 누군가의 아내가 아닌 독립적인 존재로 호명한

있다는 것이다. 그러나 이어도 전설을 콘텐츠화하는 과정에서 이러한 감정을 드러낸 것은 〈전설의 고향〉뿐이다.

*   1997년의 리메이크 버전에서도 그 서사와 대사가 거의 그대로 유지된다. 다만 1997년 판은 지역성을 의식한 듯, 제주도 출신의 배우 박순천이 주연을 맡았으며, 제주도 방언을 살렸다. 이외에도 실종된 남편을 위해 굿을 하는 장면을 추가하는 등 지역성/원시성을 삽입하고자 했다. 가장 큰 차이는 이어도에 도착했을 때의 장면이다. 1979년 판에서 김녕은 이어도에 도착해서 눈 덮인 산을 혼자 넘어가야 하는 상황에 처한다. 혼란스러움을 나타내는 배경음악이 깔리고, 머리를 풀어 헤친 채 갈대밭을 헤매는 장면이 이어진다. 한참을 헤맨 끝에 해변 모래사장에 도착하여 잠시 정신을 잃었다가 다시 눈을 떴을 때는 이어도의 선녀가 되어 있다. 이는 해변에 밀려온 김녕을 선녀들이 발견하는 1997년 판과 다르다. 1979년 판의 이어도는 제주도와 분리되는 별개의 공간이라는 이세계성이 더 강하게 드러난다고 볼 수 있다.

다. 꽃이 피어 있고 녹음이 푸른 이들의 집은 "여자들이 물질 안 하고 돌밭을 안 메도" 되는 곳이자 남자들이 없기 때문에 "애모하고 질투하고 괴로운 마음이 없"는 공간이다. 남자란 성장하지 않고 전쟁놀이를 벌이는 등 세계에 해를 미치기 때문에, 여자들끼리만 사는 이 섬은 평화롭다고 강조한다. 이 평화는 무척 성애적인 방식으로 등장한다. 서로 꽃을 꽂아주며 뛰어노는 광경은 여성들만의 친밀성을 돋보이게 한다. 서브컬쳐 장르의 백합물처럼, 선녀의 날개옷을 입은 여성들은 꽃바람에 취하면 아이를 낳는다는 말에 따라 여왕이 주재하는 제의를 지내기도 한다.

영화 〈이어도〉가 남근에 대한 페티시즘을 전유하여 거세하는 여성괴물의 면모를 드러낸다면, 드라마 〈전설의 고향〉은 여성괴물을 원초적 어머니로서 동성애적 방식으로 드러낸다. 이어도에서 임신과 출산은 남성 없이 이루어진다. 그는 혼자 수태하는 어머니이며, 도덕과 법 외부에 존재한다.[**] 제사장인 여왕은 임신 과정을 중재한다. 밤에 잠을 잘 이루지 못하는 김녕을 보고 선녀들은 임신할 시기가 왔다며 여왕에게 데려간다. 고대부터 전해지던 다산 숭배 의식이 마녀들의 제의

[**] 바바라 크리드는 여성괴물의 본질이 원초적 어머니, 남근적 여성, 거세된 몸, 거세하는 부모가 하나의 인물 안에서 모두 재현되는 데 있다고 말한다. 스크린은 비체가 관람하는 주체를 '의미가 무너져버리는 장소로 끌고 가겠다고 위협하는 순간, 주체의 자아상을 위협에 빠뜨린다. 자아와 자신의 경계를 잃는 두려움은 여성을 괴물로 형상화하는 이유이기도 하다. 바바라 크리드, 《여성괴물》, 65~66쪽. 이는 영화 〈이어도〉와 〈전설의 고향〉의 공통점이기도 하다.

로 오해를 받을 만큼, 재생산을 둘러싼 여성들의 제의는 마녀의 마력을 보여주는 대표적인 요소다. 화려하게 장식한 여왕 마마/무당은 김녕을 향해 "남풍이 불어오는 쪽으로 다리를 벌리라. 온몸과 온 마음으로 남풍을 받으라. 남풍의 정령이 너에게 아기를 주리라"고 외친다. 카메라는 제단에 묶인 채 몽환적인 분위기에서 열락에 취한 듯한 여성 배우의 얼굴을 클로즈업하고 그의 신음소리가 바람소리와 함께 들린다. 그는 많은 선녀들이 바라보는 가운데 혼자 성교를 한다. 여제사장이 주재하는 제의가 섹스의 역할을 하는 것이다. 김녕 주변을 둘러싼 채 그가 오르가즘을 느끼는 장면을 지켜보는 여성들은 레즈비언 섹슈얼리티를 연상시킨다. 이러한 성애적 장면 연출은 여성의 섹슈얼리티 그 자체를 성애화하는 드라마적 관습과도 연결된다. 하지만 〈전설의 고향〉에서 여성들은 남성 없이 아이를 임신하고 출산할 수 있는, 그야말로 단성생식의 가능성을 재현하고 있다. 여기서는 〈이어도〉의 천남석, 선우현과 같은 인물조차 등장하지 않는다.

〈전설의 고향〉의 퀴어함은 남성을 절멸시킨다는 데서 심화된다. 딸을 낳으면 귀하게 키우고, 아들을 낳으면 즉시 죽인다는 율법은 이어도를 남자를 죽이는 마녀들의 섬으로 완성한다. 이어도가 여성만의 공간일 수 있었던 것은 남성을 기르지 않기 때문이라는 설정은 이어도의 여성들이 '거세하는 어머니' 그 자체임을 보여준다. 남자를 죽이는 바다는 비유적인 표현이 아니었던 셈이다. 이는 극 초반의 내레이션과 겹쳐지며 제주도의 뿌리 깊은 성차별에 맞서는 지점을 드러내기도 한다. 이처럼 〈전설의 고향〉은 퀴어한 상상력을 통해 이를 전유하고 있다.

여성 간 친밀성과 남성 없는 섹슈얼리티를 전면화한 〈전설의 고향〉은 마지막에 갑작스레 가부장제로 귀환한다. 가족들이 함께 시청하는 TV극인 〈전설의 고향〉은 아들을 죽일 수 없었던 김녕이 제주도로 돌아와 자신이 이어도에 있던 사이에 100년이라는 시간이 흘렀음을 깨닫고 한순간에 할머니가 되어 죽음을 맞이하는 것으로 끝난다. 그는 이어도 생활을 반성하며 가족들을 잃어버린 데 대한 회한의 눈물을 흘린다. 이런 식의 가부장제적 처벌과 화해는 김녕이 한결같은 효부이자 양처였다는 점을 강조하는 것을 통해서도 드러난다. 1997년 7월 27일 방영한 리메이크 버전 〈신판 전설의 고향: 이어도〉는 이어도의 퀴어한 섹슈얼리티를 중화시키려는 의도로 시어머니와 남편에 대한 애착을 전면에 배치한다. 1979년 판에서 김녕이 남편이나 시어머니를 떠올리지 않았던 것과 달리, 1997년 판에서는 이어도에서 생활하면서도 종종 남편이나 시어머니에 대해 떠올리며 자신의 원가족을 그리워하는 모습을 보인다. 게다가 돌아온 김녕이 자신의 가족이 이미 다 죽었다는 것을 확인하는 장면에서는 남편인 부원춘이 아내가 마지막으로 준 돈을 끝까지 쥐고 있었다는 이야기를 덧붙여 부부 간의 사랑을 강조하기도 한다. 가족주의를 강조하는 1990년대 후반의 분위기가 반영되었음을 짐작할 수 있는 대목이다.

5. 나가며

섬 문화 연구자들은 섬에서 자라난 사람들이 환경적 조건으로 인해 그들만의 믿음을 가지고 있다고 말한다. 무속의 사유와 윤리가 섬사람들의 일상을 지배하며, 고립과 유폐, 불가항력적 생존환경을 극복하는 기제로 작용해왔다는 것이다. 이어도 역시 신화와 설화, 신과 인간, 상상과 역사의 경계에 놓인 공간이다.* 이 경계성은 무당과 마녀가 주재하는 공간으로 구체화된다. 〈전설의 고향: 이어도〉의 선녀와 여왕/여제사장, 영화 〈이어도〉의 무당, 소설 〈이어도〉의 어머니나 술집여자 등은 이 경계인의 위치에 있다. 이들은 현실과 비현실의 문지방에서 기묘한 주술성을 담지한 노래를 부른다.

아름다운 여자들만 산다는 신비의 섬이 저 멀리 어딘가에 있다는 믿음은 죽음을 견딜 만한 것으로 여기게 했다. 그러나 이 노래를 둘러싼 이야기에 다른 여자와 함께 집을 떠난 남편을 기다리는 여자가 주인공인 것도 있다는 점은, 배제된 여성들의 노래 역시 이어도 이야기임을 보여준다. 소설과 영화,

---

* 　김개영, 〈천승세 소설에 나타난 섬 공간과 무속〉, 《도서문화》 52, 2018, 213쪽.

TV드라마를 통해 형상화된 이어도 전설은 여성들의 욕망이 강화되는 방식으로 형상화된다는 점에서 흥미롭다. 이청준의 소설이 극복할 수 없는 남성들의 불안을 보여준다면, 김기영의 영화는 거세하는 여성성을 영화화한다. 이제 여성들은 남성 없이도 재생산할 수 있으며 산 자와 죽은 자의 경계도 넘나들 수 있다. 〈전설의 고향〉은 이어도를 남자를 죽이는 여성들만의 섬으로 전유한다. 이어도에 대한 판타지의 근본에 있는 섹슈얼리티에 대한 관심은 여성 간 친밀성으로 치환되고, 단성생식의 과정을 통해 가부장제의 질서를 위협한다. 이것이야말로, 마녀들의 섬이다.

마녀, 광녀 그리고 병원체로서의 여성

양윤의

1. 악, 광기, 질병으로서의 젠더

중세에서 계몽주의 시대까지 유럽 전역에서 마녀사냥이 극성을 부렸다. 가혹한 고문에 못 이겨 마녀임을 자백한 이들은 잔혹하게 처형되었다. 마녀사냥은 약자를 처벌함으로써 그들이 가진 토지와 재산을 빼앗는 "재산권의 공격"*이었으며, 나아가 "토지와 신체 혹은 사회적 관계의 인클로저가 될 수 있는 인클로저 전략"**이었다. 마녀로 간주된 여성은 광녀로 표상되기도 했다. 마녀는 악마와 교접하고 악마의 지식을 가진 자다. 따라서 미친 여자는 악마와 소통하는 여자이기도 하다. 시간을 가로질러, 지금-여기 여성의 지위가 가시화되는 순간을

---

* 실비아 페데리치, 《캘리번과 마녀: 여성, 신체 그리고 시초축적》, 황성원·김민철 옮김, 갈무리, 2011, 297쪽.
** 같은 책, 312쪽.

살펴보자. 이때 "정동 인클로저"라는 메커니즘을 통해 여성의 몸에 전이된 혐오의 정동 역시 가시화된다.*** 이 과정에서 점 액성, 악취, 점착성, 부패, 불결함은 오물처럼 여성의 몸에 달라붙고 이른바 '자연화'된다.

병원체는 어떠한가? 인체는 외부 침입자인 병원체에 항체를 만들어 대응한다. 도나 해러웨이가 지적했듯, 근대의 방어적 면역체계가 자아와 타자, 내부와 외부를 구별하며 정상성과 병리를 분리하는 서구 생명 정치의 도식이다. 면역은 '자기'와 '타자'를 구분하고 그 경계를 유지하기 위한 일종의 근대적 지도이자 계획서****이다.

로베르토 에스포지토는 면역의 개념을 통해 공동체의 문제를 사유한다. 공동체communitas란 무누스munus, 즉 의무·책임·업무·선물의 교환을 공유하는 관계이며, 이에 반해 임무니타스immunitas 즉 면역은 그 무누스로부터의 면제, 다시 말해 공동의 의무에서 벗어난 자들의 상태를 뜻한다.***** 공동체는 이러한 배제의 지점을 내부에 포함함으로써 성립하며, 이는 임무니타스(면역)가 공동체의 본질적 조건이라는 역설을 드러낸다. 결국 공동체에서 배제하거나 추방한 타자란 무누스

*** 손희정, 〈혐오와 절합하고 경합하는 정동들: 정동의 인클로저를 넘어서 혐오에 대해 사유하기〉,《여성문학연구》36, 2015, 121쪽.
**** 도나 해러웨이,《영장류, 사이보그 그리고 여자: 자연의 재발명》, 황희선·임옥희 옮김, 아르테, 2023, 369~370쪽.
***** 로베르토 에스포지토,《임무니타스: 생명의 보호와 부정》, 윤병언 옮김, 크리티카, 2022, 13쪽.

를 공유하지 않는 자다. 타자가 공동체 내부에 공동空洞을 만들고, 공동체는 그 공동을 포함하게 된다. 이런 메커니즘으로 공동체가 공동체로서 유지되는 것이다. 무의미·악·불가지·비인간·병원체·혐오의 대상은 공동체 내부의 '공동空洞'이며, 타자성은 이처럼 배제되면서 동시에 공동체를 구성하는(배제를 내부화함으로써 구성하는), 하나의 병원체적 형상이다.

이 글은 코로나19 팬데믹 이후 발표된 세 편의 소설*을 분석함으로써 공동체(코무니타스)가 여성을 어떻게 배제, 추방하려 하는지, 나아가 그 방식이 어떻게 여성 타자를 무누스 내부에서 소환하는지를 살펴보고자 한다. 여기서 드러나는 여성(의 몸과 마음)은 강고한 가부장적 근대성의 폭력에 여전히 직면해 있으면서도 동시에 근대적 개념의 면역 메커니즘을 넘어서려는 '교란'의 지점을 보여준다는 점에 주목하였다. 이를 통해 가부장적 자본주의가 여성-타자의 몸을 폭력적으로 대상화하고 착취하는 방식과 동시에 실패하는 지점을 점검하고, 나아가 공생의 위상학에 대해 짧게 소묘하고자 한다.

---

* ① 이서수, 〈엉킨 소매〉(《젊은 근희의 행진》, 은행나무, 2023). ② 안보윤의 〈어떤 진심〉(《밤은 내가 가질게》, 문학동네, 2023). ③ 구병모, 〈있을 법한 모든 것〉(《있을 법한 모든 것》, 문학동네, 2023). 〈엉킨 소매〉와 〈어떤 진심〉은 2022년에 발표된 작품이다. 본문에 인용할 때에는 작품명과 쪽수를 밝힐 것이다.

2. 여성은 어떻게 면역의 대상이 되는가?

장소에서 비장소로 이행하는 몸: 이서수, 〈엉킨 소매〉

인클로저와 마녀사냥은 동시대적 현상이다. 이런 메커니즘에 의해 농민에게서 경작할 토지를 빼앗는 일과 여성을 마녀로 정죄하는 일이 동일시되었다. 그 결과 여성은 토지와 같은 장소로, 그것도 남성에게 소유권이 넘어간 장소(즉 여성에게는 비장소)로 간주되었다.** 마녀사냥은 여성에게서 여성의 신체에 대한 소유권을 빼앗았다. 여성이 가졌던 "피임 주도권"은 박해자들에게 넘어갔다. 임신과 피임 혹은 임신 중지와 피임 금지에 대해 여성은 통제권을 갖고 있지 못하다. 여성의 신체는 이제 그것을 '점유 가능한' '장소'로 여기는 공동체, 그것을 여성 자신에게 속하지 않은 장소(/비장소)로 간주하는 공동체의 것이다.

이서수의 〈엉킨 소매〉는 임신 6주 차를 통보받은 '나'의 이야기로 시작한다. '나'도, 동행한 남친 '경현'도 아이를 낳을 생각이 없다. 경현은 자신의 책임을 '나'에게 전가하면서, 관계 당시 콘돔을 쓰지 않는 걸 '나'도 합의했다며 '나' 몰래 한 "녹음"(53쪽)을 들려준다. 그러니까 경현에게 '나'는 이런 존재다. "내 거(페니스)"로 가닿을 수 있는 장소, 임신 상태를 중지할 때만 공동의 권리 ─ 그것도 자신의 뜻에 부합하는 경우에

─────────────

** 실비아 페데리치, 《캘리번과 마녀》, 272쪽.

만 인정하는―를 부여하는 존재 그리고 신뢰하지 않으면서
도 자신의 쾌락을 위해서 사정거리 안에 두는 영토. "믿을 수
없을 땐 녹음하는 수밖에 없어. 너 그날 많이 취했잖아."(53쪽)
'나'는 정복해야 할 쾌락의 정원이거나 경현의 '거기'가 닿아
야 할 목적지이자, 그의 이해관계에 부합할 때에만 공동의 권
리를 부여받는 조차지租借地이다.

　　사실은 '나'가 만난 폭력적인 남자들이 무책임하게 하는
말, "원래 연애는 다 이런 거 아니야?"(54쪽)라는 말이 공동체
를 규정하는 무누스를 폭로한다. 연애라는 관계(자본주의적 계
약)에서 여자라는 타자는 정복되어야 할 장소이며, 따라서 여
자의 입장에서 몸은 빼앗긴 장소, 추방된 장소인 것이다.

　　임신 중지 수술을 받은 후 '나'는 부동산 중개업자인 해정
이 주선한 집에서 며칠 지내기로 한다. 이 집의 복도 벽은 부
실공사로 인해 불거져 나왔다. "안에서 뭔가가 벽을 밀고 나
올 것 같"(66쪽)이 튀어나온 이 벽은 임신 6주 차를 통보받았
던 '나'의 몸에 대한 은유이기도 하다. "똑같은 빌라 세 채가 나
란히 서 있는"(65쪽) 형상이, 배척된 타자의 운명을 공유한 세
여자('나', 해정, 주영)의 모습이라면, 튀어나온 저 벽은 '나'를 장
소로 치환하여 보여주는 것이다. 세 여자는 나란히 선 세 채
의 빌라이고, '나'는 튀어나온 벽을 가진 장소이다. 나아가 여
자의 몸을 대신한 저 장소는 끝내 여자의 것이 아니라는 점에
서 비장소non-place가 된다. 셋이 모여 이야기를 나누다 잠든 밤
에, 한 번도 오지 않던 집주인이 한밤중에 현관문을 열고 들이

닥친다. 결국 세 사람은 무단침입자가 되어 쫓겨난다. 사실 세 사람은 집주인도, 세입자도 아니다. 부동산의 관점에서 보면 셋에게는 소유권도 임차권도 없다. 공동체는 장소로 유비된 그녀들에게서 그 장소 자체를 박탈했던 것이다. 빈집에서 쫓겨난 세 사람은 집 밖으로 끌고 나온 매트리스를 놀이터 모랫바닥에 깔고 드러눕는다. 집은 사유재산이지만 여성의 몸은 '공공 자산' 혹은 공공재로 취급된다. 임신 중지를 결정한 '나'에게 가해졌던 비난과 훈계와 충고는 '나'의 신체를 점유하려는 공동체의 소유권 확인 소송과도 같은 것이다. 지금 세 여자는 그 소송에서 패소하여 공동체에서 추방된 참이다.

　매트리스 위에 누운 이들의 행동에는 두 가지 의미소가 숨어 있다. 첫째, 소설 속 매트리스는 태반胎盤과도 같은 것이다. 집(/몸)을 잃고 추방된 이들은 한뎃잠을 자듯 매트리스에 누워 있다. 이것은 '나'를 포함한 이들이, '나'에게서 잠시 머물다 간 추방된 "6주"(임신 6주 차까지 내 몸에 머물렀던 태아의 이름이다)와 다르지 않은 운명임을 뜻한다. 장소를 가지지 못한, 따라서 몸을 잃은 비장소로서의 운명 말이다. 둘째, 매트리스는 비장소로서의 그녀들의 실존을 보여준다. 모든 추방과 배제에도 불구하고 그들은 매트리스에 누워 웃으며 떠든다. 집(/몸)에서 추방하고 장소를 박탈했다고 해서, 이들의 실존이 부정되는 것은 아니다! 공동체는 이들을 추방했으나 이들은 추방의 형식으로 공동체에 포함되어 있다. 이들에게 집(/몸)이 없으나 이들의 웃음은 사라지지 않을 것이다. 이 웃음이야말로 추방된 타자(의 몸)의 역량을 드러낸다.* 이들은 추방되었다고 해서 말소되고 삭제되는 비극의 주인공이 아니다.

수동에서 능동으로 이행하는 마음: 안보윤, 〈어떤 진심〉

몸^{body}과 대비되는 마음^{mind}의 영역에서는 어떠한가? 광녀나 마녀는 바로 이런 불가지적 마음의 소유자를 지칭하는 멸칭이 되기도 한다. 일상 공간에서 작동하는 혐오의 효과는 '젠더 데이터 공백'과 결합될 때 파괴적 정동이 된다. 젠더 데이터 공백이란 결국 여성이 특정한 분야에서 지배적인 '역할'을 한 적이 없다는 것과 따라서 그 역량(마음)을 보여준 적이 없다는 사실 사이의 순환논증에 붙인 이름이다. 사유, 공감, 의지, 믿음, 윤리적 판단 등을 수행하는 여성의 능력은 그런 능력을 필요로 하는 자리에서 가시화되지 않는다는 이유로 언던^{undone}의 영역에 갇히게 된다.

안보윤의 〈어떤 진심〉은 과외 어플을 통해 만난 선생(유란)과 학생(이서)을 보여주면서 시작한다. 유란은 이서에게 무료 수업을 해주겠다고 제안하는데, 사실 유란의 목적은 과외가 아니다. 그녀는 황 목사라는 사이비 교주가 지배하는 교회의 열성적인 일원으로, 지금 새로운 희생자를 찾아낸 참이다.

---

* 이후 발표된 이서수의 〈몸과 우리들〉(《현대문학》, 2023년 3월호), 〈몸과 무경계 지대〉(《현대문학》, 2023년 10월호) 등의 작품에서, 젠더화된 몸에 대한 다각적 시각을 확인할 수 있다. 이서수의 소설적 시도는 이러한 '교란'의 지점에서 보다 적극적으로 읽힐 필요가 있다.

유란을 비롯한 신도들은 그 이익에서 배제되고 추방된 타자이면서도 교회 공동체의 무누스를 자발적으로 실천한다.

자발적 실천의 과정은 이러하다. 유란은 황 목사의 요구를 수용한다. 이때 유란의 의지는 표면상 수동적이다. 그러나 유란이 대상자(이서, 민주)를 선택해 희생자로 만들 때는 능동적인 듯 보인다. 하지만 이는 내면화된 타자의 요구를 자신의 의지로 오인한 자기기만이다. 유란의 '능동성'은 사실 수동의 외양을 띤 능동, 혹은 타인을 내면화한 허위의 자기결단이다. 이런 메커니즘은 황 목사에게도 반복된다. 그는 설교 중 눈물을 흘리며 "더러워진 영혼들"을 구하지 못한다고 한탄하지만, 그 감정은 신도들의 공격적 헌신을 촉발한다(〈어떤 진심〉, 35~36쪽). "우리 귀한 열매"라는 호칭처럼, 수동적 수용 없이는 능동적 결실도 없다. 열매는 타인의 양분으로 맺는, 타자화된 결단이다.

그러나 이 믿음에 회의와 불신이 끼어드는 것은 어쩔 수 없다. 유란은 친한 친구인 민주가 훌륭한 열매로 성장하도록 도왔으나, 사실 유란의 진짜 목적은 단순한 것이었다. "민주와 함께 있고 싶었다. 그저 그뿐이었다."(30쪽) 이제 유란은 교회 공동체의 일원이 된 민주를 보고 "기이한 상실감"(31쪽)을 느낀다. 이서에게서도 마찬가지다. "이서의 의존과 맹목이 부담스러웠다. 그것은 마치, 진심 같았다."(23쪽) 그러나 앞에서 말했듯 이 진심은 타자의 것이자 희생자의 것이다. 스스로 배제되고 추방된 자로서 그 배제와 추방을 내면화한 자의 것이기 때문이다. 이제 공동체의 무누스는 그 공동체의 지배자조차 믿지 않는다. 그것은 희생을 정당화하는 이데올로기에 불과하다. 유란은 이서에게 어디쯤이냐고 묻는다. 이제 유란은 그 "진심"이, 즉 공동체의 무누스가 희생자에게만 작동하고 있다는 사실을 이미 알고 있다. 희생자들은 권력자들이 (자신도 믿지 않으면서) 설정한 요구들을 자기 것으로 삼았다. 수동성을 능동성으로 간주하는 이 도착倒錯의 결과는 유란을 희생자로 만든다. 교회에 초대를 받은 이서는 "거의 다 왔어요"라고 말한다. 유란은 이 앞에서 어떤 진심을 내보이게 될 것인가? 민주에게 했듯, 자기기만 혹은 능동의 제스처를 반복하는 수동성을 통해 이서를 황 목사의 공동체에 내주게 될까? 아니면 진정한 앎 혹은 그 자신의 능동성을 발휘해 이서를 그 공동체에서 구해내게 될까? 소설의 마지막은 바로 이 선택의 기로에 놓여 있는 타자들을 향해 모종의 응답 혹은 결단을 촉구하는 것으로 보인다.

손에서 얼굴로 이행하는 노동: 구병모, 〈있을 법한 모든 것〉

봉건제에서 자본주의로의 이행은 가부장적 질서의 재편이기도 하다. 실비아 페데리치에 따르면, 자본주의 발전의 중요한 양상은 "여성을 남성 노동인구의 하인으로 만든 것"*이었다. 성적 분업의 결과 여성은 임금노동 현장에서 축출되어 부불

---

* 실비아 페데리치, 《캘리번과 마녀》, 191쪽.

노동 현장으로 내몰렸으며, 이것이 표면적인 (남성) 임금의 상승과 노동생산성의 확대를 불러왔다.[**] 자본주의 경제체제는 이런 방법으로 가부장적 경제체제가 되었다. 이것이 낳은 도착적인 결과는 여성에 대한 인클로저다. 즉 여성의 노동이 그림자 노동이 됨에 따라 여성 자신이 비가시화된다. 여성 노동자는 비가시화되어야 하며, 다만 그 노동의 결과만이 전시되어야 한다.

구병모의 〈있을 법한 모든 것〉은 그림자 노동의 문제를 판타지 문법으로 보여준다. 작가 C는 어느 날 "밝고 가벼운 로맨스 콘텐츠"를 주문하는 플랫폼 측의 제안을 받아들인다. 소설은 C가 이 이야기의 플롯을 이리저리 구상해보는 방식으로 전개된다. C는 꿈속에서 정체불명의 영화를 본다. 한 호텔에 장기투숙한 남자가 키퍼에게 감사 메모를 남기고, 키퍼도 다정한 답장을 보내며 둘은 메모를 주고받는다. 결국 남자가 "당신을 만나고 싶다"는 진심을 전하고, 긍정적인 답장을 본 순간 C는 잠에서 깨어난다.

이 소설 속 이야기가 판타지의 일종이라는 것은 여러 가지로 암시되어 있다. '가벼운 로맨스물'이라는 제안서의 규정, '꿈'이라는 구조, "이런 스토리의 영화가 이미 한 트럭은 나왔을 것 같다"(101쪽)는 주인공의 추측, "영화적 낭만과 꿈을 엄격히 배제한 일상의 시궁창만을 가리켜 현실이라고 한다면,

---

[**] 이반 일리치, 《그림자 노동》, 노승영 옮김, 사월의책, 2015, 189쪽.

애초에 메모를 주고받는 행위 자체가 이루어질 수 없다"(105쪽)는 작품 속 작가의 논평이 이 이야기의 비현실적 측면을 가리키고 있다. 이 이야기를 현실과 맞대어 보기 위해서는, 이 소설에 포함된 다른 이야기를 먼저 검토해야 한다.

버스표와 담배를 파는 부스 안 여성 노동자가 등장하는 에피소드가 그것이다. 부스 안 그녀에게는 얼굴도 몸도 없다. 그녀는 "손, 그중에서도 일부인 손가락 몇 개로만 존재하는 사람"이다. 즉 그녀는 신체의 일부(부분대상)로서만 존재하며, 이때 그녀의 손가락은 그녀가 수행하는 그림자 노동의 성격을 규정한다. 그것은 '일하는 손'(일손)으로만 계산되는 노동이다. 여기에 "팔팔"(담배 이름)을 요구하는 술 취한 한 남자가 등장한다.* 주정뱅이 남자는, 그림자 노동이 가부장적 경제 공동체에서 어떤 취급을 받고 있는지를 충격적으로 폭로한다. 그림자 노동에 종사하는 "그림자 인간"은 남자의 폭력적인 요구 앞에 대책 없이 노출되어 있다. 남자는 "요즘 젊은 것들은 기본이 안 되어 있"다느니, "사람 대하는 법을 못 배웠"다느니 하는 강압적인 명령, 부당한 욕설, 훈계를 늘어놓는다. 결국 남자의 요구는 얼굴을 보이라는 것이다. 이제 손가락으로만 존재하는 그림자 인간(여성 노동자)은 얼굴로 고객을 응대해야 하는 처지가 된다. 남자의 폭력적인 요구에 노출된 그녀가 어

---

* 　남자의 행태를 요약적으로 보여주는 인용문은 다음을 참고하라. 〈있을 법한 모든 것〉, 109쪽.

쩔 수 없이 얼굴을 보이자, 그는 이죽거린다. "어, 왜 자꾸 숨었는지 알겠네. 아가씨 아니고 아줌마네, 못난이 아줌마. 아줌마, 그렇게 살지 말어."(〈있을 법한 모든 것〉, 110쪽)

주정뱅이 남자는 '손가락'이라는 부분대상으로 존재하는 그녀가 '얼굴'이라는 부분대상으로 이행해야 한다고 요구한다. 남자의 훈계는 가부장적 경제 공동체가 합의하고 있는 무누스의 내용을 이룬다. 주정뱅이가 부르는 노래 즉 〈담뱃가게 아가씨〉라는 노래와 주정뱅이 남자에게는 일종의 판타지가 있다. 저 '손'의 주인은 아리따운 아가씨일 것이고 그녀가 나의 욕망에 응답할 것이라는 판타지 말이다. 남자의 일그러진 대창對唱—"우리 동네 담뱃가게에는 아줌마가 못났다네"—은 그 판타지가 관철되지 않는 국면에 대한 표현이자, 무뢰한인 남자 자신에게는 그런 판타지가 허용되지 않는 현실에 대한 그의 소심한 복수에 불과하다.

이 소설에서 다루는 '있을 법한 모든' 이야기는 가부장적 경제 공동체의 판타지 위에 축조되어 있다. '일손'이라는 부분대상으로 존재하던 하우스 키퍼(그림자 노동을 수행하는 여성)가 남성의 요구에 따라 얼굴이라는 부분대상으로 옮겨올 수 있다는 것이 그 판타지의 요구다. 그것은 담뱃가게 아가씨를 흥얼거리는 저 취객의 판타지와 일치한다. '있을 법한 모든 것'은 여성을 (성적으로) 대상화하는 가부장적 공동체의 판타지 위에서만 '있을 법'한 것들이다.

이 소설에 명시된 '있을 법한 가능성'에는 (이성애자) 남성의 성적 판타지가 (결렬된 방식으로) 전제되어 있다. 이를 통해 역으로 비가시화된 영역에 '여성의 선택지'가 배제되어 있음이 강조된다. 이른바 코무니타스의 서사 문법을 역설적으로 보여주는 것이다.[*] 여기에 누락된 것은 무엇인가? 이제 (소설에는 명시되지 않은) 또 다른 가능성들을 상상할 수 있다. 그 일부를 적어보자. ① 키퍼가 남자의 제안을 무례하다며 거절한다. 여기에는 비웃음부터 공포까지 여러 반응이 있을 수 있다. ② 키퍼가 남자를 만났으나 마음에 들지 않아 거절한다. 다음 이야기가 이어진다(사내는 집착을 보인다, 절망하여 음독한다, 바로 단념하고 다른 키퍼를 찾아 나선다 등). ③ 둘은 사귀기로 했으나 현실적 차이(계급 차이)를 끝내 극복하지 못한다. 이런 또 다른 가능성들이 적히지 않는 한, '있을 법한 모든 것'이란 (이성애중심의) 남성 판타지 내에서만 '모든 것'이다. 그렇다면 그것은 모든 것의 부분집합에 불과할 것이다. 이 소설은 '있을 법한' 재현-시나리오의 이면에 가부장적 남성 판타지가 강력한 규범과 공식으로 명백하고 자리 잡고 있었음을 폭로한다.

---

[*]   로베르토 에스포지토, 《코무니타스: 공동체의 기원과 운명》, 윤병언 옮김, 크리티카, 2022, 280~281쪽.

3. 결론: 근대 면역 패러다임을 넘어서

마녀와 광녀 혹은 병원체는 공동체로부터 배제된 타자의 모습이며, 역사적이고 경제적인 전개 과정을 거쳐 등장했다. 자본주의 경제체제와 가부장제가 공모하여 여성의 몸과 마음, 노동을 억압하고 질식시켰다. 이 상황을 조망하는 데 면역 패러다임(의 변화의 추이를 살피는 것)은 일정한 도움을 준다. 근대 면역의 논리는 공동체의 내부에 모종의 무의미의 지점(무의미, 악, 불가지, 비인간, 악마, 혐오스러운 대상, 병원체, 질병 등으로 표시되는)이 있으며, 이 지점이 누수된 타자가 구성적으로 얽혀 있는 지점임을 보여준다. 생명의 '보호'이자 '부정'이라는 상호보완적 관계를 통해 임무니타스의 메커니즘을 설명할 수 있듯, 공동체는 이 무의미라는 예외를 통해 유지된다.

그러나 이서수, 안보윤, 구병모의 소설 속 여성들이 서 있는 자리는 '교란'하는 자리이자 '질문'하는 자리이기도 하다. 타자들이 이 폭력적인 공동체에 어떻게 응전할 것인지 심문하고 있기 때문이다. 에스포지토가 '긍정적 면역'을 통해 타자를 배제하는 것이 아니라 상호 포용하는 방식을 제시했다면, 도나 해러웨이는 다종적 얽힘을 강조함으로써 함께 생산하는 '응답'을 강조한다. 해러웨이가 강조한바, 그 기원에서부터 '우리'가 '타자들의 연합'이라는 사실을 상기할 필요가 있다. '우리'는 단순한 '나'의 증식이 아니다. 우리는 동일한 클론들로 이루어진 집단이 아니기 때문이다. 우리는 처음부터 이질적인 타자들의 모임이다.*

　　세 편의 소설을 경유하여, 우리는 타자들로 이루어진 공동체를 상상할 수 있을 것이다. 이 공동체는 화해와 협력을 보여주는 대안적 공동체를 의미하지 않는다. 그 점을 강조하기 위해 '공동체共同體'라는 명명 대신 '이합체異合體'라고, 코무니타스라는 용어 대신 헤테로무니타스heteromunitas라고 적어야 할 것이다. 공동체가 배제와 추방의 논리로 이루어졌다면, 융합과 포함과 혼입混入의 논리로 이루어진 공동체를 상상할 수 있을 것이다.**

　　타자들의 공동체, 배제와 착취가 아닌 얽힘과 혼입으로 이루어진 공동체를 상상하고 창안하고 기록하는 일. 그것은 최초의 기원에서부터 이미 타자인 '몸'을 보여준다. 어쩌면 공동체는 추방한 타자들을 무의미로서 수용한 것이 아니라, 처음부터 타자들의 연합으로, 타자들의 연합을 통해 성립한 외생적인 '우리'로서 성립될 것임을 시사한다.

---

*　　도나 해러웨이, 《트러블과 함께하기: 자식이 아니라 친척을 만들자》, 최유미 옮김, 마농지, 2021, 107~111쪽; 린 마굴리스, 《공생자 행성: 린 마굴리스가 들려주는 공생 진화의 비밀》, 이한음 옮김, 사이언스북스, 2007, 73~76쪽. 린 마굴리스는 생물의 진화를 추동한 것이 타자와의 연합이라는 사실을 밝혀냈다. 진핵생물의 출현, 미토콘드리아의 탄생, 엽록체의 탄생과 같은 생물 진화의 주요 고비마다 하나의 생명은 다른 생명과 결합, 합병, 공생함으로써 '우리'가 되었다. 해러웨이는 마굴리스의 세포내공생endosymbiosis 이론에 기반한 공생적 집합체에 주목하여 공생, 공-산sympoiesis의 가능성을 강조한 바 있다.
**　　관련 논의는 다음을 참고하라. 양윤의, 〈이합체〉, 《현대문학》, 2024년 5월호.

4부

반란의
정치

불온한 여자들의
광기와 접속하고
페미니즘에 스며들다 | 김경연

사실 마녀들은 뒤집힌 세상의 살아 있는 상징이다.
— 실비아 페데리치, 《캘리번과 마녀》*

1. '다락방의 미친 여자들'과 조우하다

돌이켜보면 페미니즘과 내가 접속한 것은 '여성문화이론연구소'의 그녀들, 정신분석학을 숙주 삼아 보편으로 위장해온 가부장적 담론을 신랄하게 비틀고 기발하게 가격하면서 공손한 딸이기보다 치명적인 히스테리아가 되기를 기꺼이 선언했던,

---

* 　실비아 페데리치, 《캘리번과 마녀: 여성, 신체 그리고 시초축적》,
황성원·김민철 옮김, 갈무리, 2011, 262~263쪽.

스스로를 '다락방의 미친 여자들'이라 호명하며 위험한 여자 되기를 흔쾌히 작정하고 나섰던, 지독히 참신할뿐더러 지극히도 불온한 그 여자들과의 우연한 조우 덕분인지 모른다.

'여성문화이론연구소'(이하 여이연)가 개소한 1997년에 나는 대학원에 입학했고 《여/성이론》 창간호가 세상에 나온 1999년에 석사과정을 졸업했다. 여성문학을 연구하는 분이 계시긴 했지만 대학원 과정에는 여성문학이나 젠더 관련 강좌가 없었고, 그래서인지 과정 내내 페미니즘에 관한 진지한 이야기를 나누어본 기억은 없다. 내 석사학위 논문 주제는 1930년대 후반 '최명익'이라는 남성 작가가 쓴 모더니즘 경향의 소설에서 그 당시 학문적 관심사로 부상했던 식민지 근대성에 대한 비판을 읽어내는 것이었다. 그의 소설에 등장하는 주인공 대부분은 남성성이 박탈된 식민지의 우울한 청년들이었고, 여성은 부재하거나 타락했거나 무의미한 존재들이었다. 하루 종일 대학노트를 들고 경성 거리를 배회하며 다방에 앉아 동경 유학 시절 희롱하던 여자들에 대한 추억에 잠기거나 아편에 잠식당한 한때 사회주의자였던 남성들의 비루한 서사에서 나는 식민지 현실을 독해하려고 안간힘 썼을 뿐, 여성들의 기이하거나 미미하거나 희박한 서사적 실존에 대해서는 별반 의심하지 않았다.

그러다 박사과정 진학을 준비하던 무렵 페미니즘을 공부하던 선배를 통해 여이연과 《여/성이론》의 존재를 알게 되면서, 뒤늦게 《여/성이론》 창간호를 구해서 읽었고 잡지의 애

독자가 되면서 낯선 페미니즘과 조우하게 되었다. 임옥희 선생을 비롯한 여이연 페미니스트들의 신랄하고 발랄한 독법의 글들을 찾아 읽으면서 함께 분노하고 기뻐하고 여성/소수자가 살 만한 세상을 열망했다. 페미니즘은 그렇게 내 삶에 스며들었다. 페미니즘과 조우하면서 박사학위 논문 주제는 남성 독점적인 한국의 근대문학 장에서 분투하고 협상했던 여성들의 문학 행위를 다시 읽는 것으로 변경되었고, 이러한 이행 과정을 거치면서 "페미니즘의 언어가 있었기 때문에 여성의 억압이 가시화되는 것이고, 여성의 억압을 언어화할 수 있는 것"*이라는 다락방 페미니스트들의 전언을 경험으로 체득하게 되었다.

지난 30여 년 동안 대학의 안팎에서 페미니즘 언어를 발명하기 위해 투쟁하고 페미니즘 페다고지를 열정적으로 수행해온 선배 페미니스트들의 헌신으로 나와 같은 수많은 페미니스트 여성 연구자/비평가들의 출현이 가능했을 테고, 저 페미니스트 전위들의 광기에 기꺼이 감염된 이들이 가부장적 프레임을 훼절하는 불손한 독법을 맹렬하게 실천하면서 기괴한/위험한 여성성에 오염된 이야기라 폄훼되었던 불온한 여성 서사들을 '달리' 읽는 독해가 관철되었을 터다. 나 역시 이러한 입사 과정을 통과하며 남성편향적인 학문/비평이 불순

*   임옥희,《채식주의자 뱀파이어: 폭력의 시대, 타자와 공존하기》, 여이연, 2010, 346쪽.

한 욕망을 수습하지 못한 광녀/마녀로 매도했던 수다한 여성 작가들을 재독하게 되었고, 특히 한 여성 작가의 문학과 다시 만날 수 있었다. 가부장적인 것이 의욕하는 바를 "기어이 배반하여 버리려고, 아니 배반하고 말리라, 배반하여 버리지 않고는 안 될 일이라고 생각"*하는 전복적 열정으로 교활한 남성성의 문학을 배반하며 광기의 서사를 창안했던 그녀, 바로 백신애의 문학을.

2. '정열'의 서사를 쓴 마녀, 백신애를 다시 읽다

백신애의 이른 죽음을 추모하는 글에서 백철은 그녀를 "인간으로나 작가로서 볼 때에 어떤 소재나 대상을 고요히 방관하고 심리적으로 추구하는 모라리스트가 아니라 그것을 직감하고 흥분하고 격정을 그대로 발로하는 타입"이며 "정열적인데다 개방 활달하고 천성적으론 일종의 방랑성을 타고난 인물"***이라 술회한 바 있다. 직감, 흥분, 격정과 같은 정념의 과잉을 인간 백신애와 백신애 문학의 특이성으로 파악한 것이다. 해방 직후에 쓴 《신문학사조사》(1947)에서도 백철은 "정열이 勝해서 문학편이 그 기질을 감당하지 못"했고 "정열을

---

* 백신애, 〈혼명에서〉, 《백신애 선집》, 현대문학, 2009, 297쪽. 〈혼명에서〉는 백신애의 자전적 소설이다.
** 백철, 〈요절기: 신애를 보내고〉, 《조광》, 1939. 8.

지성화하는 문학적 수련을 기다리지 못하고 중도에서 고인이된" 작가로 백신애를 평가한다. 문학적 지성으로 수습되지 않는 과도한 정열을 백신애 소설의 열등한 자질이자 '문학다운 문학'이 되지 못한 원인으로 고지한 셈이다.

남근적 비평의 이러한 부당한 평가에도 불구하고 백신애는 '정열이 승한' 삶도 글쓰기도 결코 포기하지 않았다. 장롱 속의 귀한 옥돌이 아니라 "흘러가는 계곡물에 밀려서 넓고, 깊은 바다 속까지 갈 수 있는 한 조각 모래됨을 원"하는 자신의 본질을 이해하지 않으려는 가족/사회를 "배반해버리지 않고는 안 될 일이라고 생각하는 악마"(〈혼명에서〉) 되기를 체념하지 않았을뿐더러, 가부장들이 입안한 '문학'을 이반하는 불순한 정열의 마녀 되기 역시 두려워하지 않았다. 되레 그녀는 세상을 규율하는 법/도덕을 배반하는 이들, 지성/이성으로 수습되지 않는 정열에 편승해 실존의 변이를 열망하는 존재들, 가부장의 지엄한 질서를 어지럽힌 죄로 광인이나 마녀로 적발된 자신과 같은 여자들의 이야기를 세상에 부단히 타전했다. 그녀가 최후에 쓴 소설 〈아름다운 노을〉(1939) 역시 바로 이 불온한 정념의 여자에 관한 이야기이다.

스물셋에 남편을 잃고 열여섯 살 아들을 둔 규수화가 순희는 친정 집안의 대를 잇고 상속을 받아야 한다는 이유로 재혼을 종용받다 조건에 부합하는 의사 성규를 만나게 된다. 순조롭게 성사될 것 같던 순희의 재혼은 그녀가 성규의 동생인 정규와 우연히 조우하게 되고, 그에 대한 "무한궤도의 감정에

끌려 광기에 가까운 생각과 행동을 감행"*하게 되면서 결국 실패로 끝난다. 아들 또래의 소년 정규에 대한 들끓는 "정열"을 떨치기 위해 성규의 청혼을 허락하고 아들 석주를 떠올리며 모성을 자극해보기도 하지만, 순희는 끝내 정규를 향한 사랑을 긍정하게 되며 "소년을 위해 생명을 던지리라"는 파격적인 결정에 이른다. 〈아름다운 노을〉은 순희의 이야기를 모두 들은 소설가가 "한 줄기 눈물"을 흘리는 것으로 마무리되는데, 이는 어쩌면 백신애가 '문학' 바깥의 '다른 문학'에 대한 소신을 피력한 것은 아닐까 생각해본다. 다시 말해 지배적 법/도덕을 위반하는 열정을 지성으로 순치하는 주류의 '문학'이 아니라, 외려 불온한 정열/광기에 감염되는 '다른 문학'을 최후의 작품을 빌려 거듭 긍정한 것으로 간취되는 것이다. 광녀/마녀로 내몰린 여자들의 삶에 감응하고 그들의 잊히고 절취된 이야기를 부조하는 데 이처럼 주저하지 않았던 백신애 문학의 특이성은 또 다른 소설 〈광인수기〉(1938)에서도 탁월하게 관철된다.

남편과 가족으로부터 버림받고 광인으로 내쳐지기까지 구여성의 비극적 행로를 그린 〈광인수기〉는 시종일관 그녀가 쏟아내는 날것의 발화로 기술된다. 방언, 욕설, 호소, 원망, 탄식이 난무하는 광인의 발화, 곧 이성이 아닌 격정의 언어, 정신이 아닌 몸의 언어, 권력이 허락한 '언어'가 아닌 배제된 자

---

*   백신애, 〈아름다운 노을〉, 《백신애 선집》, 348쪽.

의 '은어'로 기록된 이 독특한 소설은 희생자에게 시혜적 연민을 베푸는 도덕적 서사나 당위적 이념으로 약자를 구원하려는 서사가 아닌, 다만 광인에 접속하고 광기에 감응되는 지극한 공감의 서사로 읽힌다. 백철의 표현을 빌려 말하면, '문학적 지성으로 어떤 소재나 대상을 고요히 방관하고 심리적으로 추구하는' 것이 아니라 그녀/그의 경험에 연루되어 '직감하고 흥분하고 격정을 그대로 발로'하는 예외적인 문학으로 가늠되는 것이다. 광인의 발화를 대리한 것이 아닌 광인이 되어 발화한 소설, 그리하여 독자들에게 이성 이전에 몸으로 광인의 고통을 감각하게 하고 마침내 그 고통에 감염되도록 하는 야릇한 공감의 서사가 〈광인수기〉이며 백신애 소설이라면, 그녀의 글쓰기는 '문학'에 미달된 문학이 아니라 '문학'을 초과하는 문학이며, 광녀/마녀로 배제된 몫 없는 자들을 보이고 들리게 하는 문학의 정치를 수행한 것인지 모른다. 그렇다면 저 지엄한 남성 비평가의 독해와 달리, 이제 우리는 지배적 질서와 주류적 문학을 횡단하는 사회·문학의 헤테로토피아를 꿈꾼 '다른 문학' 혹은 남성 편파적 '문학'을 내파하는 '마녀 서사'의 유력한 기원으로 백신애의 문학을 흔쾌히 다시 읽고 기억해야 하지 않을까.

3. 마녀들의 수다, 반란의 정치를 꿈꾸다

페미니즘과 접속하기까지 몇몇 결정적인 만남을 두서없이 써 내려간 이 글을 몇 해 전 겨울 조우한 우리 시대 마녀들의 이야기로 마무리할까 한다. 2024년 2월 부산대 여성연구소가 주최한 '페미난장'에서 부산의 진보적 여성운동사를 조명한 다큐멘터리 〈마녀들의 카니발〉(2024)을 보게 되었다. 1980년대 후반 '부산여성노동자의 집'을 조직하고 비인간적 근로조건과 여성차별에 맞서 싸웠던 전설의 여공들부터 강남역 페미사이드 이후 여성폭력의 중단을 위해 분투하며 미투운동에 동참했던 부산의 영페미니스트에 이르기까지, 남성동성사회를 전복하고 성평등의 실현을 위해 "설치고 떠들고 생각하는 여자들"*이 되기를 마다하지 않았던 마녀들의 생생한 육성을 담은 영화였다. 불온해서 더 유쾌한 영화 속 마녀들의 수다를 경청하며 나는 리베카 솔닛의 제언을 떠올렸다. "자신의 이야기를 단어로든 이미지로든 스스로 말할 수 있는 능력은 그 자체로 이미 승리다. 그 자체로 이미 반란이다."**

여성/소수자에게 침묵을 강제하고 말/이야기를 독점해온 가부장제를 거역하며 세상을 향해 목소리를 내고 여성/소

---

* 2015년 개그맨 장동민이 자신이 운영하던 팟캐스트 방송에서 했던 여성 폄훼의 발언이지만 이후 페미니스트들은 이 혐오의 발언을 적극적으로 재전유했다.
** 리베카 솔닛, 《남자들은 자꾸 나를 가르치려 든다》, 김명남 옮김, 창비, 2015, 112쪽.

수자의 이야기를 발설하는 여자가 마녀라면, 우리는 알고 있다. 죽음을 무릅쓴 이 용감한 마녀들의 도발적인 이야기가 세상을 바꾸었고 또 바꾸어갈 강력한 힘이라는 것을. 하니 영화 속 마녀들도 힘주어 말하고 있다. 아무도 우리의 이야기를 해주지 않으니 우리가 우리의 이야기를 하자고. "우리의 아픔에 대해서, 슬픔에 대해서, 기쁨에 대해서, 우리의 낭만에 대해서, 우리의 삶에 대해서, 우리의 섹스에 대해서, 우리의 성적 판타지에 대해서, 우리의 몸에 대해서, 우리의 사랑에 대해서."(〈마녀들의 카니발〉) 세상을 향해 함께 발신하는 우리-마녀들의 이야기가 반란의 정치이자 저 지난한 싸움에서 최후에는 승리할 비결이라고. '다른 세계'를 짓기 위한 마녀들의 이 소란스럽고 지칠 줄 모르는 이야기들에 힘입어, 우리는 또한 힘주어 상상할 수 있으리라. 지금 이곳 "생존의 경계에 선 페미니즘"을 넘어 다시 "거침없이 혐오의 물살을 거슬러 오르는"*** 페미니즘의 비상을 말이다.

*** 임옥희, 〈경계에 선 페미니즘의 공유화폐로서의 이야기의 힘〉, 《비평이론학회 창립 30주년 학술대회 자료집》, 2022. 5.

스포티한 차림의
성노동자를
상상할 수 있을까?

최다영

'창녀다움'의 재발명과
포스트포르노를 위한 시론

여성과 낙인이라 하면 성노동이 가장 먼저 떠오른다. 한국이 법률적으로는 성매매 금지를 표방하고 있다고 하지만, 국가적 성산업은 남성연대 구조 속에서 여성 능욕의 경험을 제공하며 남성-되기의 주축을 이룬다.[*] 이러한 한국식 성매매 문화는 오늘날 동남아 등지에 프랜차이즈화되어 젠더화된 인종적 계급을 기반으로 성 식민지를 늘려나가고 있다. 이는 기존의 원정 성매매와 결탁하는 양상으로도 나타난다. 이렇듯 성산업의 이중구조는 우리 사회가 직면해야 할 가장 중요한 문제 중 하나이지만, 이에 대해 공공연히 이야기를 나누기

---

[*]　황유나, 《남자들의 방: 남자-되기, 유흥업소, 아가씨노동》, 오월의봄, 2022.

마녀의 독서, 광녀의 춤

240

는 쉽지 않아 보인다. 여성혐오에 기반한 유해한 남성성이 헤게모니를 확보해나가고 기술 매개 성폭력이 나날이 진화하고 있는 오늘날, 우리 각자는 성노동에 대해 어떤 입장을 가질 수 있을까? 청소년들에게는 어떠한 성교육을 해야 할까?

유럽연합의 2021년 보고서에 따르면, 세계 성매매 정책은 크게 금지 유형과 합법 유형(혹은 폐지주의 접근과 규제주의 접근[**])으로 나뉘며, 다시 다음과 같은 다섯 가지 모델로 세분화된다.[***]

가장 먼저 미국 대부분과 한국에서 시행되고 있는 금지 모델prohibition을 들 수 있으며, 폐지 모델abolition이 그 뒤를 잇는다. 폐지 모델에서는 금지 모델과 달리 성구매자와 알선자만을 처벌한다. 1860년대 유럽에서 폐지주의가 처음 등장한 이후 1970년대 말부터 신폐지주의운동이 가시화되었는데,[****] 대표격인 노르딕 모델Nordic model은 스웨덴에서 처음 시행되었으며 궁극적으로 성매매 근절을 지향한다. 즉 지속적인 성매매 산업의 축소와, "성매매 산업으로의 유입을 줄일 수 있도록 사회경제적 불평등을 해소하는 것"[*****]이 목적이라 할 수 있다.

[**]   조안창혜, 〈성매매 합법화와 비범죄화, 뭐가 다를까: 독일과 뉴질랜드〉, 니토 유메노 외, 《성매매 뿌리 뽑기: 세계의 현장에서 발견한 변화의 전략들》, 봄알람, 2025, 150~152쪽.
[***]   같은 책, 19~20쪽.
[****]   폐지주의 운동의 흐름에 대해서는 조안창혜, 〈반성매매운동 vs. 성노동론의 적대적 현장: 미국〉, 같은 책, 108~111쪽.
[*****] 같은 책, 같은 쪽.

영국, 스페인 등의 일부 합법 국가들은 성판매 당사자 착취를 방지하기 위해 조직적 형태의 성매매를 금지한다. 합법화하되 규제regulation가 중심이 되는 합법적 규제주의legalization 국가들에서는 정부가 성산업을 인가하고 체계적으로 규제하는데, 독일, 네덜란드, 그리스, 오스트리아, 스위스, 터키 등이 이에 해당한다. 호주, 뉴질랜드, 벨기에로 대표되는 비범죄화 decriminalization는 성구매와 성판매 모두를 범죄로 간주하지 않으며, 성노동 또한 다른 노동과 동일한 권리와 안전을 보장할 것을 최우선 과제로 둔다.* 이때 비범죄화를 주장하는 입장 내부에서도 경제적 대안이 마련된다면 성산업이 근절되어야 한다는 데 동의하는 입장과, 성노동이 경제적 동기에만 기인하는 것은 아니니 성산업이 근절되어서는 안 된다는 입장으로 다시 나뉜다. 가령 《반란의 매춘부》는 성노동자의 실생활에서 물질적 조건의 개선을 촉구하며 '합법화'가 아닌 '전면 비범죄화'를 주장하는 대표적인 저서로,** 궁극적으로는 성산업의 폐지를 지향한다. 이에 대해 비범죄화를 추구하

---

* 이러한 성노동 논의에 앞서 유의해야 할 것은 합법화와 비범죄화를 혼동하지 말아야 한다는 것이다. 합법화-규제론적 접근은 성노동자 보호보다는 소비자나 제3자 보호에 치우쳐 있으며, 의무 등록을 요구하거나 노동 공간을 제한하는 등 성판매 여성들을 규제라는 명목하에 더욱 착취하고 낙인화한다는 점에서 비판된다.
** "만약 '성을 판매하지 않고도' 필요한 자원을 얻을 수 있는 기회가 보장된다면 성산업 폐지에 반대할 성노동자들은 거의 없을 것이다." 몰리 스미스·주노 맥, 《반란의 매춘부: 성노동자 권리를 위한 투쟁》, 이명훈 옮김, 오월의봄, 2022, 115쪽.

면서도 성산업의 폐지를 반대하는 입장에서는 경제적 동기가 주가 되지 않는 다양한 성노동 동기들을 일축하게 될 것이라며 비판한다.

국내에서는 크게 한국식 노르딕 모델을 주장하는 입장과 비범죄화를 주장하는 입장이 주를 이루는데, 전자의 경우 알선업자와 구매자를 처벌해 수요를 근절하는 것을 목적으로 한다. 반면 비범죄화 진영에서는 이러한 노르딕 모델이 여성을 보호한다는 명분 아래 당장 성노동을 하지 않을 수 없는 처지에 놓인 성판매 여성들의 일거리를 줄어들게 하고, 장소가 은밀해짐에 따라 폭력 위험이 더욱 증대되는 데 비해 위험 및 낙인을 성노동자 개인에게 전가한다는 점에서 문제적이라고 비판한다.

흔히 반성매매론자들은 성노동론자들이 사회구조의 문제를 간과하고 "성구매를 '선택'과 '동의'라는 개개인의 주체적 행위로 축소"[***]한다며 비판하지만, 그러한 입장들에서 성매매가 폭력[****]임은 부정되지 않는다. 성산업의 젠더화와, 성산업 현장이 위계적이고 폭력적 착취가 만연한 현장임을 잘 알고 있다. 성노동론자들이 성노동을 노동이라 말하는 건,

---

[***]   니토 유메노 외, 〈들어가며: '섹스'도 아니고 '일'도 아니다〉,《성매매 뿌리 뽑기》, 11쪽.
[****]   "성매매가 폭력인 이유는 남녀의 자원에 대한 사회적 평가, 유통기한, 교환 원리가 정반대이기 때문이다. 이것이 바로 차별이고 폭력이다." 정희진,《페미니즘의 도전: 한국 사회 일상의 성정치학》, 교양인, 2023, 229쪽.

어디까지나 성노동자들도 안전과 생존권, 노동권을 보장받을 권리가 있다는 의미다. 자본주의하에서 성적 거래의 발생이 불가피한 이상, 성노동은 단순히 찬반에 그치는 문제가 될 수 없다. 더욱이 소득과 부채라는 이분법을 넘어 금융자본주의하에서 여성의 몸이 담보화·증권화의 현장이 된 만큼 "개인의 '자발성을 논하'는" 일은 그다지 유효하지 않으며 문제의 본질을 은폐한다.* 그렇기에 성매매 근절·축소를 넘어 성산업 자체의 폐기를 주장하는 반성매매 입장에서도 성판매자의 인권 보호와 안전, 불처벌이 우선시되어야 하며 성매매 여성 지원 및 인식·법제 개선에 힘써야 한다는 데 동의하고 있다.

1973년 미국의 활동가 마고 제임스Margo St. James는 최초의 매춘인 권리단체 코요테COYOTE를 설립해 성매매 범죄화 반대 운동을 전개했다.** 이후 'sex work'라는 단어가 1980~1990년대 성노동자 운동 당사자들에 의해 사용되기 시작했는데, 이들은 성노동을 노동으로 인정하는 진보적 프레임을 펼쳐나가며 섹스를 파는 것이 아니라 노동을 파는 것임을 분명히 하고자 했다. 이러한 성노동자 운동을 통해 "성거래를 하고 있는 사람들도 직접 자신들의 이미지 생산에 참여"할 수 있게 되었

---

* 김주희, 《레이디 크레딧: 성매매, 금융의 얼굴을 하다》, 현실문화, 2020.
** 멜리사 지라 그랜트, 《Sex Work: 성노동의 정치경제학》, 박이은실 옮김, 여문책, 55쪽.

으며, "일하고 말하기 위한 공적 공간을 더 많이" 가질 수 있게 되었다.***

그러나 주로 래디컬 페미니스트, 반反성노동 페미니스트들은 성노동이라는 단어 사용에 반대하며 19세기부터 사용되어온 'prostitution'을 관철한다. 이들은 '성노동'이 성매매의 위험성을 정당화하고 평범한 노동처럼 포장할 수 있다며 우려한다. 무엇보다도 성매매가 철저히 남성의 가해 구도 안에서 이루어짐에도 불구하고 이러한 젠더 폭력의 사회구조를 묵인한 채 자발적 선택으로 보이게 하며 "섹스를 거래될 수 있는 것으로 환원시킨다"****는 점에서 노동이 될 수 없다고 지적한다. 다른 여성들마저 잠재적인 성판매자로 간주하는 인식을 보편화하여 '여성적인 것'의 규범성을 강화한다는 것이다.

하지만 성매매에 자발성이란 존재할 수 없으며 모든 성매매가 성착취라는 입장은 성매매를 구조적 피해 모델로만 환원하는 경향이 있다는 점에서 일종의 승인 조건을 전제하는 것이기도 하다. 오로지 "강간의 감각으로 환원해야 한다는 강박"에 기반해 "성차화된 경험을 '피해'를 통해서만 발화하도록 강제"하는 면이 있는 것이다. 즉 "승인된 고통의 서사로 성매매를 선택하지 않은, 욕망의 서사를 지닌 여성"들, 피해자/행위자 이분법에 갇히지 않아 "'이들도 강간당한 피해자'

*** 같은 책, 57쪽.
**** 캐슬린 베리,《섹슈얼리티의 매춘화》, 정금나·김은정 옮김, 삼인, 2002, 148쪽.

라는 식의 수사학"*으로 '납득할 만한' 서사를 부여하기 어려운 '비모범적' 성노동자들의 복잡다단한 경험은 쉽게 지워지고 비가시화된다. 이 경우 성노동을 하게 되는 각자의 너무나도 다른 다층적인 동기와 목적, 생활 공동체이자 삶의 터전으로서의 집창촌에 대한 서사는 발화될 수 없고 이들의 선택을 합리적인 판단이나 욕망의 경제로 읽는 일 또한 어려워진다. 성매매가 본질적으로 젠더 폭력의 구조 위에 있다 하더라도,** 단순히 성노동을 성폭력으로 환원할 수 없는 이유가 여기에 있다. 성노동자들의 삶이 천편일률적이지 않은데 성매매가 성착취임을 그저 강조하는 데 그친다면, 실제 삶의 물질적 조건을 조금도 바꾸지 못할 것이다. 또한 'prostitution'의 경계가 나날이 모호해지고 있는 오늘날, 보다 세밀한 분석의 언어들을 모색해야 할 필요 또한 언급하지 않을 수 없다.

이 글에서 주목하고자 하는 것은 다음과 같은 지점이다.

---

* 최별, 〈'성매매는 성폭력이다' 그러나 그 말만으로는 충분하지 않다〉, 김대현 외, 《불처벌: 성매매 여성을 처벌하는 사회에 던지는 페미니즘 선언》, 휴머니스트, 2022, 259쪽.
** 정희진은 성매매를 "가장 젠더화된 문제"라고 지적하면서도 "가장 젠더 시각 없이 다뤄지"곤 하는 성별 권력관계의 문제로 진단한다. "남성이 여성의 몸을 사용하는 것을 정상화, 정당화하는 남성 중심 시스템의 핵심"으로서 "강간할 권리를 사는 것"이자 "여성이 남성에게 파는 것이 아니라 남성이 (여성을) 남성에게 파는 것"이라고 말한다. 정희진, 《페미니즘의 도전》, 228쪽. 이처럼 젠더폭력으로서의 성매매에 대한 그의 관점은 10년 뒤에 쓰인 《다시 페미니즘의 도전: 한국 사회 성정치학의 쟁점들》(교양인, 2023)에서 더욱 두드러진다. 반면 다음의 저서는 성노동의 본질을 젠더폭력으로 보지 않을 것을 주장한다. 오구라 도시마루 외, 《노동하는 섹슈얼리티: 자본주의 사회의 성 상품화와 성노동》, 김경자 옮김, 삼인, 2006.

왜 성판매자 여성은 낙인과 폭력이 허용되는 존재로 상정될까? '강제적 덕성compulsory virtue'을 어기는 성노동자들에게는 특히 매서운 사회적 처벌이 뒤따른다.*** '보호받을 만한 자격'은 왜 성판매자를 예외적으로 심문할까? 이는 왜 성노동자가 혐오와 호기심의 대상이면서도 여전히 법적 단속대상, 자선단체의 관심과 동정의 대상으로만 주로 이해되는지와도 같은 맥락에 놓인다. 성노동자 개인은 정말 여성의 인권을 떨어뜨리고 다른 여성들을 잠재적 '창녀'로 만드는 데 일조하며 여성적인 것에 대한 젠더 규범을 강화하기만 할까? 설령 그렇다 하더라도 그게 개인의 낙인과 수치로 돌려져서는 안 되거니와, 오히려 성노동자들의 권리와 안전을 보호함으로써 '창녀다움'의 단일한 재현 문법이 탈중심화될 수도 있지 않을까?

　나아가 우리는 포르노와 관련해서도 지배적인 재현 문법 바깥을 상상할 수 있어야 한다. 지금 포르노의 전형성을 답습하지 않는 영상물인 포스트포르노에 대한 필요성 말이다. 물론 성노동만큼이나 포르노에 대해 토론하는 일은 쉽지 않다. 불법촬영물과 딥페이크 범죄물이 난무하고 포주의 노예화 경제가 고착화된 한국사회에서 포르노가 음란물, 범죄물과 동의어처럼 여겨지는 것도 일견 당연하다. '자발적'으로 촬영된 것처럼 보이는 영상물들의 대다수가 협박에 의한 것이라는 점 또한 근심을 더하게 한다.

*** 　멜리사 지라 그랜트, 《Sex Work》, 133쪽.

그러나 포르노의 핵심은 관계성과 친밀감을 다루고 재현하는 방식을 상상하도록 이끄는 데 있다. 그렇다면 우리는 포르노를 금지하고 범죄화하는 일에 몰두하기보다 지배적인 포르노를 탈중심화하는 다른 상상력을 발명해야 하는 게 아닐까? 기존의 여성혐오적 포르노가 굳건한 지위를 유지하며 선별적 성적 흥분을 형성하고 평준화하고 있다면, 또 그로 인해 우리가 누릴 수 있는 무수한 욕망과 섹슈얼리티의 극히 일부에만 강박이 형성되도록 구조화되어 있다면, 여러 대안적인 포르노가 창작 및 유포될 수 있어야 할 것이다. 이처럼 '다른' 포르노에 대해 사유하는 일은 내가 진정 어떤 방식으로 타인과 관계 맺고 받아들여지기를 원하는지, 내 몸이 무엇을 욕망하고 어떻게 다뤄지기를 바라는지 등 나 자신과 타인에 대해 더 깊이 알아가는 과정이기도 하다.

포르노 접근권은 특히 청소년의 성과 관련해 더욱 논쟁적인 지점이기도 하다. 한국사회에서 청소년들은 적절한 성교육이나 성적 접근으로부터 차단되는 한편, 성인이 되자마자 재생산에 입각한 규범적 생애주기에 따라 성경험을 욕망하도록 유도되는데 이는 무척 모순적이다. 무엇보다 필요한 것은 청소년들이 자신의 욕망과 섹슈얼리티를 자연스럽게 받아들이고 고민할 수 있는 환경을 조성하는 일이다. 우리 사회가 청소년들에게 구체적인 성교육이 이루어지도록 힘쓰는 동시에, 청소년들도 안전하게 접근하고 즐길 수 있는 청소년용 합법 포르노를 제작하는 데도 관심을 기울여야 하는 게 아닐까?* 포르노는 숨어서 보는 것이라는 인식을 벗어나 자신의 언어로 감상을 나누고 섹슈얼리티와 친밀성의 가능 지평에 대해 고민할 수 있도록 도와야 하지 않을까?

나는 《무한발설》이라는 성매매 경험 당사자들의 수기를 읽고 성산업의 현주소를 정확히 알아야겠다고 생각하게 되었다.** 물론 이 책이 모든 성매매 유경험자들의 경험을 대리하지는 않는다. 충분한 자율권을 가지고 숙고를 거쳐 이 일을 시작한 누군가에게는 여느 다른 노동과 다를 것 없거나 오히려 무상 정동 노동에서는 되려 자유롭고 합리적인 교환으로 여겨지기도 한다.*** 하지만 이 책에 실린 수기들처럼 여전히 우리 사회에서 성산업은 강제적 성착취의 굴레를 벗어나기 어렵다. 자살조차 하지 못하도록 막는 것을 넘어 자살마저도 수익화한다. 현행 정책과 자활 시스템의 한계로 인해 탈성매매도 쉽지 않다. 플랫폼을 활용한 자발적 수익화나 성적 즐거움을 위해 개인이 영상 업로드를 시작한 경우에도 여러 취약성으로 인해 도용, 신상 협박, 물리적 범죄를 겪는 일이 부지기

---

* 이명호는 포르노가 가부장적 사회문화의 반영이자 재생산물인 만큼 단순히 규제와 추방 캠페인으로는 이러한 여성 억압의 원인이 제거되지도, 남성적 환상이 교정되지도 않음을 적실히 짚는다. 그리하여 "포르노적 환상 구조 자체를 넘어서는" '다른 상상'과 재현 문법이 요구된다는 것을 강조한다. 이명호, 〈남성 성자유주의를 넘어: 페미니스트는 포르노 문제에 어떻게 대응할 것인가〉, 몸문화연구소 엮음, 《포르노 이슈: 포르노로 할 수 있는 일곱 가지 이야기》, 그린비, 2013, 250쪽.
** 성매매경험당사자네트워크 뭉치, 《무한발설: 성매매 경험 당사자》, 봄알람, 2021.
*** 홍승희, 《붉은 선: 나의 섹슈얼리티 기록》, 글항아리, 2017.

수다.

성이 교환 가능한 자원으로 여겨져 성매매의 완전한 근절이 애초 불가능한 사회라면, 성노동자들이 안전하게 노동할 수 있는 환경을 마련하는 일이 중요할 수밖에 없다. 노동자로서의 권리와 합당한 수익 분배를 보장받고, 언제든 그만두거나 도움을 요청할 수 있고, 어디 가서 성노동을 한다고 밝혀도 부당한 대우를 당하지 않고, 동료 노동자들과 자유롭게 연대하여 목소리를 낼 수 있어야 한다. 원치 않는 구매자를 거부할 수 있어야 하고, 빈도나 주기가 법적으로 보호되어야 함은 물론 '부가 서비스'가 강제되지 않아야 한다. 또 홑복 착용 등 노출을 전제한 성적 유혹이 강제되지 않고 후드티나 스포티한 옷을 입는 것이 경제적 손실로 이어지지 않을 때, '창녀다움'의 전형적 이미지를 조금이나마 해체할 수 있을 것이다. 이는 여성혐오에 흔히 동원되는 여성성의 규범을 흩뜨리는 일이기도 하다.

성노동자의 불처벌과 권리 보호를 말하는 일은 결코 다른 여성들에게 성노동을 권장하는 일이 아니며, 그래서도 안된다. 성노동을 하는 이들이 엄연한 사회 구성원으로 살아가고 있고, 그 어떤 여성이라도 성노동에 연루될 가능성에서 자유롭지 않기 때문에 폐지주의에서든 비범죄화에서든 다른 최선의 대안을 모색하는 과정에서든 반드시 함께 논의되어야할 사안인 것이다. 무엇보다 다른 동료 여성 시민들의 삶이 나아지고 존중받아야 나의 삶의 조건 또한 안전할 수 있다. 성노동자들은 남성 포주와 다를 바 없다며 이미 그렇게 존재할 수밖에 없게 된 누군가의 삶을 혐오하는 데 그친다면, 세상은 조금도 바뀌지 않을 것이며 지금과 같은 성산업을 가능하게 한 구조적 폭력은 어떤 형태로든 나의 삶에도 이어질 것이다. 성노동자에 대한 재현을 다양화하여 기존의 '창녀다움'을 해체하는 일은 성노동자와 비성노동자 모두의 권리와 안전에 필수적이다. 물론 이는 실제적 차원에서는 성노동자의 권리 보호 위에서 가능한 효과이겠지만, 재현 문법의 차원에서는 누구든 지금 당장 실천할 수 있는 의식적인 노력이기도 하다.

피 흘리며 자매가 된 마녀들   성현아

완벽한 슬픔은 여기 없다
그걸 겪은 사람은 모두 죽었으니까
　　—김이듬, 〈그림자 없는 여자〉 부분[*]

완벽한 슬픔을 겪은 여자들은 모두 죽었다. 어느 때에는 화형
을, 어느 때에는 총살을, 어느 때에는 폭행을 당해 죽었다. 그
러므로 우리가 말할 수 있는 것은 죽지 않을 정도의 슬픔뿐이
다. 토로하는 슬픔조차 미완의 슬픔이라는 데 또다시 슬픔이
있다. 실비아 페데리치는 자신의 저서 《우리는 당신들이 불태

---

[*]　　김이듬, 〈그림자 없는 여자〉, 《투명한 것과 없는 것》, 문학동네,
2023.

우지 못한 마녀의 후손들이다》(갈무리, 2023)에서 16~17세기에 자행되었던 '마녀사냥', 즉 여성을 마녀로 지목하여 박해했던 행위들이 자본주의적, 가부장적 질서를 구축하는 데 기여했다는 사실을 지적한다. 그는 자본이 인간 노동에 압도적인 통제권을 행사하도록 만들기 위해서는 여전히 여성을 향한 폭력이 필요하므로, 마녀사냥은 사라지지 않고 조금씩 변형되어 반복된다고 말한다. 수많은 페미사이드 사례를 통해 실로 현대의 여성들이 마녀사냥의 위협에 노출된 채 살아간다는 것을 확인할 수 있다.

좀 더 주목하고 싶은 것은 마녀사냥이 지속되는 사회에서 살아남기 위해 다른 여성을 고발하는 여성들이다. 마녀로 몰릴 위험에 처해 있기에 다른 여성을 먼저 마녀라고 손가락질해야 하는 여성들, '죄질이 나쁜 저 마녀부터 태우세요'라고 눈물로 호소하는 여성들, 자신의 다름을 끊임없이 입증하려는 여성들 말이다. 마녀로 낙인찍힌 여자들과 '나'를 확실히 구분해야만 죽창과 화염에서 한 발짝이라도 멀어질 수 있다. 덜 나쁜 마녀로서 더 나쁜 마녀를 고발하는 자리. 어차피 사형을 면치 못할 테지만, 조금이라도 늦게 죽고 싶어서 숨어든 사형대 행렬의 끝자리. 내 차례가 올까 떨며 피 흘리고 불타는 여자들을 생생히 목격할 수 있는 자리. 이것이 마녀의 후손인 다수의 여성이 놓인 위치라고 해도 과언이 아니다.

그러므로 여성연대의 길은 요원해 보인다. 그러나 멀리 있다고 해서 없는 것은 아니다. 실낱같아 보이지만 분명히 빛을 내는 희망의 끈은 여기에서 시작한다. 여성들은 누군가를 태우는 데 기여하고 나서도 여전히 언젠가 태워질 자리에 놓여 있다. 그렇기에 타는 고통과 피 흐르는 끈적한 감촉을 누구보다 선명히 느낀다. 위협에 예민해질 수밖에 없는 처지에 있다는 점이 죽임당한 이들의 아픔을 제 것처럼 생생히 추체험하게 만드는 것이다. 여성들은 언제든 마녀로 지목당할 공포에 시달리며 마녀사냥의 기이한 메커니즘과 그로 인한 고통을 알아보는 특화된 기민함을 체득한다.

그러므로 범죄에 쉽사리 노출되어 피를 쏟고 매달 피를 흘리며 생리통을 겪는 여성들은 서로의 불행과 슬픔을 가장 잘 이해하는 존재가 된다. 이 점에 착안하여 몸속에 흐르는 피가 아니라 흘린 피, 즉 신체 외부의 피로 맺는 새로운 혈연관계를 구상해볼 수 있다.

나체로 뛰어가는데
나무도 건물도 없겠지
숨을 곳을 찾아 숨을 몰아쉬며
전속력으로 달리는 거겠지

버스가 휴게소에 도착할 때쯤 이 사람을 깨우리라

당신은 지나치게 코를 골고 있다 방금 키스한 듯 빨갛게 번진 입술을 벌린 채

보는 사람만 시원해지는 치마를 입고

도무지 믿지 않은 소리를 내며

스스로 속도와 키를 조절한다

…… 잠들기 전까지 이 사람은 보험을 권유하고 있었다 이

사람 저 사람에게 전화를 걸었지만 친구도 친인척도 없었다

호감이 가는 외모는 아니었다

눈이 빨갛고 손등이 거칠었다

저녁이 다 가기 전에 달성해야 할 목표가 있었다

사람들은 단지 우리가 다리 네 개 달린 여우나 늑대인 줄 알

겠지만

이 여자는 나에게 비보장형 생리적 현상으로 복수를 하려는

걸까 복수가 용서보다 어려운 줄 모르는 걸까

부장에게 사장에게 하지 못한 항의를 잠결에 옆자리에

다이렉트도 평생 안심도 안 믿는 처음 보는 여자에게

누가 봐도 나란히 앉은 자매 같겠지

곤히 잠드는 이는 없었다 몸부림치거나 이를 악물거나 갈거나

숨넘어갈 듯 코를 고는 이들 곁이었다 울부짖는 잠꼬대가
밤의 부드러운 소음보다 좋았다

당신이 코를 골다가 갑자기 호흡을 멈추게 될까 봐 나는 비
스듬히 귀를 기울인다

— 김이듬, 〈당신이 잠든 사이〉 부분*

"당신"이라는 이인칭 대명사로도 "이 사람"이라는 삼인
칭으로도 지칭되는 "여자"는 화자가 처음 보는 낯선 사람이
다. 그럼에도 화자는 이 여자의 "치마"가 보는 사람에게만 시
원하고 정작 본인에게는 불편한 의상임을 경험적으로 알고
있으며, 그녀의 삶에 부당하나 "항의"하지 못하는 일들이 숱
하게 쌓여 있음을 직감한다. 공통의 감각을 갖는다는 점에서
낯선 여자는 점점 친숙한 "우리"라는 일인칭 대명사로 스며든
다. "여우나 늑대" 등 인간 아닌 것들로 내몰리곤 하는 "우리"
의 처지를 환기한 이후의 서술은 단순히 "버스"라는 한정된
공간 안에서 이루어지는 일들에 대한 묘사가 아니다. 어디에
서도 곤히 잠들 수 없고, "몸부림치거나 이를 악물거나" 숨넘
어갈 듯이 울부짖는 당신과 나는 언제고 피 흘리며 살아간다
는 점에서 "자매"처럼 보인다.

---

*   김이듬, 〈당신이 잠든 사이〉, 《마르지 않은 티셔츠를 입고》, 현대문학,
2019.

'자매'는 통상적으로 가족 개념으로 쓰이지만 서로 친선 관계에 있는 여자들을 아우를 수 있다. 소음에 가까울 여자의 "소리"가 화자에게 부드럽게 들리는 까닭은 이들이 서로를 처음 마주했다 하더라도 이미 익숙하기 때문이다. 불행을 겪고 있지만 그것이 불행으로 인정되지 않는다는 점에서, 삶이 "고통스러운 안녕의 연속"(〈도미토리〉, 《마르지 않은 티셔츠를 입고》)이라는 역설로 점철되어 있다는 점에서, 이들은 닮아 있다. 여성이 일상에서 경험하는 불행은 표현되지 않았을 뿐 실재하며 그로 인한 고통은 언어화하기 어려운 구체적인 실감이다. 이들은 대화 없이도 서로가 누구인지를 선명하게 지각하며 또 이해한다. 그러므로 '나'는 그녀가 호흡을 멈출까 걱정하면서 "비스듬히 귀를 기울"여 자신의 것과 닮은 그녀의 슬픔을 고스란히 들어준다.

대부분의 여성이 피 흘린 경험이 있다고 하더라도 중심 언어 바깥에 놓인 이들의 체험은 충분히 이야기될 수 없다. 내면으로 삭인 개개인의 체험을 다 꺼내놓지 않고도 서로에게 공감하기란 어떻게 가능할까.

3주 뒤에 그녀는 떠올랐다
다리 근처에서 아이들이 시신을 발견하였다

그녀의 애인은 말했다
바다로 떠밀려 가기를 바랐다고

강을 따라 걷지 않았다
길은 찾지 않아도 길이 많았다
일요일이라서 떠나지 않았다

이마를 기울인 몽상가처럼
기울어가는 책방에서 비를 보았다

넌 누구와도 사흘도 못 살 사람이야
애인이 아닌 사람이 나에게 말했다

숨이 멎을 듯한 아름다움은 뭘까
부력은 충분했고
나는 잠기지 않았다

눈은 감겨야 쓸모 있는데
잠기는 힘이 사라진 것처럼

눈에 띄지 않으려면 살아 있어야 할까
나는 시체라서 자꾸 떠오르고
누구와 하루도 사라지지 못했다

— 김이듬, 〈잠적〉 전문*

이 시에는 애인에게 죽임을 당한 "그녀"가 책방에서 비를 보고 있던 "나"로 겹쳐지는 갑작스러운 비약이 있다. 이는 화자가 사회로부터 요구받는 "아름다움"을 갖추지 못할 때면 언제든 비난의 대상이 되는 자신의 처지를 인식하는 데서 비롯한다. "눈에 띄지 않으려면", 즉 표적이 되지 않으려면 어떻게든 생존해야 하지만 "나"는 이미 죽은 여자와 같은 "시체" 신세이기에 "누구와 하루도 사라지지 못"한다. 이는 자신이 들었던 욕설인 '누구와도 살아지지 못함'을 변형한 말이다. "나"의 이야기는 언제든 폭력의 대상이 되는 여성들의 이야기로 전환되므로 이 비약은 여성 개개인의 이야기가 젠더 정치적으로 처리될 수 있도록 하는 도약이 된다. 그러므로 아무리 사적인 이야기라 하더라도 그것은 다시금 여성들 모두의 이야기가 되고 유사한 경험을 통해 얻어낸 기민한 감각을 기반으로 쉬이 공감할 수 있게 된다.

체제에 적당히 순응하는 여자든, 거세게 저항하는 여자든 끊임없이 수치심과 우울을 견디며 불행해져간다는 점에서는 닮아 있다. 이들은 어떤 공간에서든 그 위험도를 감지하는 데 자기 신체를 사용해야 하며, 그러기 위해 "강제로 감각이 예민"(〈그들이 그녀에게 말하는 것〉)해져야 하지만, 그런 것은 불행으로 인정받지 못하기에 불행을 겪는다고 호소할 수도 없다. 여성들이 실제로든, 상상으로든 피 흘림을 통해 신체를 재

---

* 　김이듬, 〈잠적〉, 같은 책.

확인하는 과정에서 느끼는 미묘한 감각은 다시 체화되며 그러한 신체를 지각하는 육감을 길러낸다. '길러진' 민감성을 통해 여성들은 유사한 경험을 확인하고, 공유 가능한 느낌을 서로 인정해주며 자신들만의 문화를 재구축함으로써 "긍정적 주체성의 감각"*을 유지해낸다.

지하실 안에는 통조림 제품이 가득 쌓여 있다 전쟁을 걱정하던 할아버지가 모아놓고 돌아가셨다 어머니와 나는 숟가락을 들고 하루에 세 캔씩 뚜껑을 연다 언제나 그 속은 텅 비어 있다 하지만 우리는 따는 것을 멈추지 않는다

당신은 예쁘지 않았지만 남자들이 집적거렸다 당신은 한 번도 예쁜 적이 없었을 것이다 성폭행을 당하여서 인생을 막 사는 건 아니겠지

내가 미군이 버린 깡통처럼 뒹굴고 있을 때 친구를 사귀었다 그 애는 흑인이었는데 우리가 얼굴을 비빌 때마다 그 애의 머리칼이 내 뺨과 이마를 할퀴어 나는 피범벅이 되었다 상관없었다 그 애의 억세며 곱슬곱슬한 머리칼은 매력적이었지만 촘촘히 땋지 않으면 자기 머릿속으로 파고든다고 했

---

* 아이리스 매리언 영,《차이의 정치와 정의》, 김도균·조국 옮김, 모티브북, 2017, 145쪽.

다 나의 어머니는 원래 속눈썹이 자꾸 눈을 찔러서 언제나 피멍이 들어 있었다 아버지가 패지 않아도 내 친구가 서양에서 왔다는 말을 어머니는 믿지 않았다

내 어머니들은 나를 버린 어머니를 한 번도 욕하지 않았다 트로트를 틀어놓고 춤을 추는 할머니가 될 때까지 할머니들은 예쁘지 않았고 전쟁을 겪었으며 부스스 살아남았다 혼자서 한글을 깨친 이는 깨진 장독으로 이름을 썼다

나는 영도다리 밑에서 주운 깡통에서 나온 애

어머니와 친구와 나는 통조림을 하나씩 들고 있다 처음이라든가 오로지라는 언어처럼 흔들어보면 묵직한데 개봉하면 아무것도 없다 아버지가 어머니를 죽였다는 소문처럼 하루도 빠짐없이 날이 밝는다 신기하지 않니? 타인처럼 나는 나를 낳지 않은 어머니마저 사랑한다 어머니는 나와 내 친구들을 똑같이 사랑한다

— 김이듬

〈너는 언제나 아름다웠지만 한 번도 예쁘지 않았다〉** 부분

** 김이듬, 〈너는 언제나 아름다웠지만 한 번도 예쁘지 않았다〉, 《마르지 않은 티셔츠를 입고》.

'예쁘지 않다'는 평가가 지속적으로 여성을 따라다니는 것은 여성들이 '예쁘다'를 기준으로 오랫동안 가치평가 받아왔음을 시사한다. 남성중심의 지배 문화에서 외양의 미를 갖추어야 하는 대상으로 취급되어왔으며, 이를 갖추지 못했을 때는 추하고 가치 없다는 비난을 받아야 했다는 말이다. "당신은 예쁘지 않았지만 남자들이 집적거렸다"라는 문장은 시의 제목과 대구를 이루며 역설적인 표현으로 비친다. "예쁘지 않았지만"이라는 시구는 바꿔 말하면 '예쁘지 않음에도'라는 역접이므로 예쁘면 남자들이 집적거린다는 통념에 대한 반박이다. 이는 미적 기준에 부합하든 부합하지 않든, 결국에는 표적이 되고 마는 여성의 취약성에 관한 이야기로 나아간다.

　그러나 이 취약성은 '노출되기 쉬움', '피해 대상이 될 만큼 약함'만을 의미하지 않는다. 시인은 "예쁘지 않은"이라는 공통의 수식을 통해 할머니들, 나를 낳지 않은 어머니들, 나와 또래로 보이는 흑인 아이에서 "나"까지, 핏줄의 계보를 무시하고 새로운 혈연으로 엮어낸다. 세간의 기준에서는 미적 요소를 갖추지 못해 추하다고 여겨지지만, 화자가 보기에는 본연의 아름다움을 가지고 있는 이 여성들은 "전쟁"을 겪고, "피범벅"이 되고 "피멍"이 들어 있다.

　쏟아냈고 쏟아낼 피를 통해 자매로 나란히 서는 여성들은 여전히 취약하지만, 그렇기에 서로에게 열려 있으며 서로를 더욱 의지할 수 있다. 여성들은 속이 텅 비어 있는 "캔"을 "따는 것을 멈추지 않"으며 "깨진 장독으로 이름을" 쓴다. '나'

가 "깡통에서 나온 애"라는 점을 고려한다면 이 행위는 '없는' 것으로 치부된 여성들을 끊임없이 확인하는 과정이며, 그 "이름"을 새겨 넣어 기억하는 일이 된다. 개인적 전략이 아닌 단결된 형태로 동원될 때, 취약성은 용기의 반의어가 아니게 된다.[*]

복수複數의 여성들은 복수復讐하지 않고 피 흘린 이들끼리의 연대를 다져나간다. 누가 누구를 피 흘리게 했던 "상관없었다"는 시인의 문장은 잘잘못을 따지지 않고 피 흘린다는 속성만으로도 자매가 될 수 있다는 확신을 준다. 이들은 서로를 비교하지 않고 평가하지 않으며 그저 "똑같이 사랑"한다. 똑같이 사랑함은 사랑에 차등을 두라는, 가족은 더욱 사랑해야 한다는 혈육의 개념을 붕괴시킨다. 고통과 불행이 제대로 표현될 수 없고 충분히 말해지지 않기에 안녕하다고 치부되는 여성들은 피 흘리는 서로를 알아보고 곧바로 자매가 되어 서로를 돌본다. "여성혐오를 받은 적 있지만 나는 그것을 혐오로 되갚지 않겠다"[**]는 다짐은 내부의 피를 검증하지 않고도 자매를 탄생시키며 더 넓은 혈연의 세계로 발돋움한다.

마녀라고 불리며 피 흘린 우리는 우리를 자매라고 부른다.

---

[*] 주디스 버틀러, 《연대하는 신체들과 거리의 정치: 집회의 수행성 이론을 위한 노트》, 김응산·양효실 옮김, 창비, 2020, 217쪽.
[**] 김이듬, 〈받고 싶지 않은데 보내온 시집을 들추며〉, 《안녕, 나의 작은 테이블이여》, 열림원, 2020, 312쪽.

이성애주의의 덫에 걸린 미러링과 반섹시즘?

심진경

양귀자의 《나는 소망한다 내게 금지된 것을》을 중심으로

1. 1990년대 판 미러링(?)

양귀자의 《나는 소망한다 내게 금지된 것을》*은 1992년 발간 당시 두어 달 만에 10만 부의 판매를 기록하면서 대중의 뜨거운 관심을 받았다. 젊고 부유하고 지적인 여주인공 강민주가 남성에 대한 복수심에 사로잡혀 부드럽고 자상한 이미지로 여성들에게 인기 많은 영화배우 백승하를 납치해 감금, 폭행한다는 설정만으로도 이 소설은 대중의 관심을 집중시켰다. 게다가 소설 속 영화배우 백승하가 1990년대 맥심커피 광고로 부드럽고 가정적인 중산층 애처가 남성을 대표했던 안성기를 연상시킨다는 사실은 대중의 호기심을 자극하기도 했

---

* 이 글에서 다루고 있는 소설 판본은 2019년 '도서출판 쓰다'에서 새롭게 발간된 《나는 소망한다 내게 금지된 것을》이다. 이후 이 소설을 인용할 때는 《나는 소망한다》로 줄여 쓰고 본문에서는 쪽수만 표시한다.

다.** 특히 이 소설은 당시로선 아직 낯설었던 '페미니즘'이라는 단어를 중요한 홍보 전략으로 내세우면서 페미니즘 대중화를 견인하기도 했다.

그러나 당시 여성 대중독자들이 소설의 여주인공인 강민주에게서 대리만족과 통쾌함을 느끼며 열렬한 지지를 보낸 데 반해, 문학계는 페미니즘의 상업화 문제를 지적하면서 비판적으로 평가했다. 특히 당시 남성중심적 가부장제 문학계를 비판하면서 여성해방문학을 주도했던 페미니즘 문학 진영에서조차 이 소설은 '여성 억압의 현실을 외면한 상업적 대중소설'로 폄하되기도 했다. 이렇듯 이 소설은 출간 당시 대체로 페미니즘의 상품화 및 대중의 저속한 취향에 영합하는 통속성을 드러내는 전형적인 대중소설로 평가받았다. 특히 이 소설에 나타나는 남녀 간 대립 구도는 통속적 페미니즘의 한계로 지적되었으며 강민주를 둘러싼 세 남자의 구도는 한 여자를 둘러싼 남자들의 대결이라는 상투적인 멜로드라마의 반복으로 해석되었다. 게다가 '매 맞는 여자–때리는 남자'라는 전형적인 젠더 도식을 역전시키는 전반부의 파격적 구도가 후반부에 이르러서는 다시 역전되고 마는 서사적 균열과 논리적 파탄은 이 소설의 가장 큰 문제로 지적되었다. 이런 사정으로 인해 이 소설은 꽤 오랫동안 문학성이 결여된, 그저 '잠시

** 배우 안성기는 《동아일보》와 했던 인터뷰에서 직접 이와 관련된 이야기를 한 적이 있다. 〈우리 시대의 배우 안성기, 나는 영화로만 부는 바람〉, 《동아일보》, 1993. 2. 6.

흥행했던 상업소설' 정도로 취급받았다.

　　그러나 최근 몇 년 동안 《나는 소망한다》는 출판계와 문학계에서 열렬한 관심과 해석의 대상으로 급부상하기 시작했다. 일단 이 책이 다시 주목받게 된 가장 직접적인 원인은 "아무런 인터뷰나 책 광고도 없이"* 이루어진 조용하지만 강한 흥행이다. 2020~2021년 연달아 '교보문고 연간 국내소설 베스트셀러 30'에 오른 《나는 소망한다》는, 2019년 재출간된 지 2년 8개월 만에 30쇄를 찍을 만큼 놀라운 인기를 얻으며 다시 베스트셀러가 된다. 흥미로운 점은 이 책의 구매자가 대부분 20~30대 여성이라는 사실이다. 그 때문인지 이 소설에 대한 연구논문 또한 쏟아져나오고 있다.

　　이런 인기의 비결은 일차적으로 2015년 페미니즘 리부트 이후 한국 페미니즘 문학 전반에 대한 관심과 관련될 터다. 그러나 그것만으로는 이 소설에 대한 열풍이 충분히 설명되지 않는 듯하다. 왜냐하면 지금의 젊은 여성 독자들은 여타의 1990년대산 여성문학들에는 그닥 관심을 갖지 않는 데 반해 유독 이 작품에만 유별난 팬심을 드러내고 있기 때문이다. 왜 그럴까? 어쩌면 소설의 주인공 강민주가 남성의 폭력을 모방함으로써 남성중심적인 사회 시스템을 파괴하고자 하는 '테러리스트'**의 형상을 하고 있기 때문이 아닐까? 소설 초반에

---

*　〈20년 동안 인터뷰도, 책 광고도 없었는데… 양귀자의 힘〉, 《조선일보》, 2021. 3. 17.
**　특히 이혜령은 강남, 아파트, 자동차, 백화점을 자유롭게 오가는

강민주는 남성에 대한 강한 적대감과 복수심에 불타는, 그래서 남성을 납치, 감금하고 심지어 두들겨 패기까지 하는, 남성보다 더 폭력적이고 지적·경제적으로 더 우월한 여성으로 그려진다. 흥미롭게도 이런 강민주의 모습은 스스로를 '미친년'으로 규정하고 남성과의 전쟁을 선포한 1960~1970년대 영미 래디컬 페미니스트 혹은 여성혐오 표현과 여성 비하 논리를 그대로 남성에게 되돌려줌으로써 남성을 경멸하고 망신주는 2010년대 한국의 '메갈리안'을 연상시킨다. 특히 소설 초반에 아내에 대한 폭력과 여성혐오를 옹호하고 정당화하는 남성들의 논리와 언어를 남성(들)에게 그대로 돌려주는 강민주의 화법은 메갈리안의 반사 논리, 즉 미러링과 다르지 않아 보인다. 《나는 소망한다》의 새삼스러운 흥행과 그로 인해 촉발된 학술계의 관심에는 어쩌면 이런 사정이 있는 것이 아닐까? 그 사정을 좀 더 들여다본다.

신세대 소비 주체인 강민주의 형상을 87년체제 이후 민주화와 자유화 효과로 나타난 개인주의적 페미니스트로, 그리고 하층계급 남성에게 살해당하는 비극적 결말을 데이트폭력의 일종으로 해석함으로써 이 소설을 신자유주의 젠더 정치를 앞질러 징후적이면서도 도착적으로 포착한 것으로 평가한다. 이혜령, 〈어느 페미니스트 범죄 서사의 딜레마: 양귀자의 《나는 소망한다 내게 금지된 것을》소고〉, 《대중서사연구》 25(4), 2019.

2. 실패한 젠더 스와프 각본

양귀자의 《나는 소망한다》는 일종의 남녀 역할 전환 실험극으로, 이 극의 중심에는 여성을 억압하고 착취함으로써 만들어진 남성중심적 시스템을 전면적으로 비판하는 페미니즘 담론이 놓여 있다. 특히 강민주가 신문사에 보낸 선전포고와도 같은 선언문의 내용은 디지털 페미니스트 '메갈리안'의 주요 전략인 미러링을 연상시킨다. 이 페미니즘 선언문은 남성중심 사회에 던지는 여성 악당의 도전장인 것이다. 작가는 당시 불붙기 시작한 페미니즘 이슈(특히 아내폭력)를 그대로 끌고 들어오면서 여성을 폭력적 가해자로, 남성을 무력한 피해자로 전도시킴으로써 독자들에게 반전의 쾌감을 선사한다.

이 선언문은 메갈리안의 미러링 방식을 연상시킨다. 미러링이란 오랫동안 여성에 대한 폭력을 통해 남자다움이라는 젠더 각본을 작성해온 남성의 논리와 표현, 문법 구조를 뒤집어 그대로 다시 남성에게 돌려주는 방법론적 혐오 전략을 말한다. 그동안 폭력, 특히 여성을 향한 남성의 물리적 폭력은 생물학적 성차에서 비롯된 남녀 간의 힘의 차이가 가부장제적인 젠더 규범과 결합하면서 가장 극단적으로 표출되었다. 그러나 이 소설에서 남녀 간 물리적 힘의 차이는 강민주가 소유한 경제적, 지적 능력으로 인해 간단히 뒤집어진다. 이제 강민주는 남성의 목소리를 빌려 그들이 자연스럽고 당연한 것으로 받아들였던 것들이 사실은 추악한 범죄에 불과하다는 것을 적나라하게 고발할 수 있게 된다.

　　선언문에서 강민주는 "남성들이 유포하고 심화시켜온 성의 개방과 확장에 관한 논리"(227쪽)에 따라 백승주를 납치해서 자신의 성 파트너로 삼으려고 하는데, 이러한 자신의 행동이 결코 범죄가 될 수 없다고 주장한다. 어린 여성에 대한 납치와 인신매매에 대해 앞에서는 성토하면서 뒤에서는 그렇게 성매매업소로 넘겨진 어린 여성을 '영계'라 부르며 거래하는 일이 가능하다면, 여성이 남성을 감금해서 돌봐주는 일도 당연하게 받아들여질 수 있다는 논리인 것이다. 강민주는 이런 방식의 전도된 젠더 논리를 통해, 당시 사회에 만연했던 여성 납치와 인신매매 문제가 사악한 몇몇 남자들에 의해 저질러지는 범죄가 아니라 소위 평범한 남자들이 일상적으로 저지르는 여성에 대한 폭력과 크게 다르지 않다는 사실을 고발한다. 미러링은 이렇듯 기존의 성차별적 담론의 내용을 젠더적으로 비틀고 낯설게 함으로써 의도적으로 남성중심 시스템과 충돌을 일으키고 남성들에게 불안과 혼란, 수치심을 유발한다.

　　《나는 소망한다》 속 미러링 전략의 하이라이트는 성 역할 바꾸기다. 이를 젠더 스와프로 불러도 좋을 것이다. 특히 강민주와 백승하, 강민주와 황남기 사이의 전도된 성 역할은 소설 속 젠더 스와프의 대표적 사례다. 소설 초반 강민주는 전방위적 남성 혐오와 과잉된 폭력 이미지를 통해 백승주를 제압하고 지배하는 남성적 형상으로, 납치된 백승하는 무력하

269

고 수동적인 여성의 모습으로 재현된다. 특히 강민주가 백승하를 지배하고 통제하기 위해 사용하는 "길들이기"(125쪽) 기법은 그동안 사랑과 연애 관계 속에서 '친밀한 폭력'을 통해 남성이 여성을 길들였던 방식을 미러링하고 있다.

강민주가 백승하를 순종적으로 만드는 통치술은 전형적인 "병 주고 약 주기 수법"(198쪽)으로, 사실상 이 수법은 오랫동안 남성이 여성을 길들여왔던 방식이다. '때리고 달래기'를 반복하면서 여성은 남성의 지배와 통제에 길들여져 자신이 맞고 있다는 사실조차 잊어버리는, 정신적 굴복의 상태에 이르게 된다. 이는 오랫동안 가정이라는 사적이고 폐쇄적인 공간 안에서 은밀하지만 일상적으로 일어났던 남편의 아내 폭력을 연상시킨다. 강민주는 바로 이 남성의 통치술을 그대로 가져와 백승하를 대상으로 실험함으로써 이러한 지배와 억압의 젠더 관계가 고정된 것이 아니라 언제든지 역전될 수 있음을 보여주고자 한다.

이런 식의 젠더 스와핑은 강민주와 황남기와의 관계에서도 나타난다. 황남기는 현재 강민주의 건물 관리와 재산 관리를 맡고 있지만 오랫동안 "밤의 세계"에 속해 있던 폭력배다. 그러나 강민주의 어머니에 의해 주변에 여자들뿐인 자신들을 지켜줄 든든한 울타리로 선택된 황남기는 자신보다 지적, 경제적, 정신적으로 우월한 강민주에게 절대적으로 복종한다. 그리고 숭배하고 기어이 사랑하게 된다. 비밀은 역시 '병 주고 약 주기 수법'에 있다. 강민주는 한편으론 조심성이 부족한 황남기에게 무차별적인 폭행을 가하지만, 다른 한편으로는 황남기에게 새 아파트를 선물하는 등, 폭력과 회유를 번갈아가며 황남기를 길들여온 것이다. 강민주와 황남기의 관계가 로맨스 소설 속 주인과 하녀 혹은 부유한 남자와 가난한 여자, 능란한 남자와 순진한 여자의 관계를 역전시킨 것처럼 보이는 것은 이 때문이다. 강민주는 그에게 폭력적인 주인인 동시에 그의 처녀다운 수줍음을 '귀여워'하는 관대한 보호자이기도 하다.

　여성 우월주의와 파워 페미니즘을 표방한다는 점에서, 강민주는 언뜻 과잉된 폭력 이미지로 재현되어온 '메갈'이나 '래펨'을 연상시킨다. 그러나 지금의 미러링이 전방위적 남성혐오와 남성에 대한 상징적, 간접적, 비대면적 폭력으로 일반화되는 데 반해, 강민주의 미러링은 백승하, 황남기와의 개별적이면서 특수한 사적 관계를 중심으로 전개된다. 그 과정에서 백승하는 처단해야 할 가부장제적 남성 대표가 아닌, 어머니의 사랑을 받지 못한 딱하고 불쌍한, 그래서 모성애를 자극하는 연민의 대상으로 바뀌고 만다. 소설 초반 남성의 가학성과 폭력성을 모방함으로써 남성에게 복수하고자 했던 강민주는 이제 가련한 남성을 돌보는 여성 역할을 자처하게 된다. 그 결과 젠더 스와핑은 실패하고 만다. 그리고 이러한 젠더 역전의 재역전은 소설 막바지에 강민주가 낙담한 백승하를 위해 마련해준 무대 연출을 통해 더욱 가속화되면서, 결국 소설이 기획한 남녀 역할 전환 실험극이 실패할 것임을 암시한다.

흥미로운 점은 '부드러운' 남자의 대명사인 백승하가 선택한 연극이 이오네스코의 〈수업〉이라는 사실이다. 〈수업〉은 숫기 없고 말을 더듬기도 하는 극 중 교수가 처음에는 종합박사학위 취득 시험을 위해 찾아온 지적인 여학생에게 압도되어 대화도 잘 못하다가, 점점 교수라는 권위를 이용해 여학생에게 폭력과 학대를 가하게 되고 급기야 살인을 저지르는 과정을 점강적으로 다루고 있다. 그리고 이런 살인이 지금까지 마흔 번 반복됐고 앞으로도 계속될 것임을 암시하면서 극은 마무리된다. 이 극은 기본적으로 폭력의 수단이 된 언어가 급기야 인간을 파괴하는 수단이 되는 섬뜩한 과정을 다루는데, 문제는 이러한 부조리한 상황 연출이 여성에 대한 남성의 증오범죄와 연쇄살인의 형식을 통해 이루어지고 있다는 점이다.

이 연극은 부조리한 권력의 지배와 억압 관계를 남성 교수와 여성 제자라는 젠더-나이의 위계관계 속에서 재현함으로써, 소설 초반 기획된 젠더 스와프 각본을 재전복시킨다. 아울러 이제 소설의 무대는 젠더 전쟁이 벌어지는 현실 세계가 아닌, 강민주와 황남기, 백승하가 머무는 사적이고 폐쇄된 아파트 내부로 축소된다. 그리고 연극 연습 혹은 수업이 진행되는 동안 강민주와 백승하의 역할은 점차 바뀌게 되어 부드러운 백승하는 살인도 서슴지 않는 폭력 남성으로, 강민주의 손길 하나에도 수줍어하던 황남기는 짝사랑하던 여성에게 거절당한 뒤 살인을 저지르는 인셀(비자발적 독신남)로 변신한다. 그리고 강민주는 이 둘에게 애정과 연민, 그리고 두려움과 공포를 느끼는 연약한 여성이 된다. '완벽한 초월자'이자 '응징의 대리인', '지배자'(74쪽)라는 초반의 지위를 잃고 가련한 남성의 '모성적 보호자'이자 폭력적 남성에게 "지배받는 여자"(294쪽)가 되는 것이다.

3. 이성애 강박과 여성혐오

소설 초반 강민주는 신이 인간에게 부여한 "절망의 텍스트"(9쪽)를 거부하고 스스로를 인간에게 부여된 텍스트 너머에 있는 존재, 즉 신으로 정의한다. 이것이 가능한 이유는 강민주가 "힘을 가진 사람"(73쪽)이기 때문이다. 이때 힘은 경제력, 지적 능력, 물리력(심복 황남기로 대리되는)으로, 강민주는 이 힘을 통해 "강자에게 짓밟히는 여자들"(72쪽)을 대신해서 복수하는 "응징의 대리인"(74쪽)을 자처한다. 소설 초반부터 강민주는 "나는 세상 그 자체를 초월해 있다. 나는 그 위에 있는 것이다"(133쪽)라는 식으로 초월자로서의 자기 선언을 반복함으로써 자신이 매 맞는 여자들의 '구원자'가 될 자격과 조건을 갖춘 존재임을 강조한다. 그러나 소설이 전개되면서 강민주의 위치는 점차 신에서 인간의 자리로 옮겨가게 된다. 소설 전반부에 신이 인간에게 부여한 '절망이라는 운명'을 거부하겠다는 강민주의 강렬한 다짐은 점차 "평가는 오직 신만이 할 수 있는 것"(210쪽)이라는 식의 순응적 태도로 바뀐다. 이뿐만 아니라 소설 초반에 남성을 "쓰레기 같은 것들", "멍청한 것들", "발정 난 짐승들"(134쪽)로 명명하면서 그들에 대한 분노와 적개심을 불태우던 모습은 사라지고 "목숨의 아름다움을 모르는 남성들에게 모성의 위대함을 가르쳐야 한다"(267쪽)고 역설하게 된다. 어째서 이런 일이 일어난 것일까?

강민주의 죽음에는 세 명의 남성이 연루되어 있다. 그들은 바로 황남기, 백승하, 그리고 김인수다. 우선 강민주와 황남기의 관계를 살펴보자. 중학교 중퇴 학력에 나이트클럽 지배인 이력이 있는 황남기는 "선대로부터 물려받은 거구, 몸집만큼이나 잔재주를 거부하는 단순 우직한 성품"(26쪽)을 가진 충성스러운 보디가드인 동시에, 감히 넘볼 수 없는 상류계층 여성(강민주)을 사모하는 하층계급 남성이다. 소설에서 이 둘의 계급적 격차와 상하 위계질서는 매우 뚜렷하게 표현된다. 스물일곱 살 동갑이지만 황남기에게 강민주는 세상 모든 이치를 깨달은 완벽한 초월자이자 무조건 복종해야 하는 지배자다. 그러나 강민주에게 황남기는 "사람 대접을 해서는" 안 되는 "원숭이일 뿐"(62쪽), 어떤 지적·정서적 교감도 불가능한 대상에 불과하다.

그에 반해 백승하는 "만지고 싶을 만큼 아름다운 속눈썹"(161쪽)을 지닌 인기 영화배우이자, 자신을 버리고 떠난 엄마를 그리워하는, 그래서 강민주에게 끝없는 배려와 이해를 불러일으키는 모성적 대상이 되는, 여리고 부드러운 감수성의 소유자이기도 하다. 이렇듯 황남기와 백승하는 강민주와 밀접한 관계를 맺고 있으며 강민주가 '보호하는 남성들'이라는 점을 제외하고는 여러 가지 면에서 완전히 다른 남성 유형을 대표한다. 황남기가 건장하고 우직한 하층계급 남성이라면, 백승하는 가정적이고 섬세하면서 동시에 독재정권에 비판적인 386세대 중산층 남성을 표상한다.

그렇다면 소설 초반에는 아무런 존재감을 드러내지 않다가 후반부에 이르러 급작스럽게 강민주 죽음의 트리거가 된 스토커 김인수는 어떤가? 그는 소설 속에서 소위 대한민국 '보통 남자'의 표본이자, 언제나 남성이 여성보다 우위에 서야 한다고 믿는 전형적인 가부장제적 의식의 소유자로 등장한다. 그는 "키도 보통, 얼굴도 보통, 행동거지도 보통이어서 참말이지 보통 사람의 표본, 이라고 보아 무난한 인물"(32쪽)로서, 강민주의 거절에도 불구하고 악착같이 그녀를 따라다니는 인물이다. 그를 중매한 상담소의 교장 사모님에 따르면 그는 한편으로는 "지독한 구석이 있는"(132쪽) 자수성가한 사업가이지만, 다른 한편으로는 만남을 거절하는 여자의 집 주소와 주민등록번호, 전화번호까지 외우고 상대가 받을 때까지 전화 걸기를 멈추지 않는 스토커다. 게다가 강민주를 미행하던 중에 강민주가 백승하의 아들을 데려가는 장면을 목격하고는 이를 경찰에 제보하기까지 한다. 흥미로운 점은 모든 사건이 끝난 뒤 김인수가 이 사건에 대해 인터뷰한 내용이다. "죽은 강민주와의 관계"를 묻는 기자에게 그는 "아는 분의 소개로 결혼을 전제로 한 만남이 몇 번 있었다"(346쪽)고 답변한다. 앞서 살펴본 것처럼 이는 당연히 사실이 아니다. 그럼에도 김인수는 왜 강민주와 사귀는 사이인 것처럼 말한 걸까. 어쩌면 그는 강민주와 사귄다고 착각하고 있던 것은 아닐까. 그런 점에서 김인수는 강민주의 죽음에 직접적으로 관련되지는 않았지만, 어쩌면 여성에 대한 '보통 남자'의 잠재적 폭력성과 지배력을 가장 잘 보여주는 인물인지도 모른다. 즉 그는 상상적 차원에서 강민주와 이성애적 관계를 강제하고 있었던 것이다.

결과적으로 이 세 남성은 강민주라는 여성의 죽음을 위해 암묵적으로 상호의존과 연대, 그리고 공모를 이룬다. 그 때문이었을까? 여성문제를 남성과의 관계 속에서 풀어가려고 했던 애초의 시도는 전통적인 이성애적 관계 속에 내재된 남성 지배적 특권의식에 의한 지배 구도로 회귀하면서 좌초한다. 이를 (당대의) 이성애적 강박이라 불러도 좋을 것이다. 소설의 이러한 이성애적 강박을 가장 극단적으로, 양가적으로 체현하는 인물이 바로 백승하다. 소설 초반 '부드러운 남자' 백승하는 강남 아파트와 백화점, 자동차로 상징되는 1990년대 여성 소비 주체에게 걸맞은 파트너로 등장한다. 강민주가 그에게 연민과 사랑을 느끼는 것도 어쩌면 당연한 일인지 모른다. 그러나 앞서 살펴본 것처럼 안락하고 익숙한 이 가정성의 영역인 아파트는 소설 후반에 이르러 여성에 대한 폭력과 살인이 자행되는 폐소공포증적 무대로 급반전된다. 그리고 그 순간 백승하 또한 지금까지와는 완전히 다른 폭력적이고 억압적인 남성으로 변모한다. '부드럽고 자상한' 남자의 이 급격한 반전이 의미하는 것은 명백하다. 몇몇 남성의 호의와 배려만으로는 여성 억압적인 가부장제가 결코 해체될 수 없다는 것, 결국 근본적 차원에서의 변혁만이 이 지긋지긋한 폭력의 악무한을 끝장낼 수 있다는 것이다.

그렇게 볼 때 소설에서 가장 위험한 인물은 황남기가 아니다. 이혜령은 황남기의 살인을 2000년대부터 점증하게 되는 이별살인, 데이트폭력의 형태를 앞서 보여주는 것으로 해석한다. 최후 진술에서 황남기는 강민주도 죽음을 원했을 것이라고 말하면서 남성의 여성 살해에 대한 정당성을 스스로에게 부여한다. 이는 데이트폭력을 행하는 남성들이 보이는 전형적인 인식이다. 폭력 발생의 책임을 여성에게 돌리고, 나아가 여성을 자기 마음대로 처분할 수 있는 독점적 소유물로 간주하는 것이다. 그러나 황남기가 강민주의 충성스런 심복이었으며 강민주의 경제적 시혜를 통해 가족을 부양해온 인물이었다는 점에서, 황남기의 살인은 여성에 대한 가스라이팅과 독점욕이 결합해서 행사되는 데이트폭력, 데이트살인과는 다르다. 오히려 강민주에게 거절당했으면서도 데이트했다고 착각하는 김인수야말로 이 소설 속 숨겨진 데이트폭력의 가해자가 아닐까. 그런 점에서 강민주의 죽음은 부드럽고 가정적인 남성, 가부장제적인 평범한 중산층 남성, 그리고 하층계급 남성 사이의 암묵적 연대 혹은 협잡의 결과이기도 하다.

그리고 그 순간 강민주에게 여성이라는 섹스는 곧바로 운명이 된다. 이를 통해 다시 한번 더 확인할 수 있는 것은, 젠더적 우열관계가 계급적 우열관계를 압도하며 남성동성사회성은 우리의 짐작보다 더 견고하게 구축되어 있다는 사실이다.

4. 1990년대와《나는 소망한다》

1990년대는 이전의 한국사회에서는 찾아볼 수 없을 정도로 성 담론이 폭발적으로 증가한 시기였다. 다양한 매체를 통해 성에 관한 이야기들이 쏟아졌으며 성적 자유를 개인의 자유 및 행복과 연결시키는 성적 자유주의 담론이 노골적으로 요구되고 주장되던 때다. '섹스', '성', '포르노그래피', '창녀' 등의 노골적인 성적 표현들이 담긴 제목의 책들이 출간되고, '욕망', '육체', '쾌락' 등의 개념들이 성적 신체에 대한 재해석을 시도하는 후기 구조주의 이론들을 통해 본격적으로 소개되기 시작한다. 그러나 동시에, 1990년대는 여성에 대한 모든 억압과 폭력에 반대하는 반反성폭력 운동이 본격적으로 전개되던 시기였다. 한국여성단체연합의 주도로 1993년 12월 〈성폭력 범죄의 처벌 및 피해자 보호 등에 관한 법률〉이 국회를 통과해 1994년 4월부터 시행되기 시작했고, 서울대 교수의 조교 성희롱 사건을 계기로 직장 내 성희롱 문제가 사회적 쟁점이 되어 〈남녀차별금지 및 구제에 관한 법률〉이 제정되기도 했다. 여기에 1988년 7월부터는 가정폭력을 사적인 집안일이 아닌, 국가가 개입해야 할 범죄행위이자 사회적 문제로 규정한 〈가정폭력특별법〉이 시행되기 시작한다. 가부장제적 시스템에 저항하는 급진적이고 폭력적인 여성 강민주 등장에는 이런 사회적 배경이 있었다. 그러나 이후 1990년대 한국 여성문학에 이러한 여성 전사 캐릭터는 더 이상 등장하지 않게 된다. 왜 그럴까?

첫 번째 이유는 1990년대를 지배했던 성해방 담론 때문이다. 모든 인간은 자기 삶의 주체이며 자기 욕망 추구는 당연한 권리로 받아들여졌던 1990년대적 시대정신은, '성적으로 자율적인 여성'을 이러한 성해방 담론의 주체로 내세웠다. 1990년대 문학에 등장하는 자율적이고 해방적인 여성 주체가 대개는 성적 자유주의자였던 것은 이 때문이다. 그런 맥락에서 여성해방은 곧 성해방으로 받아들여지기도 했다. 문제는 1990년대 문학 속 여성해방이 오직 여성의 자유로운 섹스를 통해서만 가능한 것으로 이해되었다는 데 있다. 1990년대 문학은 섹스를 여성해방을 위해 허용된 유일한 방법으로 제시했으며, 대중매체 또한 이러한 '성해방=여성해방'이라는 공식을 다양한 이미지와 매뉴얼을 통해 반복했다. "여성은 성적 존재이며 또 그래야 한다"는 1990년대적 요구는 오랫동안 여성을 성적으로 지배해왔던 가부장제적 전략과 크게 다르지 않았다. 그러니 섹스가 아닌 폭력을 통해 여성해방을 주장했던 양귀자의 《나는 소망한다》가 1990년대 주류 여성문학에 포함되지 못한 것은, 어쩌면 당연한 일이었는지도 모르겠다.

　　두 번째 이유는 소설 초반 독자들을 강렬하게 사로잡았던 폭력적 여성해방의 논리, 즉 여성에 대한 폭력을 남성에 대한 폭력으로 되돌려준다는 함무라비식의 평등의 논리가 후반부의 멜로드라마적 전개로 인해 무너졌기 때문이다. 즉 소설 초반의 미러링 전략과 반섹시즘적 태도(남성과의 사랑, 연애, 결혼 일체를 강제된 이성애주의에 의한 강요로 보고 거부하는 태도)는 강민주가 점차 자기 안에 있는 인간적인 배려와 헌신, 따뜻함 등의 '부드러운' 감정을 이성애적 관계 속에서 발견하고 해소함으로써 자연스럽게 사라진다. 결국 강민주는 세 남성과의 관계를 이성애주의의 덫에 가두고 만다. 에이드리언 리치에 따르면, 모든 이성애는 하나의 이데올로기이자 제도로 여성에 대한 남성의 가부장제적 지배를 정당화하는 여성 억압의 한 형태다. 소설 초반 강민주는 "세상 그 자체를 초월해 있"(133쪽)는 주체이자 지적, 헤게모니적, 경제적 우위에 있는 존재로 남성에게 압도적인 지배력과 영향력을 행사하면서 기존 젠더 질서를 전복한다. 그러나 서사가 진행되면서 강민주는 이들과의 이성애적 관계 구도에 휘말리고, 이들의 상상 속에서 상투적인 여성 역할(열렬한 사랑의 대상, 끝없는 배려와 이해의 모성적 주체, 스토킹의 대상)을 떠맡다가 파워 페미니스트로서의 자질을 상실한 채 제거된다. 그렇게 팜므파탈적 범죄자는 죽음을 통해 동정과 연민의 대상으로 여성화, 피해자화된다. 이성애적이지 않아도 되는 새로운 사랑의 관계는 불가능했던 걸까? 어쩌면 이 불가능성이야말로 양귀자의 《나는 소망한다》가 1990년대적인 이유일 것이다.

저자 소개

김경연 부산대학교 국어국문학과에서 〈1920~30년대 여성잡지와 근대 여성문학의 형성〉으로 박사학위를 받았고, 비평전문지 《오늘의 문예비평》에 〈황진이의 재발견, 그 탈마법화의 시도들〉을 발표하면서 비평 활동을 시작했다. 지은 책으로 《세이렌들의 귀환》《근대 여성문학의 탄생과 미디어의 교통》등이 있고, 주요 논문으로 〈파토스의 윤리학과 문학의 (불)가능성〉〈'삐라'를 든 여자들의 냉전〉〈근대 '소녀'의 탄생과 '소녀성'의 창안〉등이 있다.

김은하 현재 경희대에서 가르치고 배우고 있다. 대학 졸업 후 재야 학술단체인 한국여성연구소 문학연구실 회원으로 공부를 시작했고, 박사학위를 받은 후에는 한국여성문학회를 거점으로 활동하며《여성문학연구》편집장을 지냈다. 저서로《개발의 문화사와 남성 주체의 행로》《문학을 부수는 문학들》(공저) 등이 있다. 2024년에는 한국 여성문학사의 걸작들을 추린《한국 여성문학 선집》을 냈고, 현재 선배 연구자들과 함께《주간경향》에 '거꾸로 읽는 한국여성 문학 100년'을 연재 중이다.

민가경 2023년《동아일보》신춘문예로 평론을 발표하기 시작했다. 주요 논문으로 〈김말봉 소설에 나타난 여성 인물의 '광녀-대본' 양상 연구〉가 있다. 현재《내일을 여는 작가》 편집위원으로 활동하고 있다.

박다솜 2019년 《동아일보》 신춘문예를 통해 비평 활동을 시작했다. 현재 《오늘의 문예비평》 편집위원이다. 최근 논문 〈'고부갈등'이라는 착각: 2015년 이후의 며느리 자기서사 연구〉를 썼다.

박혜진 이화여대 국어국문학과를 졸업했다. 2015년 《조선일보》 신춘문예 평론 부문으로 등단했다. 저서로 비평집 《언더스토리》, 소설 해설집 《퍼니 사이코 픽션》, 서평집 《이제 그것을 보았어》 등이 있다. 현대문학상, 김종철시학상, 한국출판편집자상 특별상을 수상했다. 민음사 편집자로 재직 중이다.

백지은 문학평론가. 고려대학교 국어국문학과와 동대학원을 졸업했다. 2007년 계간 《세계의 문학》 신인상 평론 부문을 수상하며 평론을 발표하기 시작했다. 저서로 비평집 《독자시점》 《건너는 걸음》과 크릿세이 모음집 《그때 그 말들》이 있다. 《문학은 위험하다》 《비평포럼》 《2025년 제26회 젊은평론가상 수상작품집》 등의 책에 공저자로 참여했다.

서영인 2000년 평론가로 등단하여 쉬지 않고 썼고, 현재는 국립한국문학관에 근무하며 한국문학 전통과 문학사에 대한 고민을 이어가고 있다. 평론집으로 《충돌하는 차이들의 심층》 《타인을 읽는 슬픔》 《문학의 불안》을, 연구서로 《식민주의와 타자성의 위치》를 썼다. 인문학적 연구에 바탕한 다양한 글쓰기에 관심을 갖고 있으며, 계속 쓸 예정이다.

성현아 2021년 《경향신문》 《조선일보》 신춘문예 평론 부문에 당선되어 비평 활동을 시작했다. 중앙대학교 국어국문학과를 졸업했으며 같은 대학원에서 박사학위를 받았다. 현재 단국대학교 문예창작과 초빙교수로 재직 중이다. 저서로는 《아직 오지 않은 시》와 《한강을 읽는다》가 있다. 2022년에 대산창작기금과 아르코 문화예술진흥기금을 수혜했으며, 2025년에 서울문화재단 첫 책 발간 지원사업에 선정되었다.

소영현 평론가. 한국문학번역원 번역아카데미 교수. 2003년 《작가세계》에 최윤론을 발표하면서 비평 활동을 시작했다. 《문예중앙》《작가세계》《21세기문학》《문학웹진 뿔》《웹진 비유》《KLN》기획 및 편집위원으로 활동했다. 저서로 비평집《분열하는 감각들》《프랑켄슈타인 프로젝트》《하위의 시간》《올빼미의 숲》이, 연구서로《문학청년의 탄생》《부랑청년 전성시대》《광장과 젠더》《하녀》가 있으며, 공저로《비평포럼》《#문학은 위험하다》《비평 현장과 인문학 편성의 풍경들》《감성사회》《감정의 인문학》《문학사 이후의 문학사》등이 있다.

심진경 문학평론가. 1999년《실천문학》여름호로 등단한 뒤 비평집 《여성, 문학을 가로지르다》《떠도는 목소리들》《여성과 문학의 탄생》《더러운 페미니즘》을 출간했다. 그 외에 번역서로《근대성의 젠더》가 있고, 연구서로는《한국문학과 섹슈얼리티》가 있다. 제55회 현대문학상 평론 부문을 수상했다. 현재 서강대학교 전인교육원 소속 대우교수로 재직 중이다.

양윤의 문학평론가. 2006년 중앙신인문학상을 수상하며 비평 활동을 시작했다. 비평집으로《포즈와 프러포즈》《앨리스의 축음기》가 있다. 공저로는《문학은 위험하다》《비평포럼》 등이 있다. 2024년 제69회 현대문학상 비평 부문을 수상했다. 현재 고려대학교 학부대학 교수로 재직 중이다.

이경수 문학평론가. 중앙대학교 국어국문학과 교수. 주요 저서로 《불온한 상상의 축제》《바벨의 후예들 폐허를 걷다》《춤추는 그림자》《다시 읽는 백석 시》《이후의 시》《너는 너를 지나 무엇이든 될 수 있고》《백석 시를 읽는 시간》《아직 오지

않은 시》, 공동 편저로 《이용악 전집》《한국 여성문학 선집》
등이 있다.

장은애 국민대학교 국어국문학과 박사과정을 수료했고, 현재는
박사 논문을 집필하는 중이다. 박사 논문에서는 재일 작가
김석범의 문학을 통해 4·3으로부터 '혁명'의 가능성을
타진하는 사유와 실천을 구체화하고자 한다. 관심 주제로는
페미니즘, 마이너리티, 포스트콜로니얼, 혁명 등이
있으며, 관련하여 다수의 연구를 발표했다. 대표 연구로는
〈《화산도》의 여성주의적 독해〉, 〈사할린 이동 서사로 본
재일在日의 심상 경관〉 등이 있으며, 공저로는 《속삭이는
내러티브》《국가폭력과 공동체》가 있다.

장은영 2014년 《세계일보》 신춘문예로 등단하면서 비평 활동을
시작했다. 공저로 《2023년 제24회 젊은평론가상
수상작품집》 및 평론집 《슬픔의 연대와 비평의 몫》 등을
펴냈다. 제39회 신동엽문학상(평론 부문), 제3회 죽비 문화
다 평론상을 수상했으며, 현재 조선대학교 자유전공학부
교수로 재직 중이다.

전승민 2021년 《서울신문》 신춘문예, 제19회 대산대학문학상
평론 부문으로 등단했다. 서강대학교 영어영문학과를
졸업하고 현재 같은 대학원에 재학 중이다. 주요 관심사는
영미 모더니즘 문학 및 퀴어 페미니즘이다. 평론집 《퀴어
(포)에티카》와 산문집 《허투루 읽지 않으려고》를 썼다.
공저로 《악인의 서사》와 《다시 만날 세계에서》가 있다.
2025년 제2회 김종철시학상 평론상 수상 및 제7회 죽비
문화 다 평론상을 수상했다.

전청림 문학평론가. 2022년 《문화일보》 신춘문예로 평론을
발표하기 시작했다.

정은경 문학평론가. 연구자. 2003년《세계일보》신춘문예로
등단했다. 고려대학교 국어국문학과에서 박사학위를
취득한 후 비평과 연구 활동을 하고 있다. 디아스포라 문학,
영웅, SF, 평전 등에 관한 글들을 주로 써왔다. 저서로
《디아스포라 문학》《지도의 암실》《기도이거나 비평이거나》
《밖으로부터의 고백》《영원의 기획》등이 있다.

최다영 2022년《문학과 사회》신인문학상을 통해 비평 활동을
시작했다. 공저로《한강을 읽는다》《비평포럼》이 있다.

허　윤 이화여자대학교 국어국문학과 부교수.〈1950년대
한국소설의 남성 젠더 수행성 연구〉로 박사학위를 받았으며,
한국문학·문화·역사를 젠더 관점에서 연구하고 있다.
저서로《남성성의 각본들》《위험한 책읽기》《문학을 부수는
문학들》(공저) 등이 있으며, 번역서로《일탈》(공역)과
《모니크 위티그의 스트레이트 마인드》가 있다.

황유지 2022년《경향신문》신춘문예 당선으로 비평 활동을
시작했다. 2024년 대산창작기금을 수혜했다. 이인 산문집
《관내 여행자-되기》를 썼다.

마녀의 독서, 광녀의 춤

초판 1쇄 펴낸날 2026년 3월 26일
지은이 김경연·김은하·민가경·박다솜·박혜진·백지은·서영인
성현아·소영현·심진경·양윤의·이경수·장은애·장은영
전승민·전청림·정은경·최다영·허윤·황유지
펴낸이 박재영
편집 임세현·이다연
디자인 조하늘
제작 제이오
펴낸곳 도서출판 오월의봄
주소 경기도 파주시 회동길 513 203호
등록 제406-2010-000111호
전화 070-7704-2131
팩스 0505-300-0518
이메일 maybook05@naver.com
X(트위터) @oohbom
블로그 blog.naver.com/maybook05
페이스북 facebook.com/maybook05
인스타그램 instagram.com/maybooks_05

ISBN 979-11-6873-176-9 03800

만든 사람들
책임편집 임세현
디자인 조하늘